Réquiem por un campesino español

El bandido adolescente

RAMÓN J. SENDER nació en Chalamera, Huesca, en 1901 y murió en San Diego, California, en 1982. Ejerció el periodismo en Madrid a partir de 1924 y comenzó su carrera de escritor con varias obras —*Imán*, *Siete domingos rojos*, *Viaje a la aldea del crimen*— a medio camino entre el reportaje y la novela. Premio Nacional de Literatura en 1935 por su novela *Mr. Witt en el cantón*, combatió en el bando republicano durante la guerra civil española y en 1938 se exilió en Francia, para pasar más tarde a México y Estados Unidos, donde fue profesor de literatura en varias universidades. De su vasta obra narrativa escrita en el exilio, destaca *Réquiem por un campesino español*, considerada como su obra maestra, las novelas de carácter alegórico-realista *El lugar de un hombre*, *Epitalamio del Prieto Trinidad*, *La esfera*, *El rey y la reina* y *Los cinco libros de Ariadna*, las narraciones históricas *Carolus rex*, *La aventura equinoccial de Lope de Aguirre* y *Las criaturas saturnianas*, y la serie de nueve novelas autobiográficas titulada *Crónica del alba*.

Ramón J.
SENDER

Réquiem por un campesino español

El bandido adolescente

RBA
EDITORES

Proyecto gráfico y diseño de la cubierta: Hans Romberg
Ilustración cubierta: Foto PRISMA

ISBN: 84-473-0718-2
Depósito Legal: B-38.218-1994
Impresión y encuadernación: Printer industria gráfica, S. A.
Ctra. N-II, km 600. Cuatro Caminos, s/n.
Sant Vicenç dels Horts (Barcelona)

Impreso en España - Printed in Spain

RÉQUIEM
POR UN CAMPESINO
ESPAÑOL

A Jesús Vived Mairal

El cura esperaba sentado en un sillón con la cabeza inclinada sobre la casulla de los oficios de *réquiem.* La sacristía olía a incienso. En un rincón había un fajo de ramitas de olivo de las que habían sobrado el Domingo de Ramos. Las hojas estaban muy secas, y parecían de metal. Al pasar cerca, Mosén Millán evitaba rozarlas porque se desprendían y caían al suelo.

Iba y venía el monaguillo con su roquete blanco. La sacristía tenía dos ventanas que daban al pequeño huerto de la abadía. Llegaban del otro lado de los cristales rumores humildes.

Alguien barría furiosamente, y se oía la escoba seca contra las piedras, y una voz que llamaba:

—María... Marieta...

Cerca de la ventana entreabierta un saltamontes atrapado entre las ramitas de un arbusto trataba de escapar, y se agitaba desesperadamente. Más lejos, hacia la plaza, relinchaba un potro. «Ése debe ser —pensó Mosén Millán— el potro de Paco el del Molino, que anda, como siempre, suelto por el pueblo.» El cura seguía pensando que aquel potro, por las calles, era una alusión constante a Paco y al recuerdo de su desdicha.

Con los codos en los brazos del sillón y las manos cruzadas sobre la casulla negra bordada de oro, seguía rezando. Cincuenta y un años repitiendo aquellas oraciones habían creado un automatismo que le permitía poner el pensamiento en otra parte sin dejar de rezar. Y su imaginación vagaba por el pueblo. Esperaba que los parientes del difunto acudirían. Estaba seguro de que irían —no podían menos— tratándose de una misa de *réquiem,* aunque la decía sin que nadie se la hubiera encargado. También esperaba Mosén Millán que fueran los amigos del difunto. Pero esto hacía dudar al cura. Casi toda la aldea había sido amiga de Paco, menos las dos familias más pudientes: don Valeriano y don Gumersindo. La tercera familia rica, la del señor Cástulo Pérez, no era ni amiga ni enemiga.

El monaguillo entraba, tomaba una campana que había en un rincón, y sujetando el badajo para que no sonara, iba a salir cuando Mosén Millán le preguntó:

—¿Han venido los parientes?

—¿Qué parientes? —preguntó a su vez el monaguillo.

—No seas bobo. ¿No te acuerdas de Paco el del Molino?

—Ah, sí, señor. Pero no se ve a nadie en la iglesia, todavía.

El chico salió otra vez al presbiterio pensando en Paco el del Molino. ¿No había de recordarlo? Lo vio morir, y después de su muerte la gente sacó un romance. El monaguillo sabía algunos trozos:

Ahí va Paco el del Molino,
que ya ha sido sentenciado,
y que llora por su vida
camino del camposanto.

Eso de llorar no era verdad, porque el monaguillo vio a Paco, y no lloraba. «Lo vi —se decía— con los otros desde el coche del señor Cástulo, y yo llevaba la bolsa con la extremaunción para que Mosén Millán les pusiera a los muertos el santolio en el pie.» El monaguillo iba y venía con el romance de Paco en los dientes. Sin darse cuenta acomodaba sus pasos al compás de la canción:

...y al llegar frente a las tapias
el centurión echa el alto.

Eso del centurión le parecía al monaguillo más bien cosa de Semana Santa y de los pasos de la oración del huerto. Por las ventanas de la sacristía llegaba ahora un olor de hierbas quemadas, y Mosén Millán, sin dejar de rezar, sentía en ese olor las añoranzas de su propia juventud. Era viejo, y estaba llegando —se decía— a esa edad en que la sal ha perdido su sabor, como dice la Biblia. Rezaba entre dientes con la cabeza apoyada en aquel lugar del muro donde a través del tiempo se había formado una mancha oscura.

Entraba y salía el monaguillo con la pértiga de encender los cirios, las vinajeras y el misal.

—¿Hay gente en la iglesia? —preguntaba otra vez el cura.

—No, señor.

Mosén Millán se decía: es pronto. Además, los campesinos no han acabado las faenas de la trilla. Pero la familia del difunto no podía faltar. Seguían sonando las campanas que en los funerales eran lentas, espaciadas y graves.

Mosén Millán alargaba las piernas. Las puntas de sus zapatos asomaban debajo del alba y encima de la estera de esparto. El alba estaba deshilándose por el remate. Los zapatos tenían el cuero rajado por el lugar donde se doblaban al andar, y el cura pensó: tendré que enviarlos a componer. El zapatero era nuevo en la aldea. El anterior no iba a misa, pero trabajaba para el cura con el mayor esmero, y le cobraba menos. Aquel zapatero y Paco el del Molino habían sido muy amigos.

Recordaba Mosén Millán el día que bautizó a Paco en aquella misma iglesia. La mañana del bautizo se presentó fría y dorada, una de esas mañanitas en que la grava del río que habían puesto en la plaza durante el *Corpus,* crujía de frío bajo los pies. Iba el niño en brazos de la madrina, envuelto en ricas mantillas, y cubierto por un manto de raso blanco, bordado en sedas blancas, también. Los lujos de los campesinos son para los actos sacramentales. Cuando el bautizo entraba en la iglesia, las campanitas menores tocaban alegremente. Se podía saber si el que iban a bautizar era niño o niña. Si era niño, las campanas —una en un tono más alto que la otra— decían: *no és nena, que és nen; no és nena, que és nen.* Si era niña cambiaban un poco, y decían: *no és nen, que és nena; no és nen, que és nena.* La aldea estaba cerca de la raya de Lérida, y los campesinos usaban a veces palabras catalanas.

Al llegar el bautizo se oyó en la plaza vocerío de niños, como siempre. El padrino llevaba una bolsa de papel de la que sacaba puñados de peladillas y caramelos. Sabía que, de no hacerlo, los chicos recibirían al bautizo gritando a coro frases desairadas para el recién nacido, aludiendo a sus pañales y a si estaban secos o mojados.

Se oían rebotar las peladillas contra las puertas y las ventanas y a veces contra las cabezas de los mismos chicos, quienes no perdían el tiempo en lamentaciones. En la torre las campanitas menores seguían tocando: *no és nena, que és nen,* y los campesinos entraban en la iglesia, donde esperaba Mosén Millán ya revestido.

Recordaba el cura aquel acto entre centenares de otros porque había sido el bautizo de Paco el del Molino. Había varias personas enlutadas y graves. Las mujeres con mantilla o mantón negro. Los hombres con camisa almidonada. En la capilla bautismal la pila sugería misterios antiguos.

Mosén Millán había sido invitado a comer con la familia. No hubo grandes extremos porque las fiestas del invierno solían ser menos algareras que las del verano. Recordaba Mosén Millán que sobre una mesa había un paquete de velas rizadas y adornadas, y que en un extremo de la habitación estaba la cuna del niño. A su lado, la madre, de breve cabeza y pecho opulento, con esa serenidad majestuosa de las recién paridas. El padre atendía a los amigos. Uno de ellos se acercaba a la cuna, y preguntaba:

—¿Es tu hijo?

—Hombre, no lo sé —dijo el padre acusando con una tranquila sorna lo obvio de la pregunta—. Al menos, de mi mujer sí que lo es.

Luego soltó la carcajada. Mosén Millán, que estaba leyendo su grimorio, alzó la cabeza.

—Vamos, no seas bruto. ¿Qué sacas con esas bromas?

Las mujeres reían también, especialmente la Jerónima —partera y saludadora—, que en aquel momento llevaba a la madre un caldo de gallina y un vaso de vino moscatel. Después descubría al niño, y se ponía a cambiar el vendaje del ombliguito.

—Vaya, zagal. Seguro que no te echarán del baile —decía aludiendo al volumen de sus atributos masculinos.

La madrina repetía que durante el bautismo el niño había sacado la lengua para recoger la sal, y de eso deducía que tendría gracia y atractivo con las mujeres. El padre del niño iba y venía, y se detenía a veces para mirar al recién nacido: «¡Qué cosa es la vida! Hasta que nació ese crío, yo era sólo el hijo de mi padre. Ahora soy, además, el padre de mi hijo».

—El mundo es redondo, y rueda —dijo en voz alta.

Estaba seguro Mosén Millán de que servirían en la comida perdiz en adobo. En aquella casa solían tenerla. Cuando sintió su olor en el aire, se levantó, se acercó a la cuna, y sacó de su breviario un pequeñísimo escapulario que dejó debajo de la almohada del niño. Miraba el cura al niño sin dejar de rezar: *ad perpetuam rei memoriam...* El niño parecía darse cuenta de que era el centro de aquella celebración, y sonreía dormido. Mosén Millán se apartaba pensando: ¿De qué puede sonreír? Lo dijo en voz alta, y la Jerónima comentó:

—Es que sueña. Sueña con ríos de lechecita caliente.

El diminutivo de leche resultaba un poco extraño, pero todo lo que decía la Jerónima era siempre así.

Cuando llegaron los que faltaban, comenzó la comida. Una de las cabeceras la ocupó el feliz padre. La abuela dijo al indicar al cura el lado contrario:

—Aquí el otro padre, Mosén Millán.

El cura dio la razón a la abuela: el chico había nacido dos veces, una al mundo y otra a la iglesia. De este segundo nacimiento el padre era el cura párroco. Mosén Millán se servía poco, reservándose para las perdices.

Veintiséis años después se acordaba de aquellas perdices, y en ayunas, antes de la misa, percibía los olores de ajo, vinagrillo y aceite de oliva. Revestido y oyendo las campanas, dejaba que por un momento el recuerdo se extinguiera. Miraba al monaguillo. Éste no sabía todo el romance de Paco, y se quedaba en la puerta con un dedo doblado entre los dientes tratando de recordar:

...ya los llevan, ya los llevan
atados brazo con brazo.

El monaguillo tenía presente la escena, que fue sangrienta y llena de estampidos.

Volvía a recordar el cura la fiesta del bautizo mientras el monaguillo por decir algo repetía:

—No sé qué pasa que hoy no viene nadie a la iglesia, Mosén Millán.

El sacerdote había puesto la crisma en la nuca de Paco, en su tierna nuca que formaba dos arruguitas contra la espalda. Ahora —pensaba— está ya aquella nuca bajo la tierra, polvo en el polvo. Todos habían mirado al niño aquella mañana, sobre todo el padre, felices, pero con cierta turbiedad en la expresión. Nada más misterioso que un recién nacido.

Mosén Millán recordaba que aquella familia no había sido nunca muy devota, pero cumplía con la parroquia y conservaba la costumbre de hacer a la iglesia dos regalos cada año, uno de lana y otro de trigo, en agosto. Lo hacían más por tradición que por devoción —pensaba Mosén Millán—, pero lo hacían.

En cuanto a la Jerónima, ella sabía que el cura no la veía con buenos ojos. A veces la Jerónima, con su oficio y sus habladurías —o *dijendas,* como ella decía—, agitaba un poco las aguas mansas de la aldea. Solía rezar la Jerónima extrañas oraciones para ahuyentar el pedrisco y evitar las inundaciones, y en aquella que terminaba diciendo: *Santo Justo, Santo Fuerte, Santo Inmortal — líbranos, Señor, de todo mal,* añadía una frase latina que sonaba como una obscenidad, y cuyo verdadero sentido no pudo nunca descifrar el cura. Ella lo hacía inocentemente, y cuando el cura le preguntaba de dónde había sacado aquel latinajo, decía que lo había heredado de su abuela.

Estaba seguro Mosén Millán de que si iba a la cuna del niño, y levantaba la almohada, encontraría algún amuleto. Solía la Jerónima poner cuando se trataba de niños una tijerita abierta en cruz para protegerlos de herida de hierro —de saña de hierro, decía ella—, y si se trataba de niñas, una rosa que ella misma había desecado a la luz de la luna para darles hermosura y evitarles las menstruaciones difíciles.

Hubo un incidente que produjo cierta alegría secreta a Mosén Millán. El médico de la aldea, un hombre joven, llegó, dio los buenos días, se quitó las gafas para limpiarlas —se le habían empañado al entrar—, y se acercó a la cuna. Después de reconocer al crío dijo gravemente a la Jerónima que no volviera a tocar el ombligo del recién nacido y ni siquiera a cambiarle la faja. Lo dijo secamente, y lo que era peor, delante de todos. Lo oyeron hasta los que estaban en la cocina.

Como era de suponer, al marcharse el médico, la Jerónima comenzó a desahogarse. Dijo que con los médicos viejos nunca había tenido palabras, y que aquel jovencito creía que sólo su ciencia valía, pero dime de lo que presumes, y te diré lo que te falta. Aquel médico tenía más hechuras y maneras que *concencia.* Trató de malquistar al médico con los maridos. ¿No habían visto cómo se entraba por las casas de rondón, y sin llamar, y se iba derecho a la alcoba, aunque la hembra de la familia estuviera allí vistiéndose? Más de una había sido sorprendida en cubrecorsé o en enaguas. ¿Y qué hacían las pobres? Pues nada. Gritar y correr a otro cuarto. ¿Eran maneras aquellas de entrar en una casa un hombre soltero y sin arrimo? Ése era el médico. Seguía hablando la Jerónima, pero los hombres no la escuchaban. Mosén Millán intervino por fin:

—Cállate, Jerónima —dijo—. Un médico es un médico.

—La culpa —dijo alguien— no es de la Jerónima, sino del jarro.

Los campesinos hablaban de cosas referentes al trabajo. El trigo apuntaba bien, los planteros —semilleros— de hortalizas iban germinando, y en la primavera sería un gozo sembrar los melonares y la lechuga. Mosén Millán, cuando vio que la conversación languidecía, se puso a hablar contra las supersticiones. La Jerónima escuchaba en silencio.

Hablaba el cura de las cosas más graves con giros campesinos. Decía que la Iglesia se alegraba tanto de aquel nacimiento como los mismos padres, y que había que alejar del niño las supersticiones, que son cosa del demonio, y que podrían dañarle el día de mañana. Añadió que el chico sería tal vez un nuevo Saulo para la Cristiandad.

—Lo que quiero yo es que aprenda a ajustarse los calzones, y que haga un buen mayoral de labranza —dijo el padre.

Rió la Jerónima para molestar al cura. Luego dijo:

—El chico será lo que tenga que ser. Cualquier cosa, menos cura.

Mosén Millán la miró extrañado:

—Qué bruta eres, Jerónima.

En aquel momento llegó alguien buscando a la ensalmadora. Cuando ésta hubo salido, Mosén Millán se dirigió a la cuna del niño, levantó la almohada, y halló debajo un clavo y una pequeña llave formando cruz. Los sacó, los entregó al padre, y dijo: «¿Usted ve?». Después rezó una oración. Repitió que el pequeño Paco, aunque fuera un día mayoral de labranza, era hijo espiritual suyo, y debía cuidar de su alma. Ya sabía que la Jerónima, con sus supersticiones, no podía hacer daño mayor, pero tampoco hacía ningún bien.

Mucho más tarde, cuando Paquito fue Paco, y salió de quintas, y cuando murió, y cuando Mosén Millán trataba de decir la misa de aniversario, vivía todavía la Jerónima, aunque era tan vieja que decía tonterías, y no le hacían caso. El monaguillo de Mosén Millán estaba en la puerta de la sacristía, y sacaba la nariz de vez en cuando para fisgar por la iglesia, y decir al cura:

—Todavía no ha venido nadie.

Alzaba las cejas el sacerdote pensando: no lo comprendo. Toda la aldea quería a Paco. Menos don Gumersindo, don Valeriano y tal vez el señor Cástulo Pérez. Pero de los sentimientos de este último nadie podía estar seguro. El monaguillo también se hablaba a sí mismo diciéndose el romance de Paco:

Las luces iban po'l monte
y las sombras por el saso...

Mosén Millán cerró los ojos, y esperó. Recordaba algunos detalles nuevos de la infancia de Paco. Quería al muchacho, y el niño le quería a él, también. Los chicos y los animales quieren a quien los quiere.

A los seis años hacía *fuineta,* es decir, se escapaba ya de casa, y se unía con otros zagales. Entraba y salía por las cocinas de los vecinos. Los campesinos siguen el viejo proverbio: al hijo de tu vecino límpiale las narices y mételo en tu casa. Tendría Paco algo más de seis años cuando fue por primera vez a la escuela. La casa del cura estaba cerca, y el chico iba de tarde en tarde a verlo. El hecho de que fuera por voluntad propia conmovía al cura. Le daba al muchacho estampas de colores. Si al salir de casa del cura el chico encontraba al zapatero, éste le decía:

—Ya veo que eres muy amigo de Mosén Millán.

—¿Y usted no? —preguntaba el chico.

—¡Oh! —decía el zapatero, evasivo—. Los curas son la gente que se toma más trabajo en el mundo para no trabajar. Pero Mosén Millán es un santo.

Esto último lo decía con una veneración exagerada para que nadie pudiera pensar que hablaba en serio.

El pequeño Paco iba haciendo sus descubrimientos en la vida. Encontró un día al cura en la abadía cambiándose de sotana, y al ver que debajo llevaba pantalones, se quedó extrañado y sin saber qué pensar.

Cuando veía Mosén Millán al padre de Paco le preguntaba por el niño empleando una expresión halagadora:

—¿Dónde está el heredero?

Tenía el padre de Paco un perro flaco y malcarado. Los labradores tratan a sus perros con indiferencia y crueldad, y es, sin duda, la razón por la que esos animales los adoran. A veces el perro acompañaba al chico a la escuela. Andaba a su lado sin zalemas y sin alegría, protegiéndolo con su sola presencia.

Paco andaba por entonces muy atareado tratando de convencer al perro de que el gato de la casa tenía también derecho a la vida. El perro no lo entendía así, y el pobre gato tuvo que escapar al campo. Cuando Paco quiso recuperarlo, su padre le dijo que era inútil porque las alimañas salvajes lo habrían matado ya. Los búhos no suelen tolerar que haya en el campo otros animales que puedan ver en la oscuridad, como ellos. Perseguían a los gatos, los mataban y se los comían. Desde que supo eso, la noche era para Paco misteriosa y temible, y cuando se acostaba aguzaba el oído queriendo oír los ruidos de fuera.

Si la noche era de los búhos, el día pertenecía a los chicos, y Paco, a los siete años, era bastante revoltoso. Sus preocupaciones y temores durante la noche no le impedían reñir al salir de la escuela.

Era ya por entonces una especie de monaguillo auxiliar o suplente. Entre los tesoros de los chicos de la aldea había un viejo revólver con el que especulaban de tal modo, que nunca estaba más de una semana en las mismas manos. Cuando por alguna razón —por haberlo ganado en juegos o cambalaches— lo tenía Paco, no se separaba de él, y mientras ayudaba a misa lo llevaba en el cinto bajo el roquete. Una vez, al cambiar el misal y hacer la genuflexión, resbaló el arma, y cayó en la tarima con un ruido enorme. Un momento quedó allí, y los dos monaguillos se abalanzaron sobre ella. Paco empujó al otro, y tomó su revólver. Se remangó la sotana, se lo guardó en la cintura, y respondió al sacerdote:

—*Et cum spiritu tuo*.

Terminó la misa, y Mosén Millán llamó a capítulo a Paco, le riñó y le pidió el revólver. Entonces ya Paco lo había escondido detrás del altar. Mosén Millán registró al chico, y no le encontró nada. Paco se limitaba a negar, y no le habrían sacado de sus negativas todos los verdugos de la antigua Inquisición. Al final, Mosén Millán se dio por vencido, pero le preguntó:

—¿Para qué quieres ese revólver, Paco? ¿A quién quieres matar?

—A nadie.

Añadió que lo llevaba para evitar que lo usaran otros chicos peores que él. Este subterfugio asombró al cura.

Mosén Millán se interesaba por Paco pensando que sus padres eran poco religiosos. Creía el sacerdote que atrayendo al hijo, atraería tal vez al resto de la familia. Tenía Paco siete años cuando llegó el obispo, y confirmó a los chicos de la aldea. La figura del prelado, que era un anciano de cabello blanco y alta estatura, impresionó a Paco. Con su mitra, su capa pluvial y el báculo dorado, daba al niño la idea aproximada de lo que debía ser Dios en los cielos. Después de la confirmación habló el obispo con Paco en la sacristía. El obispo le llamaba *galopín*. Nunca había oído Paco aquella palabra. El diálogo fue así:

—¿Quién es este galopín?

—Paco, para servir a Dios y a su ilustrísima.

El chico había sido aleccionado. El obispo, muy afable, seguía preguntándole:

—¿Qué quieres ser tú en la vida? ¿Cura?

—No, señor.

—¿General?

—No, señor, tampoco. Quiero ser labrador, como mi padre.

El obispo reía. Viendo Paco que tenía éxito, siguió hablando:

—Y tener tres pares de mulas, y salir con ellas por la calle mayor diciendo: ¡Tordillaaa Capitanaaa, oxiqué me ca...!

Mosén Millán se asustó, y le hizo con la mano un gesto indicando que debía callarse. El obispo reía.

Aprovechando la emoción de aquella visita del obispo, Mosén Millán comenzó a preparar a Paco y a otros mozalbetes para la primera comunión, y al mismo tiempo decidió que era mejor hacerse cómplice de las pequeñas picardías de los muchachos que censor. Sabía que Paco tenía el revólver, y no había vuelto a hablarle de él.

Se sentía Paco seguro en la vida. El zapatero lo miraba a veces con cierta ironía —¿por qué?—, y el médico, cuando iba a su casa, le decía:

—Hola, Cabarrús.

Casi todos los vecinos y amigos de la familia le guardaban a Paco algún secreto: la noticia del revólver, un cristal roto en una ventana, el hurto de algunos puñados de cerezas en un huerto. El más importante encubrimiento era el de Mosén Millán.

Un día habló el cura con Paco de cosas difíciles porque Mosén Millán le enseñaba a hacer examen de conciencia desde el primer mandamiento hasta el décimo. Al llegar al sexto, el sacerdote vaciló un momento, y dijo, por fin:

—Pásalo por alto, porque tú no tienes pecados de esa clase todavía.

Paco estuvo cavilando, y supuso que debía referirse a la relación entre hombres y mujeres.

Iba Paco a menudo a la iglesia, aunque sólo ayudaba a misa cuando hacían falta dos monaguillos. En la época de Semana Santa descubrió grandes cosas. Durante aquellos días todo cambiaba en el templo. Las imágenes las tapaban con paños color violeta, el altar mayor quedaba oculto también detrás de un enorme lienzo malva, y una de las naves iba siendo transformada en un extraño lugar lleno de misterio. Era *el monumento.* La parte anterior tenía acceso por una ancha escalinata cubierta de alfombra negra.

Al pie de esas escaleras, sobre un almohadón blanco de raso estaba acostado un crucifijo de metal cubierto con lienzo violeta, que formaba una figura romboidal sobre los extremos de la Cruz. Por debajo del rombo asomaba la base, labrada. Los fieles se acercaban, se arrodillaban, y la besaban. Al lado una gran bandeja con dos o tres monedas de plata y muchas más de cobre. En las sombras de la iglesia aquel lugar silencioso e iluminado, con las escaleras llenas de candelabros y cirios encendidos, daba a Paco una impresión de misterio.

Debajo del monumento, en un lugar invisible, dos hombres tocaban en flautas de caña una melodía muy triste. La melodía era corta y se repetía hasta el infinito durante todo el día. Paco tenía sensaciones contradictorias muy fuertes.

Durante el Jueves y el Viernes Santo no sonaban las campanas de la torre. En su lugar se oían las matracas. En la bóveda del campanario había dos enormes cilindros de madera cubiertos de hileras de mazos. Al girar el cilindro, los mazos golpeaban sobre la madera hueca. Toda aquella maquinaria estaba encima de las campanas, y tenía un eje empotrado en dos muros opuestos del campanario, y engrasado con pez. Esas gigantescas matracas producían un rumor de huesos agitados. Los monaguillos tenían dos matraquitas de mano, y las hacían sonar al alzar en la misa. Paco miraba y oía todo aquello asombrado.

Le intrigaban sobre todo las estatuas que se veían a los dos lados del monumento. Éste parecía el interior de una inmensa cámara fotográfica con el fuelle extendido. La turbación de Paco procedía del hecho de haber visto aquellas imágenes polvorientas y desnarigadas en un desván del templo donde amontonaban los trastos viejos. Había también allí piernas de cristos desprendidas de los cuerpos, estatuas de mártires desnudos y sufrientes. Cabezas de *ecce homos* lacrimosos, paños de verónicas colgados del muro, trípodes hechos con listones de madera que tenían un busto de mujer en lo alto, y que, cubiertos por un manto en forma cónica, se convertían en Nuestra Señora de los Desamparados.

El otro monaguillo —cuando estaban los dos en el desván— exageraba su familiaridad con aquellas figuras. Se ponía a caballo de uno de los apóstoles, en cuya cabeza golpeaba con los nudillos para ver —decía— si había ratones; le ponía a otro un papelito arrollado en la boca como si estuviera fumando, iba al lado de San Sebastián, y le arrancaba los dardos del pecho para volvérselos a poner, cruelmente. Y en un rincón se veía el túmulo funeral que se usaba en las misas de difuntos. Cubierto de paños negros goteados de cera mostraba en los cuatro lados una calavera y dos tibias cruzadas. Era un lugar dentro del cual se escondía el otro acólito, a veces, y cantaba cosas irreverentes.

El Sábado de Gloria, por la mañana, los chicos iban a la iglesia llevando pequeños mazos de madera que tenían guardados todo el año para aquel fin. Iban —quién iba a suponerlo— a matar judíos. Para evitar que rompieran los bancos, Mosén Millán hacía poner el día anterior tres largos maderos derribados cerca del atrio. Se suponía que los judíos estaban dentro, lo que no era para las imaginaciones infantiles demasiado suponer. Los chicos se sentaban detrás y esperaban. Al decir el cura en los oficios la palabra *resurrexit,* comenzaban a golpear produciendo un fragor escandaloso, que duraba hasta el canto del *aleluya* y el primer volteo de campanas.

Salía Paco de la Semana Santa como convaleciente de una enfermedad. Los oficios habían sido sensacionales, y tenían nombres extraños: las *tinieblas,* el sermón de *las siete palabras,* y del *beso de Judas,* el de los *velos rasgados.* El Sábado de Gloria solía ser como la reconquista de la luz y la alegría. Mientras volteaban las campanas en la torre —después del silencio de tres días— la Jerónima cogía piedrecitas en la glera del río porque decía que poniéndoselas en la boca aliviarían el dolor de muelas.

Paco iba entonces a la casa del cura en grupo con otros chicos, que se preparaban también para la primera comunión. El cura los instruía y les aconsejaba que en aquellos días no hicieran diabluras. No debían pelear ni ir al lavadero público, donde las mujeres hablaban demasiado libremente.

Los chicos sentían desde entonces una curiosidad más viva, y si pasaban cerca del lavadero aguzaban el oído. Hablando los chicos entre sí, de la comunión, inventaban peligros extraños y decían que al comulgar era necesario abrir mucho la boca, porque si la hostia tocaba en los dientes, el comulgante caía muerto, y se iba derecho al infierno.

Un día, Mosén Millán pidió al monaguillo que le acompañara a llevar la extremaunción a un enfermo grave. Fueron a las afueras del pueblo, donde ya no había casas, y la gente vivía en unas cuevas abiertas en la roca. Se entraba en ellas por un agujero rectangular que tenía alrededor una cenefa encalada.

Paco llevaba colgada del hombro una bolsa de terciopelo donde el cura había puesto los objetos litúrgicos. Entraron bajando la cabeza y pisando con cuidado. Había dentro dos cuartos con el suelo de losas de piedra mal ajustadas. Estaba ya oscureciendo, y en el cuarto primero no había luz. En el segundo se veía sólo una lamparilla de aceite. Una anciana, vestida de harapos, los recibió con un cabo de vela encendido. El techo de roca era muy bajo, y aunque se podía estar de pie, el sacerdote bajaba la cabeza por precaución. No había otra ventilación que la de la puerta exterior. La anciana tenía los ojos secos y una expresión de fatiga y de espanto frío.

En un rincón había un camastro de tablas, y en él estaba el enfermo. El cura no dijo nada, la mujer tampoco. Sólo se oía un ronquido regular, bronco y persistente, que salía del pecho del enfermo. Paco abrió la bolsa, y el sacerdote, después de ponerse la estola, fue sacando trocitos de estopa y una pequeña vasija con aceite, y comenzó a rezar en latín.

La anciana escuchaba con la vista en el suelo y el cabo de vela en la mano. La silueta del enfermo —que tenía el pecho muy levantado y la cabeza muy baja— se proyectaba en el muro, y el más pequeño movimiento del cirio hacía moverse la sombra.

Descubrió el sacerdote los pies del enfermo. Eran grandes, secos, resquebrajados. Pies de labrador. Después fue a la cabecera. Se veía que el agonizante ponía toda la energía que le quedaba en aquella horrible tarea de respirar. Los estertores eran más broncos y más frecuentes. Paco veía dos o tres moscas que revoloteaban sobre la cara del enfermo, y que a la luz tenían reflejos de metal. Mosén Millán hizo las unciones en los ojos, en la nariz, en los pies. El enfermo no se daba cuenta. Cuando terminó el sacerdote, dijo a la mujer:

—Dios lo acoja en su seno.

La anciana callaba. Le temblaba a veces la barba, y en aquel temblor se percibía el hueso de la mandíbula debajo de la piel. Paco seguía mirando alrededor. No había luz, ni agua, ni fuego.

Mosén Millán tenía prisa por salir, pero lo disimulaba porque aquella prisa le parecía poco cristiana. Cuando salieron, la mujer los acompañó hasta la puerta con el cirio encendido. No se veían por allí más muebles que una silla desnivelada apoyada contra el muro. En el cuarto exterior, en un rincón y en el suelo había tres piedras ahumadas y un poco de ceniza fría. En una estaca clavada en el muro, una chaqueta vieja. El sacerdote parecía ir a decir algo, pero se calló. Salieron.

Era ya de noche, y en lo alto se veían las estrellas. Paco preguntó:

—¿Esa gente es pobre, Mosén Millán?

—Sí, hijo.

—¿Muy pobre?

—Mucho.

—¿La más pobre del pueblo?

—Quién sabe, pero hay cosas peores que la pobreza. Son desgraciados por otras razones.

El monaguillo veía que el sacerdote contestaba con desgana.

—¿Por qué? —preguntó.

—Tienen un hijo que podría ayudarles, pero he oído decir que está en la cárcel.

—¿Ha matado a alguno?

—Yo no sé, pero no me extrañaría.

Paco no podía estar callado. Caminaba a oscuras por terreno desigual. Recordando al enfermo, el monaguillo dijo:

—Se está muriendo porque no puede respirar. Y ahora nos vamos, y se queda allí solo.

Caminaban. Mosén Millán parecía muy fatigado. Paco añadió:

—Bueno, con su mujer. Menos mal.

Hasta las primeras casas había un buen trecho. Mosén Millán dijo al chico que su compasión era virtuosa y que tenía buen corazón. El chico preguntó aun si no iba nadie a verlos porque eran pobres o porque tenían un hijo en la cárcel y Mosén Millán queriendo cortar el diálogo aseguró que de un momento a otro el agonizante moriría y subiría al cielo donde sería feliz. El chicó miró las estrellas.

—Su hijo no debe ser muy malo, padre Millán.

—¿Por qué?

—Si fuera malo, sus padres tendrían dinero. Robaría.

El cura no quiso responder. Y seguían andando.

Paco se sentía feliz yendo con el cura.

Ser su amigo le daba autoridad aunque no podría decir en qué forma. Siguieron andando sin volver a hablar, pero al llegar a la iglesia Paco repitió una vez más:

—¿Por qué no va a verlo nadie, Mosén Millán?

—¿Qué importa eso, Paco? El que se muere, rico o pobre, siempre está solo aunque vayan los demás a verlo. La vida es así y Dios que la ha hecho sabe por qué.

Paco recordaba que el enfermo no decía nada. La mujer tampoco. Además el enfermo tenía los pies de madera como los de los crucifijos rotos y abandonados en el desván.

El sacerdote guardaba la bolsa de los óleos. Paco dijo que iba a avisar a los vecinos para que fueran a ver al enfermo y ayudar a su mujer. Iría de parte de Mosén Millán y así nadie se negaría. El cura le advirtió que lo mejor que podía hacer era ir a su casa. Cuando Dios permite la pobreza y el dolor —dijo— es por algo.

—¿Qué puedes hacer tú? —añadió—. Esas cuevas que has visto son miserables pero las hay peores en otros pueblos.

Medio convencido, Paco se fue a su casa, pero durante la cena habló dos o tres veces más del agonizante y dijo que en su choza no tenían ni siquiera un poco de leña para hacer fuego. Los padres callaban. La madre iba y venía. Paco decía que el pobre hombre que se moría no tenía siquiera un colchón porque estaba acostado sobre tablas. El padre dejó de cortar pan y lo miró.

—Es la última vez —dijo— que vas con Mosén Millán a dar la unción a nadie.

Todavía el chico habló de que el enfermo tenía un hijo presidiario, pero que no era culpa del padre.

—Ni del hijo tampoco.

Paco estuvo esperando que el padre dijera algo más, pero se puso a hablar de otras cosas.

Como en todas las aldeas, había un lugar en las afueras que los campesinos llamaban *el carasol,* en la base de una cortina de rocas que daban al mediodía. Era caliente en invierno y fresco en verano. Allí iban las mujeres más pobres —generalmente ya viejas— y cosían, hilaban, charlaban de lo que sucedía en el mundo.

Durante el invierno aquel lugar estaba siempre concurrido. Alguna vieja peinaba a su nieta. La Jerónima, en el carasol, estaba siempre alegre, y su alegría contagiaba a las otras. A veces, sin más ni más, y cuando el carasol estaba aburrido, se ponía ella a bailar sola, siguiendo el compás de las campanas de la iglesia.

Fue ella quien llevó la noticia de la piedad de Paco por la familia agonizante, y habló de la resistencia de Mosén Millán a darles ayuda —esto muy exagerado para hacer efecto— y de la prohibición del padre del chico. Según ella, el padre había dicho a Mosén Millán:

—¿Quién es usted para llevarse al chico a dar la unción?

Era mentira, pero en el carasol creían todo lo que la Jerónima decía. Ésta hablaba con respeto de mucha gente, pero no de las familias de don Valeriano y de don Gumersindo.

Veintitrés años después, Mosén Millán recordaba aquellos hechos, y suspiraba bajo sus ropas talares, esperando con la cabeza apoyada en el muro —en el lugar de la mancha oscura— el momento de comenzar la misa. Pensaba que aquella visita de Paco a la cueva influyó mucho en todo lo que había de sucederle después. «Y vino conmigo. Yo lo llevé», añadía un poco perplejo. El monaguillo entraba en la sacristía y decía:

—Aún no ha venido nadie, Mosén Millán.

Lo repitió porque con los ojos cerrados, el cura parecía no oírle. Y recitaba para sí el monaguillo otras partes del romance a medida que las recordaba:

...Lo buscaban en los montes,
pero no lo han encontrado;
a su casa iban con perros
pa que tomen el olfato;
ya ventean, ya ventean
las ropas viejas de Paco.

Se oían aún las campanas. Mosén Millán volvía a recordar a Paco. «Parece que era ayer cuando tomó la primera comunion.» Poco después el chico se puso a crecer, y en tres o cuatro años se hizo casi tan grande como su padre. La gente, que hasta entonces lo llamaba Paquito, comenzó a llamarlo Paco el del Molino. El bisabuelo había tenido un molino que ya no molía, y que empleaban para almacén de grano. Tenía también allí un pequeño rebaño de cabras. Una vez, cuando parieron las cabras, Paco le llevó a Mosén Millán un cabritillo, que quedó triscando por el huerto de la abadía.

Poco a poco se fue alejando el muchacho de Mosén Millán. Casi nunca lo encontraba en la calle, y no tenía tiempo para ir ex profeso a verlo. Los domingos iba a misa —en verano faltaba alguna vez—, y para Pascua confesaba y comulgaba, cada año.

Aunque imberbe aún, el chico imitaba las maneras de los adultos. No sólo iba sin cuidado al lavadero y escuchaba los diálogos de las mozas, sino que a veces ellas le decían picardías y crudezas, y él respondía bravamente. El lugar a donde iban a lavar las mozas se llamaba la plaza del agua, y era, efectivamente, una gran plaza ocupada en sus dos terceras partes por un estanque bastante profundo. En las tardes calientes del verano algunos mozos iban a nadar allí completamente en cueros. Las lavanderas parecían escandalizarse, pero sólo de labios afuera. Sus gritos, sus risas y las frases que cambiaban con los mozos mientras en la alta torre crotoraban las cigüeñas, revelaban una alegría primitiva.

Paco el del Molino fue una tarde allí a nadar, y durante más de dos horas se exhibió a gusto entre las bromas de las lavanderas. Le decían palabras provocativas, insultos femeninos de intención halagadora, y aquello fue como la iniciación en la vida de los mozos solteros. Después de aquel incidente, sus padres le dejaban salir de noche y volver cuando ya estaban acostados.

A veces Paco hablaba con su padre sobre cuestiones de hacienda familiar. Un día tuvieron una conversación sobre materia tan importante como los arrendamientos de pastos en el monte y lo que esos arrendamientos les costaban. Pagaban cada año una suma regular a un viejo duque que nunca había estado en la aldea, y que percibía aquellas rentas de los campesinos de cinco pueblos vecinos. Paco creía que aquello no era cabal.

—Si es cabal o no, pregúntaselo a Mosén Millán, que es amigo de don Valeriano, el administrador del duque. Anda y verás con lo que te sale.

Ingenuamente Paco se lo preguntó al cura, y éste dijo:

—¡Qué te importa a ti eso, Paco!

Paco se atrevió a decirle —lo había oído a su padre— que había gente en el pueblo que vivía peor que los animales, y que se podía hacer algo para remediar aquella miseria.

—¿Qué miseria? —dijo Mosén Millán—. Todavía hay más miseria en otras partes que aquí.

Luego le reprendió ásperamente por ir a nadar a la plaza del agua delante de las lavanderas. En eso Paco tuvo que callarse.

El muchacho iba adquiriendo gravedad y solidez. Los domingos en la tarde, con el pantalón nuevo de pana, la camisa blanca y el chaleco rameado y florido, iba a jugar a las *birlas* (a los bolos). Desde la abadía, Mosén Millán, leyendo su breviario, oía el ruido de las birlas chocando entre sí y las monedas de cobre cayendo al suelo, donde las dejaban los mozos para sus apuestas. A veces se asomaba al balcón. Veía a Paco tan crecido, y se decía: «Ahí está. Parece que fue ayer cuando lo bauticé».

Pensaba el cura con tristeza que cuando aquellos chicos crecían, se alejaban de la iglesia, pero volvían a acercarse al llegar a la vejez por la amenaza de la muerte. En el caso de Paco la muerte llegó mucho antes que la vejez, y Mosén Millán lo recordaba en la sacristía profundamente abstraído mientras esperaba el momento de comenzar la misa. Sonaban todavía las campanas en la torre. El monaguillo dijo, de pronto:

—Mosén Millán, acaba de entrar en la iglesia don Valeriano.

El cura seguía con los ojos cerrados y la cabeza apoyada en el muro. El monaguillo recordaba aún el romance:

...en la Pardina del monte
allí encontraron a Paco;
date, date a la justicia,
o aquí mismo te matamos.

Pero don Valeriano se asomaba ya a la sacristía. «Con permiso», dijo. Vestía como los señores de la ciudad, pero en el chaleco llevaba más botones que de ordinario, y una gruesa cadena de oro con varios dijes colgando que sonaban al andar. Tenía don Valeriano la frente estrecha y los ojos huidizos. El bigote caía por los lados, de modo que cubría las comisuras de la boca. Cuando hablaba de dar dinero usaba la palabra *desembolso,* que le parecía distinguida. Al ver que Mosén Millán seguía con los ojos cerrados sin hacerle caso, se sentó y dijo:

—Mosén Millán, el último domingo dijo usted en el púlpito que había que olvidar. Olvidar no es fácil, pero aquí estoy el primero.

El cura afirmó con la cabeza sin abrir los ojos. Don Valeriano, dejando el sombrero en una silla, añadió:

—Yo la pago, la misa, salvo mejor parecer. Dígame lo que vale y como esos.

Negó el cura con la cabeza y siguió con los ojos cerrados. Recordaba que don Valeriano fue uno de los que más influyeron en el desgraciado fin de Paco. Era administrador del duque, y, además, tenía tierras propias. Don Valeriano, satisfecho de sí, como siempre, volvía a hablar:

—Ya digo, fuera malquerencias. En esto soy como mi difunto padre.

Mosén Millán oía en su recuerdo la voz de Paco. Pensaba en el día que se casó. No se casó Paco a ciegas, como otros mozos, en una explosión temprana de deseo. Las cosas se hicieron despacio y bien. En primer lugar, la familia de Paco estaba preocupada por las quintas. La probabilidad de que, sacando un número bajo, tuviera que ir al servicio militar los desvelaba a todos. La madre de Paco habló con el cura, y éste aconsejó pedir el favor a Dios y merecerlo con actos edificantes.

La madre propuso a su hijo que al llegar la Semana Santa fuera en la procesión del Viernes con un hábito de penitente, como hacían otros, arrastrando con los pies descalzos dos cadenas atadas a los tobillos. Paco se negó. En años anteriores había visto a aquellos penitentes. Las cadenas que llevaban atadas a los pies tenían, al menos, seis metros de largas, y sonaban sobre las losas o la tierra apelmazada de un modo bronco y terrible. Algunos expiaban así quién sabe qué pecados, y llevaban la cara descubierta por orden del cura, para que todos los vieran. Otros iban simplemente a pedir algún don, y preferían cubrirse el rostro.

Cuando la procesión volvía a la iglesia, al oscurecer, los penitentes sangraban por los tobillos, y al hacer avanzar cada pie recogían el cuerpo sobre el lado contrario y se inclinaban como bestias cansinas. Las canciones de las beatas sobre aquel rumor de hierros producían un contraste muy raro. Y cuando los penitentes entraban en el templo el ruido de las cadenas resonaba más, bajo las bóvedas. Entretanto, en la torre sonaban las matracas.

Paco recordaba que los penitentes viejos llevaban siempre la cara descubierta. Las mujerucas, al verlos pasar, decían en voz baja cosas tremendas.

—Mira —decía la Jerónima—. Ahí va Juan el del callejón de Santa Ana, el que robó a la viuda del sastre.

El penitente sudaba y arrastraba sus cadenas. Otras mujeres se llevaban la mano a la boca, y decían:

—Ése, Juan el de las vacas, es el que echó a su madre polvos de solimán pa' heredarla.

El padre de Paco, tan indiferente a las cosas de religión, había decidido atarse las cadenas a los tobillos. Se cubrió con el hábito negro y la capucha y se ciñó a la cintura el cordón blanco. Mosén Millán no podía comprender, y dijo a Paco:

—No tiene mérito lo de tu padre porque lo hace para no tener que apalabrar un mayoral en el caso de que tú tengas que ir al servicio.

Paco repitió aquellas palabras a su padre, y él, que todavía se curaba con sal y vinagre las lesiones de los tobillos, exclamó:

—Veo que a Mosén Millán le gusta hablar más de la cuenta.

Por una razón u otra, el hecho fue que Paco sacó en el sorteo uno de los números más altos, y que la alegría desbordaba en el hogar, y tenían que disimularla en la calle para no herir con ella a los que habían sacado números bajos.

Lo mejor de la novia de Paco, según los aldeanos, era su diligencia y laboriosidad. Por dos años antes de ser novios, Paco había pasado día tras día al ir al campo frente a la casa de la chica. Aunque era la primera hora del alba, las ropas de cama estaban ya colgadas en las ventanas, y la calle no sólo barrida y limpia, sino regada y fresca en verano. A veces veía también Paco a la muchacha. La saludaba al pasar, y ella respondía. A lo largo de dos años el saludo fue haciéndose un poco más expresivo. Luego cambiaron palabras sobre cosas del campo. En febrero, por ejemplo, ella preguntaba:

—¿Has visto ya las cotovías?

—No, pero no tardarán —respondía Paco— porque ya comienza a florecer la aliaga.

Algún día, con el temor de no hallarla en la puerta o en la ventana antes de llegar, se hacía Paco presente dando voces a las mulas y, si aquello no bastaba, cantando. Hacia la mitad del segundo año, ella —que se llamaba Águeda— lo miraba ya de frente, y le sonreía. Cuando había baile iba con su madre y sólo bailaba con Paco.

Más tarde hubo un incidente bastante sonado. Una noche el alcalde prohibió rondar al saber que había tres rondallas diferentes y rivales, y que podrían producirse violencias. A pesar de la prohibición salió Paco con los suyos, y la pareja de la guardia civil disolvió la ronda, y lo detuvo a él. Lo llevaban *a dormir a la cárcel,* pero Paco echó mano a los fusiles de los guardias y se los quitó. La verdad era que los guardias no podían esperar de Paco —amigo de ellos— una salida así. Paco se fue con los dos rifles a casa. Al día siguiente todo el pueblo sabía lo ocurrido, y Mosén Millán fue a ver al mozo, y le dijo que el hecho era grave, y no sólo para él, sino para todo el vecindario.

—¿Por qué? —preguntaba Paco.

Recordaba Mosén Millán que había habido un caso parecido en otro pueblo, y que el Gobierno condenó al municipio a estar sin guardia civil durante diez años.

—¿Te das cuenta? —le decía el cura, asustado.

—A mí no me importa estar sin guardia civil.

—No seas badulaque.

—Digo la verdad, Mosén Millán.

—¿Pero tú crees que sin guardia civil se podría sujetar a la gente? Hay mucha maldad en el mundo.

—No lo creo.

—¿Y la gente de las cuevas?

—En lugar de traer guardia civil, se podían quitar las cuevas, Mosén Millán.

—Iluso. Eres un iluso.

Entre bromas y veras el alcalde recuperó los fusiles y echó tierra al asunto. Aquel incidente dio a Paco cierta fama de mozo atrevido. A Águeda le gustaba, pero le daba una inseguridad temerosa.

Por fin, Águeda y Paco se dieron palabra de matrimonio. La novia tenía más nervio que su suegra, y aunque se mostraba humilde y respetuosa, no se entendían bien. Solía decir la madre de Paco:

—Agua mansa. Ten cuidado, hijo, que es agua mansa.

Pero Paco lo echaba a broma. Celos de madre. Como todos los novios, rondó la calle por la noche, y la víspera de San Juan llenó de flores y ramos verdes las ventanas, la puerta, el tejado y hasta la chimenea de la casa de la novia.

La boda fue como todos esperaban. Gran comida, música y baile. Antes de la ceremonia muchas camisas blancas estaban ya manchadas de vino al obstinarse los campesinos en beber en bota. Las esposas protestaban, y ellos decían riendo que había que emborrachar las camisas para darlas después a los pobres. Con esa expresión —darlas a los pobres— se hacían la ilusión de que ellos no lo eran.

Durante la ceremonia, Mosén Millán hizo a los novios una plática. Le recordó a Paco que lo había bautizado y confirmado, y dado la primera comunión. Sabiendo que los dos novios eran tibios en materia de religión, les recordaba también que la iglesia era la madre común y la fuente no sólo de la vida temporal, sino de la vida eterna. Como siempre, en las bodas algunas mujeres lloraban y se sonaban ruidosamente.

Mosén Millán dijo otras muchas cosas, y la última fue la siguiente: «Este humilde ministro del Señor ha bendecido vuestro lecho natal, bendice en este momento vuestro lecho nupcial —hizo en el aire la señal de la Cruz—, y bendecirá vuestro lecho mortal, si Dios lo dispone así. *In nomine Patris et Filii...*».

Eso del lecho mortal le pareció a Paco que no venía al caso. Recordó un instante los estertores de aquel pobre hombre a quien llevó la unción siendo niño. (Era el único lecho mortal que había visto.) Pero el día no era para tristezas.

Terminada la ceremonia salieron. A la puerta les esperaba una rondalla de más de quince músicos con guitarras, bandurrias, requintos, hierros y panderetas, que comenzó a tocar rabiosamente. En la torre, el cimbal más pequeño volteaba.

Una mozuela decía viendo pasar la boda, con un cántaro en el anca:

—¡Todas se casan, y yo, mira!

La comitiva fue a la casa del novio. Las consuegras iban lloriqueando aún. Mosén Millán, en la sacristía, se desvistió de prisa para ir cuanto antes a participar de la fiesta. Cerca de la casa del novio encontró al zapatero, vestido de gala. Era pequeño, y como casi todos los del oficio, tenía anchas caderas. Mosén Millán, que tuteaba a todo el mundo, lo trataba a él de usted. Le preguntó si había estado en la casa de Dios.

—Mire, Mosén Millán. Si aquello es la casa de Dios, yo no merezco estar allí, y si no lo es, ¿para qué?

El zapatero encontró todavía antes de separarse del cura un momento para decirle algo de veras extravagante. Le dijo que sabía de buena tinta que en Madrid el rey se tambaleaba, y que si caía, muchas cosas iban a caer con él. Como el zapatero olía a vino, el cura no le hizo mucho caso. El zapatero repetía con una rara alegría:

—En Madrid pintan bastos, señor cura.

Podía haber algo de verdad, pero el zapatero hablaba fácilmente. Sólo había una persona que en eso se le pudiera igualar: la Jerónima.

Era el zapatero como un viejo gato, ni amigo ni enemigo de nadie, aunque con todos hablaba. Mosén Millán recordaba que el periódico de la capital de la provincia no disimulaba su alarma ante lo que pasaba en Madrid. Y no sabía qué pensar.

Veía el cura a los novios solemnes, a los invitados jóvenes ruidosos, y a los viejos discretamente alegres. Pero no dejaba de pensar en las palabras del zapatero. Éste se había puesto, según dijo, el traje que llevó en su misma boda, y por eso olía a alcanfor. A su alrededor se agrupaban seis u ocho invitados, los menos adictos a la parroquia. Debía estar hablándoles —pensaba Mosén Millán— de la próxima caída del rey y de que en Madrid *pintaban bastos.*

Comenzaron a servir vino. En una mesa había pimientos en adobo, hígado de pollo y rabanitos en vinagre para abrir el apetito. El zapatero se servía mientras elegía entre las botellas que había al lado. La madre del novio le dijo indicándole una:

—Este vino es de los que raspan.

En la sala de al lado estaban las mesas. En la cocina, la Jerónima arrastraba su pata reumática.

Era ya vieja, pero hacía reír a la gente joven:

—No me dejan salir de la cocina —decía— porque tienen miedo de que con mi aliento agrie el vino. Pero me da igual. En la cocina está lo bueno. Yo también sé vivir. No me casé, pero por detrás de la iglesia tuve todos los hombres que se me antojaban. Soltera, soltera, pero con la llave en la gatera.

Las chicas reían escandalizadas.

Entraba en la casa el señor Cástulo Pérez. Su presencia causó sensación porque no lo esperaban. Llegaba con dos floreros de porcelana envueltos en papel y cuidadosamente atados con una cinta. «No sé qué es esto —dijo dándoselos a la madre de la novia—. Cosas de la dueña.» Al ver al cura se le acercó:

—Mosén Millán, parece que en Madrid van a darle la vuelta a la tortilla.

Del zapatero se podía dudar, pero refrendado por el señor Cástulo, no. Y éste, que era hombre prudente, buscaba, al parecer, el arrimo de Paco el del Molino. ¿Con qué fin? Había oído el cura hablar de elecciones. A las preguntas del cura, el señor Cástulo decía evasivo: «Un *runrún* que corre». Luego, dirigiéndose al padre del novio, gritó con alegría:

—Lo importante no es si ponen o quitan rey, sino saber si la rosada mantiene el tempero de las viñas. Y si no, que lo diga Paco.

—Bien que le importan a Paco las viñas en un día como hoy —dijo alguien.

Con sus apariencias simples, el señor Cástulo era un carácter fuerte. Se veía en sus ojos fríos y escrutadores. Al dirigirse al cura antes de decir lo que se proponía hacía un preámbulo: «Con los respetos debidos...». Pero se veía que esos respetos no eran muchos.

Iban llegando nuevos invitados y parecían estar ya todos.

Sin darse cuenta habían ido situándose por jerarquías sociales. Todos de pie, menos el sacerdote, se alineaban contra el muro, alrededor de la sala. La importancia de cada cual —según las propiedades que tenía— determinaba su proximidad o alejamiento de la cabecera del cuarto en donde había dos mecedoras y una vitrina con mantones de Manila y abanicos de nácar, de los que la familia estaba orgullosa.

Al lado, en una mecedora, Mosén Millán. Cerca los novios, de pie, recibiendo los parabienes de los que llegaban, y tratando con el dueño del único aútomóvil de alquiler que había en la aldea el precio del viaje hasta la estación del ferrocarril. El dueño del coche, que tenía la contrata del servicio de correos, decía que le prohibían llevar al mismo tiempo más de dos viajeros, y tenía uno apalabrado, de modo que serían tres si llevaba a los novios. El señor Cástulo intervino, y ofreció llevarlos en su automóvil. Al oír este ofrecimiento, el cura puso atención. No creía que Cástulo fuera tan amigo de la casa.

Aprovechando las idas y venidas de las mozas que servían, la Jerónima enviaba algún mensaje vejatorio al zapatero, y éste explicaba a los más próximos:

—La Jerónima y yo tenemos un telégrafo amoroso.

En aquel momento una rondalla rompía a tocar en la calle.

Alguien cantó:

En los ojos de los novios
relucían dos luceros;
ella es la flor de la ontina,
y él es la flor del romero.

La segunda canción después de un largo espacio de alegre jota de baile volvía a aludir a la boda, como era natural:

Viva Paco el del Molino
y Águeda la del buen garbo,
que ayer eran sólo novios,
y ahora son ya desposados.

La rondalla siguió con la energía con que suelen tocar los campesinos de manos rudas y corazón caliente. Cuando creyeron que habían tocado bastante, fueron entrando. Formaron grupo al lado opuesto de la cabecera del salón, y estuvieron bebiendo y charlando. Después pasaron todos al comedor.

En la presidencia se instalaron los novios, los padrinos, Mosén Millán, el señor Cástulo y algunos otros labradores acomodados. El cura hablaba de la infancia de Paco y contaba sus diabluras, pero también su indignidad contra los búhos que mataban por la noche a los gatos extraviados, y su deseo de obligar a todo el pueblo a visitar a los pobres de las cuevas y a ayudarles. Hablando de esto vio en los ojos de Paco una seriedad llena de dramáticas reservas, y entonces el cura cambió de tema, y recordó con benevolencia el incidente del revólver, y hasta sus aventuras en la plaza del agua.

No faltó en la comida la perdiz en adobo ni la trucha al horno, ni el capón relleno. Iban de mano en mano porrones, botas, botellas, con vinos de diferentes cosechas.

La noticia de la boda llegó al carasol, donde las viejas hilanderas bebieron a la salud de los novios el vino que llevaron la Jerónima y el zapatero. Éste se mostraba más alegre y libre de palabra que otras veces, y decía que los curas son las únicas personas a quienes todo el mundo llama padre, menos sus hijos, que los llaman tíos.

Las viejas aludían a los recién casados:

—Frescas están ya las noches.

—Lo propio para dormir con compañía.

Una decía que cuando ella se casó había nieve hasta la rodilla.

—Malo para el novio —dijo otra.

—¿Por qué?

—Porque tendría sus noblezas escondidas en los riñones, con la helada.

—Eh, tú, culo de hanega. Cuando enviudes, échame un parte —gritó la Jerónima.

El zapatero, con más deseos de hacer reír a la gente que de insultar a la Jerónima, fue diciéndole una verdadera letanía de desvergüenzas:

—Cállate, penca del diablo, pata de afilador, albarda, zurupeta, tía chamusca, estropajo. Cállate, que te traigo una buena noticia: Su Majestad el rey va envidao y se lo lleva la trampa.

—¿Y a mí qué?

—Que en la república no empluman a las brujas.

Ella decía de sí misma que volaba en una escoba, pero no permitía que se lo dijeran los demás. Iba a responder cuando el zapatero continuo:

—Te lo digo a ti, zurrapa, trotona, chirigaita, mochilera, trasgo, pendón, zancajo, pinchatripas, ojisucia, mocarra, fuina...

La ensalmadora se apartaba mientras él la seguía con sus dicharachos. Las viejas del carasol reventaban de risa, y antes de que llegaran las reacciones de la Jerónima, que estaba confusa, decidió el zapatero retirarse victorioso. Por el camino tendía la oreja a ver lo que decían detrás. Se oía la voz de la Jeronima:

—¿Quién iba a decirme que ese monicaco tenía tantas *dijendas* en el estómago?

Y volvían a hablar de los novios. Paco era el mozo *mejor plantao* del pueblo, y se había llevado la novia que merecía. Volvían a aludir a la noche de novios con expresiones salaces.

Siete años después, Mosén Millán recordaba la boda sentado en el viejo sillón de la sacristía. No abría los ojos para evitarse la molestia de hablar con don Valeriano, el alcalde. Siempre le había sido difícil entenderse con él porque aquel hombre no escuchaba jamás.

Se oían en la iglesia las botas de campo de don Gumersindo. No había en la aldea otras botas como aquellas, y Mosén Millán supo que era él mucho antes de llegar a la sacristía. Iba vestido de negro, y al ver al cura con los ojos cerrados, habló en voz baja para saludar a don Valeriano. Pidió permiso para fumar, y sacó la petaca. Entonces, Mosén Millán abrió los ojos.

—¿Ha venido alguien más? —preguntó.

—No, señor —dijo don Gumersindo disculpándose como si tuviera él la culpa—. No he visto como el que dice un alma en la iglesia.

Mosén Millán parecía muy fatigado, y volvió a cerrar los ojos y a apoyar la cabeza en el muro. En aquel momento entró el monaguillo, y don Gumersindo le preguntó:

—Eh, zagal. ¿Sabes por quién es la misa? El chico recurrió al romance en lugar de responder:

—Ya lo llevan cuesta arriba
camino del camposanto...

—No lo digas todo, zagal, porque aquí, el alcalde, te llevará a la cárcel.

El monaguillo miró a don Valeriano, asustado. Éste, la vista perdida en el techo, dijo:

—Cada broma quiere su tiempo y lugar.

Se hizo un silencio penoso. Mosén Millán abrió los ojos otra vez, y se encontró con los de don Gumersindo, que murmuraba:

—La verdad es que no sé si sentirme con lo que dice.

El cura intervino diciendo que no había razón para *sentirse.* Luego ordenó al monaguillo que saliera a la plaza a ver si había gente esperando para la misa. Solía quedarse allí algún grupo hasta que las campanas acababan de tocar. Pero el cura quería evitar que el monaguillo dijera la parte del romance en la que se hablaba de él:

aquel que lo bautizara,
Mosén Millán el nombrado,
en confesión desde el coche
le escuchaba los pecados.

Estaba don Gumersindo siempre hablando de su propia bondad *—como el que dice—* y de la gente desagradecida que le devolvía mal por bien. Eso le parecía especialmente adecuado delante del cura y de don Valeriano en aquel momento. De pronto tuvo un arranque generoso:

—Mosén Millán. ¿Me oye, señor cura? Aquí hay dos duros para la misa de hoy.

El sacerdote abrió los ojos, somnolente, y advirtió que el mismo ofrecimiento había hecho don Valeriano, pero que le gustaba decir la misa sin que nadie la pagara. Hubo un largo silencio. Don Valeriano arrollaba su cadena en el dedo índice y luego la dejaba resbalar. Los dijes sonaban. Uno tenía un rizo de pelo de su difunta esposa. Otro, una reliquia del santo P. Claret heredada de su bisabuelo. Hablaba en voz baja de los precios de la lana y del cuero, sin que nadie le contestara.

Mosén Millán, con los ojos cerrados, recordaba aún el día de la boda de Paco. En el comedor, una señora había perdido un pendiente, y dos hombres andaban a cuatro manos buscándolo. Mosén Millán pensaba que en las bodas siempre hay una mujer a quien se le cae un pendiente, y lo busca, y no lo encuentra.

La novia, perdida la palidez de la primera hora de la mañana —por el insomnio de la noche anterior—, había recobrado sus colores. De vez en cuando consultaba el novio la hora. Y a media tarde se fueron a la estación conducidos por el mismo señor Cástulo.

La mayor parte de los invitados habían salido a la calle a despedir a los novios con vítores y bromas. Muchos desde allí volvieron a sus casas. Los más jóvenes fueron al baile.

Se entretenía Mosén Millán con aquellas memorias para evitar oír lo que decían don Gumersindo y don Valeriano, quienes hablaban, como siempre, sin escucharse el uno al otro.

Tres semanas después de la boda volvieron Paco y su mujer, y el domingo siguiente se celebraron elecciones. Los nuevos concejales eran jóvenes, y con excepción de algunos, según don Valeriano, gente baja. El padre de Paco vio de pronto que todos los que con él habían sido elegidos se consideraban contrarios al duque y *echaban roncas* contra el sistema de arrendamientos de pastos. Al saber esto Paco el del Molino, se sintió feliz, y creyó por vez primera que la política valía para algo. «Vamos a quitarle la hierba al duque», repetía.

El resultado de la elección dejó a todos un poco extrañados. El cura estaba perplejo. Ni uno solo de los concejales se podía decir que fuera hombre de costumbres religiosas. Llamó a Paco, y le pregunto:

—¿Qué es eso que me han dicho de los montes del duque?

—Nada —dijo Paco—. La verdad. Vienen tiempos nuevos, Mosén Millán.

—¿Qué novedades son esas?

—Pues que el rey se va con la música a otra parte, y lo que yo digo: buen viaje.

Pensaba Paco que el cura le hablaba a él porque no se atrevía a hablarle de aquello a su padre. Añadió:

—Diga la verdad, Mosén Millán. Desde aquel día que fuimos a la cueva a llevar el santolio sabe usted que yo y otros cavilamos para remediar esa vergüenza. Y más ahora que se ha presentado la ocasión.

—¿Qué ocasión? Eso se hace con dinero. ¿De dónde vais a sacarlo?

—Del duque. Parece que a los duques les ha llegado su San Martín.

—Cállate, Paco. Yo no digo que el duque tenga siempre razón. Es un ser humano tan falible como los demás, pero hay que andar en esas cosas con pies de plomo, y no alborotar a la gente ni remover las bajas pasiones.

Las palabras del joven fueron comentadas en el carasol. Decían que Paco había dicho al cura: «A los reyes, a los duques y a los curas los vamos a pasar a cuchillo, como a los cerdos por San Martín». En el carasol siempre se exageraba.

Se supo de pronto que el rey había huido de España. La noticia fue tremenda para don Valeriano y para el cura. Don Gumersindo no quería creerla, y decía que eran cosas del zapatero. Mosén Millán estuvo dos semanas sin salir de la abadía, yendo a la iglesia por la puerta del huerto y evitando hablar con nadie. El primer domingo fue mucha gente a misa esperando la reacción de Mosén Millán, pero el cura no hizo la menor alusión. En vista de esto el domingo siguiente estuvo el templo vacío.

Paco buscaba al zapatero, y lo encontraba taciturno y reservado.

Entretanto, la bandera tricolor flotaba al aire en el balcón de la casa consistorial y encima de la puerta de la escuela. Don Valeriano y don Gumersindo no aparecían por ningún lado, y Cástulo buscaba a Paco, y se exhibía con él, pero jugaba con dos barajas, y cuando veía al cura le decía en voz baja:

—¿A dónde vamos a parar, Mosén Millán?

Hubo que repetir la elección en la aldea porque había habido incidentes que, a juicio de don Valeriano, la hicieron ilegal. En la segunda elección el padre de Paco cedió el puesto a su hijo. El muchacho fue elegido.

En Madrid suprimieron los *bienes de señorío,* de origen medioeval y los incorporaron a los municipios. Aunque el duque alegaba que sus montes no entraban en aquella clasificación, las cinco aldeas acordaron, por iniciativa de Paco, no pagar mientras los tribunales decidían. Cuando Paco fue a decírselo a don Valeriano, éste se quedó un rato mirando al techo y jugando con el guardapelo de la difunta. Por fin se negó a darse por enterado, y pidió que el municipio se lo comunicara por escrito.

La noticia circuló por el pueblo. En el carasol se decía que Paco había amenazado a don Valeriano. Atribuían a Paco todas las arrogancias y desplantes a los que no se atrevían los demás. Querían en el carasol a la familia de Paco y a otras del mismo tono cuyos hombres, aunque tenían tierras, trabajaban de sol a sol. Las mujeres del carasol iban a misa, pero se divertían mucho con la Jerónima cuando cantaba aquella canción que decía:

el cura le dijo al ama
que se acostara a los pies.

No se sabía exactamente lo que planeaba el ayuntamiento «en favor de los que vivían en las cuevas», pero la imaginación de cada cual trabajaba, y las esperanzas de la gente humilde crecían. Paco había tomado muy en serio el problema, y las reuniones del municipio no trataban de otra cosa.

Paco envió a don Valeriano el acuerdo del municipio, y el administrador lo transmitió a su amo. La respuesta telegráfica del duque fue la siguiente: *Doy orden a mis guardas de que vigilen mis montes, y disparen sobre cualquier animal o persona que entre en ellos. El municipio debe hacerlo pregonar para evitar la pérdida de bienes o de vidas humanas.* Al leer esta respuesta, Paco propuso al alcalde que los guardas fueran destituidos, y que les dieran un cargo mejor retribuido en el sindicato de riegos, en la huerta. Estos guardas no eran más que tres, y aceptaron contentos. Sus carabinas fueron a parar a un rincón del salón de sesiones, y los ganados del pueblo entraban en los montes del duque sin dificultad.

Don Valeriano, después de consultar varias veces con Mosén Millán, se arriesgó a llamar a Paco, quien acudió a su casa. Era la de don Valeriano grande y sombría, con balcones volados y puerta cochera. Don Valeriano se había propuesto ser conciliador y razonable, y lo invitó a merendar. Le habló del duque de una manera familiar y ligera. Sabía que Paco solía acusarlo de no haber estado nunca en la aldea, y eso no era verdad. Tres veces había ido en los últimos años a ver sus propiedades, pero no hizo noche en aquel pueblo, sino en el de al lado. Y aun se acordaba don Valeriano de que cuando el señor duque y la señora duquesa hablaban con el guarda más viejo, y éste escuchaba con el sombrero en la mano, sucedió una ocurrencia memorable. La señora duquesa le preguntaba al guarda por cada una de las personas de su familia, y al preguntarle por el hijo mayor, don Valeriano se acordaba de las mismas palabras del guarda, y las repetía:

—¿Quién, Miguel? —dijo el guarda—. ¡Tóquele vuecencia los cojones a Miguelico, que está en Barcelona ganando nueve pesetas diarias!

Don Valeriano reía. También rió Paco, aunque de pronto se puso serio, y dijo:

—La duquesa puede ser buena persona, y en eso no me meto. Del duque he oído cosas de más y de menos. Pero nada tiene que ver con nuestro asunto.

—Eso es verdad. Pues bien, yendo al asunto, parece que el señor duque está dispuesto a negociar con usted —dijo don Valeriano.

—¿Sobre el monte? —don Valeriano afirmó con el gesto—. No hay que negociar, sino bajar la cabeza,

Don Valeriano no decía nada, y Paco se atrevió a añadir:

—Parece que el duque templa muy a lo antiguo.

Seguía don Valeriano en silencio, mirando al techo.

—Otra jota cantamos por aquí —añadió Paco.

Por fin habló don Valeriano:

—Hablas de bajar la cabeza. ¿Quién va a bajar la cabeza? Sólo la bajan los cabestros.

—Y los hombres honrados cuando hay una ley.

—Ya lo veo, pero el abogado del señor duque piensa de otra manera. Y hay leyes y leyes.

Paco se sirvió vino diciendo entre dientes: *con permiso.* Esta pequeña libertad ofendió a don Valeriano, quien sonrió, y dijo: *sírvase,* cuando Paco había llenado ya su vaso.

Volvió Paco a preguntar:

—¿De qué manera va a negociar el duque? No hay más que dejar los montes, y no volver a pensar en el asunto.

Don Valeriano miraba el vaso de Paco, y se atusaba despacio los bigotes, que estaban tan lamidos y redondeados, que parecían postizos. Paco murmuró:

—Habría que ver qué papeles tiene el duque sobre esos montes. ¡Si es que tiene alguno!

Don Valeriano estaba irritado:

—También en eso te equivocas. Son muchos siglos de usanza, y eso tiene fuerza. No se deshace en un día lo que se ha hecho en cuatrocientos años. Los montes no son botellicas de vino —añadió viendo que Paco volvía a servirse—, sino fuero. Fuero de reyes.

—Lo que hicieron los hombres, los hombres lo deshacen, creo yo.

—Sí, pero de hombre a hombre va algo.

Paco negaba con la cabeza.

—Sobre este asunto —dijo bebiendo el segundo vaso y chascando la lengua— dígale al duque que si tiene tantos derechos, puede venir a defenderlos él mismo, pero que traiga un rifle nuevo, porque los de los guardas los tenemos nosotros.

—Paco, parece mentira. ¿Quién iba a pensar que un hombre con un jaral y un par de mulas tuviera aliento para hablar así? Después de esto no me queda nada que ver en el mundo.

Terminada la entrevista, cuyos términos comunicó don Valeriano al duque, éste volvió a enviar órdenes, y el administrador, cogido entre dos fuegos, no sabía qué hacer, y acabó por marcharse del pueblo después de ver a Mosén Millán, contarle a su manera lo sucedido y decirle que el pueblo se gobernaba por las *dijendas* del carasol. Atribuía a Paco amenazas e insultos e insistía mucho en aquel detalle de la botella y el vaso. El cura unas veces le escuchaba y otras no.

Mosén Millán movía la cabeza con lástima recordando todo aquello desde su sacristía. Volvía el monaguillo a apoyarse en el quicio de la puerta, y como no podía estar quieto, frotaba una bota contra la otra, y mirando al cura recordaba todavía el romance:

Entre cuatro lo llevaban
adentro del camposanto,
madres, las que tenéis hijos,
Dios os los conserva sanos,
y el Santo Ángel de la Guarda...

El romance hablaba luego de otros reos que murieron también entonces, pero el monaguillo no se acordaba de los nombres. Todos habían sido asesinados en aquellos mismos días. Aunque el romance no decía eso, sino *ejecutados.*

Mosén Millán recordaba. En los últimos tiempos la fe religiosa de don Valeriano se había debilitado bastante. Solía decir que un Dios que permitía lo que estaba pasando, no merecía tantos miramientos. El cura le oía fatigado. Don Valeriano había regalado años atrás una verja de hierro de forja para la capilla del Cristo, y el duque había pagado los gastos de reparación de la bóveda del templo dos veces. Mosén Millán no conocía el vicio de la ingratitud.

En el carasol se decía que con el arriendo de pastos, cuyo dinero iba al municipio, se hacían planes para mejorar la vida de la aldea. Bendecían a Paco el del Molino, y el elogio más frecuente entre aquellas viejecillas del carasol era decir que *los tenía bien puestos.*

En el pueblo de al lado estaban canalizando el agua potable y llevándola hasta la plaza. Paco el del Molino tenía otro plan —su pueblo no necesitaba ya aquella mejora—, y pensaba en las cuevas, a cuyos habitantes imaginaba siempre agonizando entre estertores, sin luz, ni fuego, ni agua. Ni siquiera aire que respirar.

En los terrenos del duque había una ermita cuya festividad se celebraba un día del verano, con romería. Los romeros hacían ese día regalos al sacerdote, y el municipio le pagaba la misa. Aquel año se desentendió el alcalde, y los campesinos siguieron su ejemplo. Mosén Millán llamó a Paco, quien le dijo que todo obedecía a un acuerdo del ayuntamiento.

—¿El ayuntamiento, dices? ¿Y qué es el ayuntamiento? —preguntaba el cura, irritado.

Paco sentía ver a Mosén Millán tan fuera de sí, y dijo que como aquellos terrenos de la ermita habían sido del duque, y la gente estaba contra él, se comprendía la frialdad del pueblo con la romería. Mosén Millán dijo en un momento de pasión:

—¿Y quién eres tú para decirle al duque que si viene a los montes, no dará más de tres pasos porque lo esperarás con la carabina de uno de los guardas? ¿No sabes que eso es una amenaza criminal?

Paco no había dicho nada de aquello. Don Valeriano mentía. Pero el cura no quería oír las razones de Paco.

En aquellos días el zapatero estaba nervioso y desorientado. Cuando le preguntaban, decía:

—Tengo barruntos.

Se burlaban de él en el carasol, pero el zapatero decía:

—Si el cántaro da en la piedra, o la piedra en el cántaro, mal para el cántaro.

Esas palabras misteriosas no aclaraban gran cosa la situación. El zapatero se había pasado la vida esperando aquello, y al verlo llegar, no sabía qué pensar ni qué hacer. Algunos concejales le ofrecieron el cargo de juez de riegos —para resolver los problemas de competencia en el uso de las aguas de la acequia principal.

—Gracias —dijo él—, pero yo me atengo al refrán que dice: zapatero a tus zapatos.

Poco a poco se fue acercando al cura. El zapatero tenía que estar contra el que mandaba, no importaba la doctrina o el color. Don Gumersindo se había marchado también a la capital de la provincia, lo que molestaba bastante al cura. Éste decía:

—Todos se van, pero yo, aunque pudiera, no me iría. Es una deserción.

A veces el cura parecia tratar de entender a Paco, pero de pronto comenzaba a hablar de la falta de respeto de la población y de su propio martirio. Sus discusiones con Paco siempre acababan en eso: en ofrecerse como víctima propiciatoria. Paco reía:

—Pero si nadie quiere matarle, Mosén Millán.

La risa de Paco ponía al cura frenético, y dominaba sus nervios con dificultad.

Cuando la gente comenzaba a olvidarse de don Valeriano y don Gumersindo, éstos volvieron de pronto a la aldea. Parecían seguros de sí, y celebraban conferencias con el cura, a diario. El señor Cástulo se acercaba, curioso, pero no podía averiguar nada. No se fiaban de él.

Un día del mes de julio la guardia civil de la aldea se marchó con órdenes de concentrarse —según decían— en algún lugar a donde acudían las fuerzas de todo el distrito. Los concejales sentían alguna amenaza en el aire, pero no podían concretarla.

Llegó a la aldea un grupo de señoritos con vergas y con pistolas. Parecían personas de poco más o menos, y algunos daban voces histéricas. Nunca habían visto gente tan desvergonzada. Normalmente a aquellos tipos rasurados y finos como mujeres los llamaban en el carasol *pijaitos,* pero lo primero que hicieron fue dar una paliza tremenda al zapatero, sin que le valiera para nada su neutralidad. Luego mataron a seis campesinos —entre ellos cuatro de los que vivían en las cuevas— y dejaron sus cuerpos en las cunetas de la carretera entre el pueblo y el carasol. Como los perros acudían a lamer la sangre, pusieron a uno de los guardas del duque de vigilancia para alejarlos. Nadie preguntaba. Nadie comprendía. No había guardias civiles que salieran al paso de los forasteros.

En la iglesia, Mosén Millán anunció que estaría *El Santísimo* expuesto día y noche, y después protestó ante don Valeriano —al que los señoritos habían hecho alcalde— de que hubieran matado a los seis campesinos sin darles tiempo para confesar. El cura se pasaba el día y parte de la noche rezando.

El pueblo estaba asustado, y nadie sabía qué hacer. La Jerónima iba y venía, menos locuaz que de costumbre. Pero en el carasol insultaba a los señoritos forasteros, y pedía para ellos tremendos castigos. Esto no era obstáculo para que cuando veía al zapatero le hablara de leña, de *bandeo,* de varas de medir y de otras cosas que aludían a la paliza. Preguntaba por Paco, y nadie sabía darle razón. Había desaparecido, y lo buscaban, eso era todo.

Al día siguiente de haberse burlado la Jerónima del zapatero, éste apareció muerto en el camino del carasol con *la cabeza volada.* La pobre mujer fue a ponerle encima una sábana, y después se encerró en su casa, y estuvo tres días sin salir. Luego volvió a asomarse a la calle poco a poco, y hasta se acercó al carasol, donde la recibieron con reproches e insultos. La Jerónima lloraba (nadie la había visto llorar nunca), y decía que merecía que la mataran a pedradas, como a una culebra.

Pocos días más tarde, en el carasol, la Jerónima volvía a sus bufonadas mezclándolas con juramentos y amenazas.

Nadie sabía cuándo mataban a la gente. Es decir, lo sabían, pero nadie los veía. Lo hacían por la noche, y durante el día el pueblo parecía en calma.

Entre la aldea y el carasol habían aparecido abandonados cuatro cadáveres más, los cuatro de concejales.

Muchos de los habitantes estaban fuera de la aldea segando. Sus mujeres seguían yendo al carasol, y repetían los nombres de los que iban cayendo. A veces rezaban, pero después se ponían a insultar con voz recelosa a las mujeres de los ricos, especialmente a la Valeriana y a la Gumersinda. La Jerónima decía que la peor de todas era la mujer de Cástulo, y que por ella habían matado al zapatero.

—No es verdad —dijo alguien—. Es porque el zapatero dicen que era agente de Rusia.

Nadie sabía qué era la Rusia, y todos pensaban en la yegua roja de la tahona, a la que llamaban así. Pero aquello no tenía sentido. Tampoco lo tenía nada de lo que pasaba en el pueblo. Sin atreverse a levantar la voz comenzaban con sus *dijendas:*

—La Cástula es una verruga peluda.

—Una estaferma.

La Jerónima no se quedaba atrás:

—Un escorpión cebollero.

—Una liendre sebosa.

—Su casa —añadía la Jerónima— huele a fogón meado.

Había oído decir que aquellos señoritos de la ciudad iban a matar a todos los que habían votado contra el rey. La Jerónima, en medio de la catástrofe, percibía algo mágico y sobrenatural, y sentía en todas partes el olor de sangre. Sin embargo, cuando desde el carasol oía las campanas y a veces el yunque del herrero haciendo contrapunto, no podía evitar algún meneo y bandeo de sayas. Luego maldecía otra vez, y llamaba *patas puercas* a la Gumersinda. Trataba de averiguar qué había sido de Paco el del Molino, pero nadie sabía sino que lo buscaban. La Jerónima se daba por enterada, y decía:

—A ese buen mozo no lo atraparán así como así.

Aludía otra vez a las cosas que había visto cuando de niño le cambiaba los pañales.

Desde la sacristía, Mosén Millán recordaba la horrible confusión de aquellos días, y se sentía atribulado y confuso. Disparos por la noche, sangre, malas pasiones, habladurías, procacidades de aquella gente forastera, que, sin embargo, parecía educada. Y don Valeriano se lamentaba de lo que sucedía y al mismo tiempo empujaba a los señoritos de la ciudad a matar más gente. Pensaba el cura en Paco. Su padre estaba en aquellos días en casa. Cástulo Pérez lo había garantizado diciendo que era *trigo limpio*. Los otros ricos no se atrevían a hacer nada contra él esperando echarle mano al hijo.

Nadie más que el padre de Paco sabía dónde su hijo estaba. Mosén Millán fue a su casa.

—Lo que está sucediendo en el pueblo —dijo— es horrible y no tiene nombre.

El padre de Paco lo escuchaba sin responder, un poco pálido. El cura siguió hablando. Vio ir y venir a la joven esposa como una sombra, sin reír ni llorar. Nadie lloraba y nadie reía en el pueblo. Mosén Millán pensaba que sin risa y sin llanto la vida podía ser horrible como una pesadilla.

Por uno de esos movimientos en los que la amistad tiene a veces necesidad de mostrarse meritoria, Mosén Millán dio la impresión de que sabía dónde estaba escondido Paco. Dando a entender que lo sabía, el padre y la esposa tenían que agradecerle su silencio. No dijo el cura concretamente que lo supiera, pero lo dejó entender. La ironía de la vida quiso que el padre de Paco cayera en aquella trampa. Miró al cura pensando precisamente lo que Mosén Millán quería que pensara: «Si lo sabe, y no ha ido con el soplo, es un hombre honrado y enterizo». Esta reflexión le hizo sentirse mejor.

A lo largo de la conversación el padre de Paco reveló el escondite del hijo, creyendo que no decía nada nuevo al cura. Al oírlo, Mosén Millán recibió una tremenda impresión. «Ah —se dijo—, más valdría que no me lo hubiera dicho. ¿Por qué he de saber yo que Paco está escondido en las Pardinas?» Mosén Millán tenía miedo, y no sabía concretamente de qué. Se marchó pronto, y estaba deseando verse ante los forasteros de las pistolas para demostrarse a sí mismo su entereza y su lealtad a Paco. Así fue.

En vano estuvieron el centurión y sus amigos hablando con él toda la tarde. Aquella noche Mosén Millán rezó y durmió con una calma que hacía tiempo no conocía.

Al día siguiente hubo una reunión en el ayuntamiento, y los forasteros hicieron discursos y dieron grandes voces. Luego quemaron la bandera tricolor y obligaron a acudir todos los vecinos del pueblo y a saludar levantando el brazo cuando lo mandaba el centurión.

Éste era un hombre con cara bondadosa y gafas oscuras. Era difícil imaginar a aquel hombre matando a nadie. Los campesinos creían que aquellos hombres que hacían gestos innecesarios y juntaban los tacones y daban gritos estaban mal de la cabeza, pero viendo a Mosén Millán y a don Valeriano sentados en lugares de honor, no sabían qué pensar. Además de los asesinatos, lo único que aquellos hombres habían hecho en el pueblo era devolver los montes al duque.

Dos días después don Valeriano estaba en la abadía frente al cura. Con los dedos pulgares en las sisas del chaleco —lo que hacía más ostensibles los dijes— miraba al sacerdote a los ojos.

—Yo no quiero el mal de nadie, como quien dice, pero, ¿no es Paco uno de los que más se han señalado? Es lo que yo digo, señor cura: por menos han caído otros.

Mosén Millán decía:

—Déjelo en paz. ¿Para qué derramar más sangre?

Y le gustaba, sin embargo, dar a entender que sabía dónde estaba escondido. De ese modo mostraba al alcalde que era capaz de nobleza y lealtad. La verdad era que buscaban a Paco frenéticamente. Habían llevado a su casa perros de caza que *tomaron el viento* con sus ropas y zapatos viejos.

El centurión de la cara bondadosa y las gafas oscuras llegó en aquel momento con dos más, y habiendo oído las palabras del cura, dijo:

—No queremos reblandecidos mentales. Estamos limpiando el pueblo, y el que no está con nosotros está en contra.

—¿Ustedes creen —dijo Mosén Millán— que soy un reblandecido mental?

Entonces todos se pusieron razonables.

—Las últimas ejecuciones —decía el centurión— se han hecho sin privar a los reos de nada. Han tenido hasta la extremaunción. ¿De qué se queja usted?

Mosén Millán hablaba de algunos hombres honrados que habían caído, y de que era necesario acabar con aquella locura.

—Diga usted la verdad —dijo el centurión sacando la pistola y poniéndola sobre la mesa—. Usted sabe dónde se esconde Paco el del Molino.

Mosén Millán pensaba si el centurión habría sacado la pistola para amenazarle o sólo para aliviar su cinto de aquel peso. Era un movimiento que le había visto hacer otras veces. Y pensaba en Paco, a quien bautizó, a quien casó. Recordaba en aquel momento detalles nimios, como los búhos nocturnos y el olor de las perdices en adobo. Quizá de aquella respuesta dependiera la vida de Paco. Lo quería mucho, pero sus afectos no eran por el hombre en sí mismo, sino *por Dios.* Era el suyo un cariño por encima de la muerte y la vida. Y no podía mentir.

—¿Sabe usted dónde se esconde? —le preguntaban a un tiempo los cuatro.

Mosén Millán contestó bajando la cabeza. Era una afirmación. Podía ser una afirmación. Cuando se dio cuenta era tarde. Entonces pidió que le prometieran que no lo matarían. Podrían juzgarlo, y si era culpable de algo, encarcelarlo, pero no cometer un crimen más. El centurión de la expresión bondadosa prometió. Entonces Mosén Millán reveló el escondite de Paco. Quiso hacer después otras salvedades en su favor, pero no le escuchaban. Salieron en tropel, y el cura se quedó solo. Espantado de sí mismo, y al mismo tiempo con un sentimiento de liberación, se puso a rezar.

Media hora después llegaba el señor Cástulo diciendo que el carasol se había acabado porque los señoritos de la ciudad habían echado dos rociadas de ametralladora, y algunas mujeres cayeron, y las otras salieron chillando y dejando rastro de sangre, como una bandada de pájaros después de una perdigonada. Entre las que se salvaron estaba la Jerónima, y al decirlo, Cástulo añadió:

—Ya se sabe. Mala hierba...

El cura, viendo reír a Cástulo, se llevó las manos a la cabeza, pálido. Y, sin embargo, aquel hombre no había denunciado, tal vez, el escondite de nadie. ¿De qué se escandalizaba? —se preguntaba el cura con horror—. Volvió a rezar. Cástulo seguía hablando y decía que había once o doce mujeres heridas, además de las que habían muerto en el mismo carasol. Como el médico estaba encarcelado, no era fácil que se curaran todas.

Al día siguiente el centurión volvió sin Paco. Estaba indignado. Dijo que al ir a entrar en las Pardinas el fugitivo los había recibido a tiros. Tenía una carabina de las de los guardas de montes, y acercarse a las Pardinas era arriesgar la vida.

Pedía al cura que fuera a parlamentar con Paco. Había dos hombres de la centuria heridos, y no quería que se arriesgara ninguno mas.

Un año después Mosén Millán recordaba aquellos episodios como si los hubiera vivido el día anterior. Viendo entrar en la sacristía al señor Cástulo —el que un año antes se reía de los crímenes del carasol— volvió a entornar los ojos y a decirse a sí mismo: «Yo denuncié el lugar donde Paco se escondía. Yo fui a parlamentar con él. Y ahora...». Abrió los ojos, y vio a los tres hombres sentados enfrente. El del centro, don Gumersindo, era un poco más alto que los otros. Las tres caras miraban impasibles a Mosén Millán. Las campanas de la torre dejaron de tocar con tres golpes finales graves y espaciados, cuya vibración quedó en el aire un rato. El señor Cástulo dijo:

—Con los respetos debidos. Yo querría pagar la misa, Mosén Millán.

Lo decía echando mano al bolsillo. El cura negó, y volvió a pedir al monaguillo que saliera a ver si había gente. El chico salió, como siempre, con el romance en su recuerdo:

En las zarzas del camino
el pañuelo se ha dejado,
las aves pasan de prisa,
las nubes pasan despacio...

Cerró una vez más Mosén Millán los ojos, con el codo derecho en el brazo del sillón y la cabeza en la mano. Aunque había terminado sus rezos, simulaba seguir con ellos para que lo dejaran en paz. Don Valeriano y don Gumersindo explicaban a Cástulo al mismo tiempo y tratando cada uno de cubrir la voz del otro que también ellos habían querido pagar la misa.

El monaguillo volvía muy excitado, y sin poder decir a un tiempo todas las noticias que traía:

—Hay una mula en la iglesia —dijo, por fin.

—¿Cómo?

—Ninguna persona, pero una mula ha entrado por alguna parte, y anda entre los bancos.

Salieron los tres, y volvieron para decir que no era una mula, sino el potro de Paco el del Molino, que solía andar suelto por el pueblo. Todo el mundo sabía que el padre de Paco estaba enfermo, y las mujeres de la casa, medio locas. Los animales y la poca hacienda que les quedaba, abandonados.

—¿Dejaste abierta la puerta del atrio cuando saliste? —preguntaba el cura al monaguillo.

Los tres hombres aseguraban que las puertas estaban cerradas. Sonriendo agriamente añadió don Valeriano:

—Esto es una maula. Y una malquerencia.

Se pusieron a calcular quién podía haber metido el potro en la iglesia. Cástulo hablaba de la Jerónima. Mosén Millán hizo un gesto de fatiga, y les pidió que sacaran el animal del templo. Salieron los tres con el monaguillo. Formaron una ancha fila, y fueron acosando al potro con los brazos extendidos. Don Valeriano decía que aquello era un sacrilegio, y que tal vez habría que consagrar el templo de nuevo. Los otros creían que no.

Seguían acosando al animal. En una verja —la de la capilla del Cristo— un diablo de forja parecía hacer guiños. San Juan en su hornacina alzaba el dedo y mostraba la rodilla desnuda y femenina. Don Valeriano y Cástulo, en su excitación, alzaban la voz como si estuvieran en un establo:

—¡Riiia! ¡Riiia!

El potro corría por el templo a su gusto. Las mujeres del carasol, si el carasol existiera, tendrían un buen tema de conversación. Cuando el alcalde y don Gumersindo acorralaban al potro, éste brincaba entre ellos y se pasaba al otro lado con un alegre relincho. El señor Cástulo tuvo una idea feliz:

—Abran las hojas de la puerta como se hace para las procesiones. Así verá el animal que tiene la salida franca.

El sacristán corría a hacerlo contra el parecer de don Valeriano que no podía tolerar que donde estaba él tuviera iniciativa alguna el señor Cástulo. Cuando las grandes hojas estuvieron abiertas el potro miró extrañado aquel torrente de luz. Al fondo del atrio se veía la plaza de la aldea, desierta, con una casa pintada de amarillo, otra encalada, con cenefas azules. El sacristán llamaba al potro en la dirección de la salida. Por fin convencido el animal de que aquel no era su sitio, se marchó. El monaguillo recitaba todavía entre dientes:

... las cotovías se paran
en la cruz del camposanto.

Cerraron las puertas, y el templo volvió a quedar en sombras. San Miguel con su brazo desnudo alzaba la espada sobre el dragón. En un rincón chisporroteaba una lámpara sobre el baptisterio.

Don Valeriano, don Gumersindo y el señor Cástulo fueron a sentarse en el primer banco.

El monaguillo fue al presbiterio, hizo la genuflexión al pasar frente al sagrario y se perdió en la sacristía:

—Ya se ha marchado, Mosén Millán.

El cura seguía con sus recuerdos de un año antes. Los forasteros de las pistolas obligaron a Mosén Millán a ir con ellos a las Pardinas. Una vez allí dejaron que el cura se acercara solo.

—Paco —gritó con cierto temor—. Soy yo. ¿No ves que soy yo?

Nadie contestaba. En una ventana se veía la boca de una carabina. Mosén Millán volvió a gritar:

—Paco, no seas loco. Es mejor que te entregues.

De las sombras de la ventana salió una voz:

—Muerto, me entregaré. Apártese y que vengan los otros si se atreven.

Mosén Millán daba a su voz una gran sinceridad:

—Paco, en el nombre de lo que más quieras, de tu mujer, de tu madre. Entrégate.

No contestaba nadie. Por fin se oyó otra vez la voz de Paco:

—¿Dónde están mis padres? ¿Y mi mujer?

—¿Dónde quieres que estén? En casa.

—¿No les ha pasado nada?

—No, pero, si tú sigues así, ¿quién sabe lo que puede pasar?

A estas palabras del cura volvió a suceder un largo silencio. Mosén Millán llamaba a Paco por su nombre, pero nadie respondía. Por fin, Paco se asomó. Llevaba la carabina en las manos. Se le veía fatigado y pálido.

—Contésteme a lo que le pregunte, Mosén Millán.

—Sí, hijo.

—¿Maté ayer a alguno de los que venían a buscarme?

—No.

—¿A ninguno? ¿Está seguro?

—Que Dios me castigue si miento. A nadie.

Esto parecía mejorar las condiciones. El cura, dándose cuenta, añadió:

—Yo he venido aquí con la condición de que no te harán nada. Es decir, te juzgarán delante de un tribunal, y si tienes culpa, irás a la cárcel. Pero nada más.

—¿Está seguro?

El cura tardaba en contestar. Por fin dijo:

—Eso he pedido yo. En todo caso, hijo, piensa en tu familia y en que no merecen pagar por ti.

Paco miraba alrededor, en silencio. Por fin dijo:

—Bien, me quedan cincuenta tiros, y podría vender la vida cara. Dígales a los otros que se acerquen sin miedo, que me entregaré.

De detrás de una cerca se oyó la voz del centurión:

—Que tire la carabina por la ventana, y que salga.

Obedeció Paco.

Momentos después lo habían sacado de las Pardinas, y lo llevaban a empujones y culatazos al pueblo. Le habían atado las manos a la espalda. Andaba Paco cojeando mucho, y aquella cojera y la barba de quince días que le ensombrecía el rostro le daban una apariencia diferente. Viéndolo Mosén Millán le encontraba un aire culpable. Lo encerraron en la cárcel del municipio.

Aquella misma tarde los señoritos forasteros obligaron a la gente a acudir a la plaza e hicieron discursos que nadie entendió, hablando del imperio y del destino inmortal y del orden y de la santa fe. Luego cantaron un himno con el brazo levantado y la mano extendida, y mandaron a todos retirarse a sus casas y no volver a salir hasta el día siguiente bajo amenazas graves.

Cuando no quedaba nadie en la plaza, sacaron a Paco y a otros dos campesinos de la cárcel, y los llevaron al cementerio, a pie. Al llegar era casi de noche. Quedaba detrás, en la aldea, un silencio temeroso.

El centurión, al ponerlos contra el muro, recordó que no se habían confesado, y envió a buscar a Mosén Millán. Éste se extrañó de ver que lo llevaban en el coche del señor Cástulo. (Él lo había ofrecido a las nuevas autoridades.) El coche pudo avanzar hasta el lugar de la ejecución. No se había atrevido Mosén Millán a preguntar nada. Cuando vio a Paco, no sintió sorpresa alguna, sino un gran desaliento. Se confesaron los tres. Uno de ellos era un hombre que había trabajado en casa de Paco. El pobre, sin saber lo que hacía, repetía fuera de sí una vez y otra entre dientes: «Yo me acuso, padre..., yo me acuso, padre...». El mismo coche del señor Cástulo servía de confesionario, con la puerta abierta y el sacerdote sentado dentro. El reo se arrodillaba en el estribo. Cuando Mosén Millán decía *ego te absolvo,* dos hombres arrancaban al penitente y volvían a llevarlo al muro.

El último en confesarse fue Paco.

—En mala hora lo veo a usted —dijo al cura con una voz que Mosén Millán no le había oído nunca—. Pero usted me conoce, Mosén Millán. Usted sabe quién soy.

—Sí, hijo.

—Usted me prometió que me llevarían a un tribunal y me juzgarían.

—Me han engañado a mí también. ¿Qué puedo hacer? Piensa, hijo, en tu alma, y olvida, si puedes, todo lo demás.

—¿Por qué me matan? ¿Qué he hecho yo? Nosotros no hemos matado a nadie. Diga usted que yo no he hecho nada. Usted sabe que soy inocente, que somos inocentes los tres.

—Sí, hijo. Todos sois inocentes; pero, ¿qué puedo hacer yo?

—Si me matan por haberme defendido en las Pardinas, bien. Pero los otros dos no han hecho nada.

Paco se agarraba a la sotana de Mosén Millán, y repetía: «No han hecho nada, y van a matarlos. No han hecho nada». Mosén Millán, conmovido hasta las lágrimas, decía:

—A veces, hijo mío, Dios permite que muera un inocente. Lo permitió de su propio Hijo, que era más inocente que vosotros tres.

Paco, al oír estas palabras, se quedó paralizado y mudo. El cura tampoco hablaba. Lejos, en el pueblo, se oían ladrar perros y sonaba una campana. Desde hacía dos semanas no se oía sino aquella campana día y noche. Paco dijo con una firmeza desesperada:

—Entonces, si es verdad que no tenemos salvación, Mosén Millán, tengo mujer. Está esperando un hijo. ¿Qué será de ella? ¿Y de mis padres?

Hablaba como si fuera a faltarle el aliento, y le contestaba Mosén Millán con la misma prisa enloquecida, entre dientes. A veces pronunciaban las palabras de tal manera, que no se entendían, pero había entre ellos una relación de sobrentendidos. Mosén Millán hablaba atropelladamente de los designios de Dios, y al final de una larga lamentación preguntó:

—¿Te arrepientes de tus pecados?

Paco no lo entendía. Era la primera expresión del cura que no entendía. Cuando el sacerdote repitió por cuarta vez, mecánicamente, la pregunta, Paco respondió que sí con la cabeza. En aquel momento Mosén Millán alzó la mano, y dijo: *Ego te absolvo in...* Al oír estas palabras dos hombres tomaron a Paco por los brazos y lo llevaron al muro donde estaban ya los otros. Paco gritó:

—¿Por qué matan a estos otros? Ellos no han hecho nada.

Uno de ellos vivía en una cueva, como aquel a quien un día llevaron la unción. Los faros del coche —del mismo coche donde estaba Mosén Millán— se encendieron, y la descarga sonó casi al mismo tiempo sin que nadie diera órdenes ni se escuchara voz alguna. Los otros dos campesinos cayeron, pero Paco, cubierto de sangre, corrió hacia el coche.

—Mosén Millán, usted me conoce —gritaba enloquecido.

Quiso entrar, no podía. Todo lo manchaba de sangre. Mosén Millán callaba, con los ojos cerrados y rezando. El centurión puso su revólver detrás de la oreja de Paco, y alguien dijo alarmado:

—No. ¡Ahí no!

Se llevaron a Paco arrastrando. Iba repitiendo en voz ronca:

—Pregunten a Mosén Millán; él me conoce.

Se oyeron dos o tres tiros más. Luego siguió un silencio en el cual todavía susurraba Paco: «Él me denunció..., Mosén Millán, Mosén Millán...».

El sacerdote seguía en el coche, con los ojos muy abiertos, oyendo su nombre sin poder rezar. Alguien había vuelto a apagar las luces del coche.

—¿Ya? —preguntó el centurión.

Mosén Millán bajó y, auxiliado por el monaguillo, dio la extremaunción a los tres. Después un hombre le dio el reloj de Paco —regalo de boda de su mujer— y un pañuelo de bolsillo.

Regresaron al pueblo. A través de la ventanilla, Mosén Millán miraba al cielo y, recordando la noche en que con el mismo Paco fue a dar la unción a las cuevas, envolvía el reloj en el pañuelo, y lo conservaba cuidadosamente con las dos manos juntas. Seguía sin poder rezar. Pasaron junto al carasol desierto. Las grandes rocas desnudas parecían juntar las cabezas y hablar. Pensando Mosén Millán en los campesinos muertos, en las pobres mujeres del carasol, sentía una especie de desdén involuntario, que al mismo tiempo le hacía avergonzarse y sentirse culpable.

Cuando llegó a la abadía, Mosén Millán estuvo dos semanas sin salir sino para la misa. El pueblo entero estaba callado y sombrío, como una inmensa tumba. La Jerónima había vuelto a salir, e iba al carasol, ella sola, hablando para sí. En el carasol daba voces cuando creía que no podían oírla, y otras veces callaba y se ponía a contar en las rocas las huellas de las balas.

Un año había pasado desde todo aquello, y parecía un siglo. La muerte de Paco estaba tan fresca, que Mosén Millán creía tener todavía manchas de sangre en sus vestidos. Abrió los ojos y preguntó al monaguillo:

—¿Dices que ya se ha marchado el potro?

—Sí, señor.

Y recitaba en su memoria, apoyándose en un pie y luego en el otro:

...y rindió el postrer suspiro
al Señor de lo creado.—Amén.

En un cajón del armario de la sacristía estaba el reloj y el pañuelo de Paco. No se había atrevido Mosén Millán todavía a llevarlo a los padres y a la viuda del muerto.

Salió al presbiterio y comenzó la misa. En la iglesia no había nadie, con la excepción de don Valeriano, don Gumersindo y el señor Cástulo. Mientras recitaba Mosén Millán, *introibo ad altare Dei,* pensaba en Paco, y se decía: es verdad. Yo lo bauticé, yo le di la unción. Al menos —Dios lo perdone— nació, vivió y murió dentro de los ámbitos de la Santa Madre Iglesia. Creía oír su nombre en los labios del agonizante caído en tierra: «...Mosén Millán». Y pensaba aterrado y enternecido al mismo tiempo: Ahora yo digo en sufragio de su alma esta misa de *réquiem,* que sus enemigos quieren pagar.

EL BANDIDO ADOLESCENTE

I

Es sabido que entre 1870 y el final del siglo, el hombre se hacía su propia ley en los territorios de New México (EE. UU.) con la pistola y el rifle. El que tenía mejores armas y mejores nervios se imponía. Era precisamente lo que sucedió por algún tiempo con Billy the Kid.

Representaba Billy la ley natural en un país y en un tiempo —tan reciente, por otra parte— en que el derecho escrito apenas si existía. Era Billy the Kid ese brazo del instinto social que precede históricamente en todos los pueblos al establecimiento de alguna clase de orden jurídico. El rifle hacía la ley y a veces la ley era casi razonable.

Billy the Kid, cuyo cráneo me enseñaron en varias aldeas creyendo en todas ellas poseer el verdadero y genuino, se llamaba William H. Bonney. Nació en la ciudad de Nueva York el 23 de noviembre de 1859 en tiempos en que los tranvías arrastrados por caballos eran una novedad que hacía escribir hermosas tiradas bíblicas a Walt Whitman. Cuando los *ferry-boats* que comunicaban a Manhattan con las islas próximas representaban la última palabra del progreso.

Del padre de Billy se tienen pocas noticias. Murió antes de que Billy llegara a la edad de varonía. Se sabe que lo mismo el padre que la madre eran irlandeses de nacimiento y justificaban la fama de gallardía y belleza física que suelen tener los naturales de Irlanda. El padre de Billy anduvo por Manhattan algunos años conduciendo grandes carros de cerveza con caballos percherones de anchas patas peludas. Y siempre llevaba un barril con el precinto de la espita roto.

Infausta circunstancia: Billy the Kid tenía el mismo tipo de belleza equívoca que tuvo Oscar Wilde y aproximadamente la misma edad. Era tres años más joven. Pero sólo se parecían en eso, como se puede suponer. No había en Billy esteticismo decadente alguno. En 1862 la familia formada por el padre, la madre y dos niños, de los cuales Billy era el mayor, emigraron a Coffeyville, en Kansas, buscando el sur y el oeste donde el clima y el dólar eran propicios. Poco después de llegar, el padre, con su repuesto de cerveza a bordo, murió de pulmonía y la madre con sus dos bebés siguió sola el viaje y se trasladó a Colorado viajando en carretas de mulas o a pie y llorando y rezando. Era hermosa y joven y en Colorado se volvió a casar con un tal Antrim, hombre discreto y gris que evitaba la bebida y el juego y que los domingos se sentaba en el porche a leer la biblia. Buen trabajador, llevaba el sábado el jornal a casa intacto. Sólo se compraba una pastilla de tabaco para mascar.

Poco después de casarse otra vez la viuda volvieron todos a ponerse en camino hacia el sur, todavía en busca de tierras que fueran más benignas con los pobres —el clima menos riguroso— y se instalaron en New México. Allí vio Billy —cosa notable— los primeros indios verdaderamente salvajes, es decir pugnaces y peligrosos. Los ojos se le iban detrás de sus camisas chillonas, de sus caras imberbes y de las trenzas colgando sobre el pecho.

Se instaló la familia en las afueras de Santa Fe y el muchacho comenzó a odiar a su padrastro y a amar a su madre, pero no voy a hablar del complejo de Edipo aunque decepcione a alguno. Un detalle interesante que cita el mostachudo y honesto *sheriff* Garret: a los seis o siete años el muchacho era el héroe del barrio, pero no por su violencia sino por su bondad y dotes naturales de seducción. Era un chico dulce, bondadoso, servicial. Aprendió con los pilluelos de piel oscura a hablar un español mejicanizado como se puede suponer y un poco arcaico. Decía *trujo* y *asina* y *denantes*. También decía *reñire* por *reñir*, *dolore* por *dolor* y *plebe* por multitud. Tenía a gala hablar español. Era un caballerito hispano-irlandés: un milenio rezagado de los que salieron de Iberia para Grecia y de Grecia para Irlanda seis siglos antes de la era cristiana.

No todo era dulzura en Billy. A los once años usaba ya con sus enemigos infantiles aquella amenaza tan frecuente entre los aventureros españoles del siglo XVI: «Me vais a soñar, hijos de puta». La dureza del vivir se anunciaba ya y le obligaba a tomar a veces acentos broncos.

Por entonces llevaba dos barajas en los bolsillos. Una española —oros, copas, espadas y bastos— y otra francesa. Las dos mugrientas e incompletas. Con ellas se jugaba sus pequeños bienes infantiles entre los que figuraban botones de uniforme militar, cortaplumas, estampas en colores y cartuchos quemados de revólver. También se jugaba la moneda de plata que le daba su madre los domingos.

Cuando el chico tenía once años, Antrim levantó otra vez el campo y la familia se trasladó a Silver City, más al sur todavía, en el condado de Grant (en New México), donde había minas de plata y de plomo. Y allí se quedaron. Hasta 1871 no dio el muchacho señales de inquietud o extravagancia que llamaran la atención. Lo que hacía era aguzar el oído cuando oía a los hispanoparlantes proclamar más o menos en serio sus pasadas glorias. Su madre le decía:

—Nosotros los irlandeses también venimos de españoles. Sólo que unos llegaron a Irlanda antes de Cristo y otros después del desbarate de la armada de Felipe II, como náufragos.

Habiendo peleado los españoles duramente con los indios en New México tiempo atrás, Billy comenzaba a considerar a los indios sus enemigos naturales y ya no los veía pasar con indiferencia sino echando en falta el caballo y el rifle. «Allí donde los ves, a los indios, tan modosos —solía decir a otros chicos—, cuando están fuera de la plaza no hacen sino pensar en una ocasión para caernos encima, atarnos de pies y manos y hacernos un *scalp*.» Es decir, en arrancarles a los blancos el cuero cabelludo y llevárselo como trofeo.

No se veía en Billy todavía al *desperado* que había de ser más tarde. Así dice al menos el *sheriff* Garrett. En el suroeste la gente de habla inglesa llama así —es decir, *desperados*— a los hombres que tratan de escapar a sus perseguidores después de haber hecho alguna fechoría grande. *Desperados*. La presencia de los españoles en el mundo ha dejado palabras que aluden frecuentemente a la violencia. Un *desperado* (es decir, desesperado) es lo que los yanquis llaman en su idioma un *gangster*. En inglés expresan con esa palabra la peculiaridad social del hombre. Un *gangster* es un hombre de *gang*, es decir de cuadrilla. Un *desperado* es una definición moral y además un tipo de criminal individualizado e individualista. Hay que distinguir entre el gregario violento y el verdadero héroe solitario que va y viene sin compañía entre el cielo y la tierra.

La madre de Billy era una rubia céltica y dulce. Se llamaba Kathleen y las amigas la llamaban Kitty (gatita). De estatura media, erguida y gallarda, graciosa, con facciones regulares, todo el mundo la estimaba. Los hombres como mujer y las mujeres como amiga. A un tiempo adoraba ella la hombría y recelaba de los hombres.

Se advertían en los once años del muchacho algunas cualidades de franqueza, lealtad y virilidad que en la mayoría de los jóvenes suelen aparecer más tarde. Y con ellas un atrevimiento que sorprendía a los otros si se presentaba una situación adecuada. Allí donde un zagal dos años más viejo no se atrevía a ir, allí entraba Billy de cabeza y salía bien. No siempre por las malas. Los viejos hispanos que tomaban el sol en el lado norte de la plaza durante el invierno y se reunían a la sombra del lado sur en verano se percataron en seguida de la existencia de aquel chico y lo distinguían con pequeñas atenciones, la mayor de las cuales consistía en tomarlo en serio y hablarle de igual a igual. Con ellos el niño hombreaba.

Le preguntaban por sus hazañas y Billy no las quería decir porque aquél u otro cualquier género de discreción le parecía muy de adulto.

Un curioso detalle cuenta el *sheriff*: «Nadie vio a Billy acercarse a una mujer, especialmente si era ya de edad, sin quitarse antes el sombrero. Y era un espectáculo notable verlo ayudar en la calle a alguna anciana que necesitaba asistencia. Los ojos de Billy ardían de respeto, emoción y piedad». En vista de todas estas circunstancias, ¿se podrá decir que Billy era un chico modelo? Tal vez lo habría sido en una selva virgen donde no hubiera otras normas que las de la naturaleza y cada cual tuviera que hacerse su ley. Pero vivía entonces en una ciudad que había perdido las antiguas leyes coloniales españolas sin adquirir el nuevo sentido civil todavía, es decir, el de los gringos, que llegó más tarde.

Atribuía la gente a Billy los méritos de sus padres. Era Kathleen una dama fina, atenta, bien educada y de tierna condición. Los *tenderfoot*, es decir, los individuos flojos para la lucha por la existencia, sabían que en último extremo hallarían en la cocina de Kathleen un plato de sopa. En cuanto a Antrim, aunque no era persona de mérito, nada se decía contra él —quizá por eso mismo.

Pero la tierna condición de Billy sólo se manifestaba con las damas y los ancianos y si alguien esperaba encontrarla por otro lado pronto se desengañaba.

Lo curioso del carácter de Billy es que a primera vista parecía un muchacho de pocas resistencias. Su rostro tenía líneas delicadas y sugería más bien un carácter apocado. Su dulzura natural y su belleza un poco feminoide en la edad impúber hacían que algunos se equivocaran con él. Y entonces Billy necesitaba corregir a los bravos que se permitían tomarlo a broma.

Billy no quería mucho a su padrastro. A veces se pregunta uno cómo es posible que no figure el nombre de Antrim en la lista de las víctimas del revólver o el puñal del Kid. Lo que salvó a su padrastro fue probablemente el cariño de Kathleen.

Era Billy comprensivo y razonable y mostraba una inteligencia cultivada aunque su educación fue muy rudimentaria: leer, escribir y contar, lo que ofrecía la escuela primaria de entonces. Pero aprendió otras cosas en las rodillas de su madre. Kathleen era soñadora, creía todavía en los caballeros de Irlanda e Inglaterra y para ella el hombre ideal debía tener alguna clase de grandeza como los paladines de la Tabla Redonda. El chico asimiló de los labios de su madre alguna clase de inclinaciones románticas que no iban a ayudarle mucho, pero pronto aprendió también que el hombre valiente es el que dice la última palabra. (La primera la dice el tonto.) Así su romanticismo se hizo realista y prudente desde el principio.

Los mejores amigos de Billy (a los cuales el muchacho fue leal) eran de origen hispánico. Si los anglos despreciaban a los *spicks* (así llamaban a los *spanish*) por su piel oscura, Billy the Kid los admiraba. Y cuando Billy se sentía en una situación esforzada, difícil o heroica hablaba español instintivamente. Los *spicks* eran alguien y los gringos nadie, si no lo demostraban explícitamente.

Por esas razones la gente hispana de New México quería a Billy. El poder de identificación del muchacho con el ambiente era prodigioso y si en otra atmósfera como Londres o París habría sido tal vez un político de genio o un artista, en New México fue un héroe violento. Era lo que traían los tiempos.

La primera aventura del muchacho fue digna del romancero. Una mañana de verano en Silver City la madre de Billy pasaba con su hijo por delante de un grupo de hombres en el que había obreros de las minas, ganaderos y algún matón de oficio. Uno de éstos dijo un piropo sucio a la madre de Billy y el muchacho, que con sus doce años se sentía ya hombre, castigó al atrevido con una bofetada. Después, viendo que el matón iba a pegarle cogió una piedra para defenderse, pero un vecino del pueblo que se llamaba Ed Moulton se interpuso y los separó. Luego Ed dijo al matón que debía darle vergüenza pelear con un niño.

Vivía Ed, hombre fuerte, feo y formal —las tres efes—, frente a la casa de Billy. El muchacho, todavía resentido, fue a ver a un guarda minero, le pidió que le prestara su rifle y salió a la calle pensando que la bofetada no había sido castigo suficiente para el ofensor de su madre. El vecino Ed le salió al paso y después de una larga discusión logró, si no convencer al muchacho, por lo menos quitarle el arma.

Quedó Billy the Kid rencoroso y desazonado.

Algunas semanas después Ed —el de las tres efes— estaba en la taberna de Joa Dyer, mal llamado el Cabra, cuando le atacaron dos borrachos. Era Ed hombre de pelo en pecho, pero los dos enemigos lo tenían de veras atareado defendiéndose y el que insultó a la madre de Billy entró en aquel momento y al ver que Ed estaba en apuros fue sobre él con una silla levantada para vengarse. En aquel momento llegaba Billy the Kid que solía llevar un cortaplumas en el bolsillo. El muchacho acudió en ayuda de Ed y clavó tres veces la pequeña arma en el pecho del ofensor de su madre. La primera dio en hueso, la hoja se plegó e hirió en el dedo al mismo Kid. Las otras dos penetraron hasta las cachas. Pequeña y todo una hoja de acero puede ser mortal en la región cardíaca y el matón cayó al suelo y no tardó en morir allí mismo.

Para evitar a la justicia Billy tuvo que salir del pueblo. El hecho de que no hubiera policía regular facilitaba el que mucha gente se arrogara alguna clase de autoridad, y no faltaban guardias y *sheriffs* más irresponsables a veces que los mismos delincuentes. Si aquellos policías ocasionales hubieran sido todos hispanos, menos mal, pero los peores eran los anglos. Antrim no pudo o no quiso defender al muchacho y éste tuvo que marcharse hacia el Oeste, a Arizona.

Al salir de Silver City anduvo tres días y tres noches evitando encontrar a nadie; pero una tarde, extenuado, se acercó a un pastor de ovejas a quien pidió en español algo de comer. El pastor, sin dejar de mirarlo fijamente, le dio pan, carne y lo proveyó para el resto del viaje con tortillas de maíz y costillas de cordero. Antes de que Billy reanudara su camino el pastor le dijo:

—¿Parece que vas escapando de la justicia?

Afirmó Billy con un gesto de resignación fatalista, y el pastor añadió:

—No importa, y no tienes que explicarme el motivo. A tu edad es posible que no tengas culpa ninguna, y si la tuvieras a mí no me incumbe, que no soy un pinche juez.

A pesar de esas palabras Billy le contó lo sucedido. El pastor lo escuchaba entre curioso y admirado y al final le dijo:

—Hiciste bien, porque desde que Cristo andaba por los caminos la madre tiene que ser sagrada para el hijo. Ya lo sabes. Si necesitas de mí otra vez aquí me encontrarás. Lo que tenga, salvo dinero, tuyo es. Y dinero porque tampoco lo tengo yo. Buena suerte y que Dios te ayude, hermano.

Siguió Billy su camino confortado y más seguro de sí, pero al oscurecer, con los pies sangrantes, se acercó al rancho de un hombre malhablado, tuerto de un ojo, que se llamaba McKnight, y con las primeras sombras de la noche pudo entrar en los establos, desatar un caballo y llevárselo.

Galopaba el Kid por aquellas llanuras grises como un indio bravo. Se sentía ya a salvo porque el caballo era bueno y respondía gustoso a la espuela.

Días después apareció en Fort Bowie, pero en lugar de un jinete iban dos. El compañero de Billy tampoco parecía estar en buenos términos con la justicia, era también de pocos años y cambiaba tantas veces de nombre, según la gente con quien trataba, que Billy, no pudiendo recordar ninguno de ellos, decidió llamarlo Alias.

Alias y Billy vendieron el caballo y con el dinero pudieron comprar víveres y reponer energías. Luego siguieron el camino a pie, pero esta vez armados contra el peligro de los indios apaches por los soldados que, compadecidos, les dieron un rifle viejo, una pistola y algunas municiones.

No eran aquellas tierras para andar siempre a pie. Fort Bowie está en el condado de Pina, en Arizona, tierra brava. Los chicos encontraron tres apaches con una lucida recua. Billy y su amigo Alias necesitaban dos caballos; por lo menos, uno. Trataron de comprarlo con la promesa de pagarlo más tarde, pero los indios no querían entender inglés ni español. Quiso Billy convencerlos de que debían darles un mes de crédito y probablemente habría regresado a pagarles el caballo porque solía cumplir su palabra. Los indios negaban, indiferentes.

Refiriéndose más tarde a aquel incidente, Billy solía contarlo así: «Fue un caso de *ground hog* (el *ground hog* es un animalito que señala la buena suerte a los campesinos o a los aventureros). Allí teníamos doce buenos caballos, cuatro o cinco bien ensillados, un regular surtido de mantas y cinco caballos más, cargados de pieles para vender. Había tres salvajes gozando de todo aquel lujo y negándose a socorrer a dos pobres ciudadanos americanos nacidos en buena cuna, hambrientos y con los pies doloridos. Lo decidimos Alias y yo en un momento, entendiéndonos sólo con miradas y con cautelosas indicaciones.

»Alias, que parecía valiente y capaz de todo, no tenía sin embargo como yo experiencia de sangre y aquel fue su bautismo. No había más remedio que ir por todo, ya que un caballo no podíamos robarlo sin el esfuerzo necesario para robar los doce. Y en menos de dos minutos estuvo hecho todo. Alias y yo disparamos cada uno sobre un apache diferente y fue fácil una vez los dos en tierra matar al otro. Allí los dejamos tendidos a un lado del camino, como animales después de una cacería, que casi daban pena. Salimos con los doce caballos, las mantas y el cargamento. Ya digo que no hubo pelea alguna y que fue la aventura más fácil de mi vida.»

Así lo explicaba Billy intercalando risas y exclamaciones. Tenía entonces Billy trece años y le faltaban algunos para que apareciera en su cara la sombra de la masculinidad. Su amigo tampoco había entrado en la pubertad, pero los dos imitaban bastante bien a la gente adulta según las normas de aquellas tierras. Cien millas más lejos del lugar de su aventura vendieron la recua y su carga a cuatro comerciantes reservándose dos caballos. Y bien armados y con dinero se sintieron de pronto, y por algunas semanas, dueños del mundo.

A pesar de su edad, Alias tenía ya debilidad por las *viejitas* (así decía él) y las buscaba en donde pensaba que podía hallarlas. En los *saloons* fumaba cigarros puros mareándose, bebía atragantándose, escupía por el colmillo y se dormía entre las opulencias pares del pecho de alguna pícara casi siempre entrada en años.

II

Aconsejaba Billy a Alias que no cambiara de nombre con tanta frecuencia porque en un lugar u otro acabaría por hacerse sospechoso. El otro respondía que en aquello de cambiar de nombre y en el gusto de las viejitas había salido a su abuelo.

—¿Dónde vive tu abuelo? —le preguntaba Billy—. ¿Dónde está tu casa?

Pero Alias no respondía porque no se fiaba de su sombra. Y sin embargo entre los dos muchachos había una amistad verdadera. Alias decía: «Las viejitas fueron la perdición de mi abuelo porque le prevaricó una de ellas y allí comenzó el pobre a ir hacia abajo hasta dar con el hocico en la mera mera». Quería decir en la cárcel. Billy reía porque todo lo que decía o hacía Alias le caía en gracia. Pero el nombre verdadero de Alias no lo supo nunca.

En Tucson, Arizona, abrieron timba y Billy ganó al monte con su baraja española algunos cientos de pesos. Luego volvieron casi ricos a la tierra de Fort Bowie pasando por la de los apaches otra vez. Algunos meses después de vagar por San Simón, San Carlos y otras placitas (así se llama allí a las aldeas que han servido o sirven de aposentamiento de fuerzas) pensaron que debían salir de aquellos lugares donde Billy, con su buena suerte jugando al monte, y Alias, con su propensión a las hembras, comenzaban a llamar la atención.

No era discreto hacerse reparar.

Era Alias dos años más viejo que Billy, lo que le daba la respetable edad de quince años cumplidos. O como decía él, quince y medio. Pero no hacía nada sin aconsejarse antes con el amigo.

Ya entonces había mostrado Billy algún sentido del humor. Cerca de San Simón sucedió lo siguiente: encontraron un grupo de ocho o diez indios montados y Billy les propuso una carrera de caballos. Llevaba un animal excelente, pero deseando despertar la codicia de los indios y haciéndose tan inocente como sugería su poca edad dijo que la competición sería entre el caballo de Alias, que era bastante flojo, y el mejor caballo que tuvieran los indios. Billy iba a montar el penco de su amigo y correría con el indio que ellos eligieran. La desventaja del Kid era evidente y los indios se daban cuenta. Puso Billy como condición que Alias se quedara esperando montado en su propio caballo —que era excelente— con todo el dinero de las apuestas y con las armas de los dos competidores.

En esas condiciones los indios no tenían nada que recelar. Pudieron haber sospechado de tantas facilidades, pero Billy sabía que la mente de los apaches no era capaz de aquellas complejidades. Los indios apostaron contentos todo lo que tenían, seguros de ganar. Alias era el depositario. Hecha la señal partieron Billy y el jefe indio, pero detrás de ellos, y al parecer por un impulso irresistible de su sangre joven, salió corriendo también el caballo de Billy montado por Alias y adelantando a los otros dos desapareció poco después en el horizonte.

La carrera la perdió Billy como estaba previsto, pero no la ganaron los indios porque el dinero lo tenía Alias. Con la boca abierta veía cada cual deshacerse en la lejanía la polvareda de los cascos del caballo fugitivo. A las protestas y amenazas de los indios respondía Billy que ellos podían repartirse la pérdida entre todos y tocaban a poco, pero que él había perdido cuanto tenía en el mundo, incluido el revólver y el caballo, puesto que el animalejo que le quedaba no le servía para nada ni podía venderlo porque nadie lo compraría. Se sentía, pues, perdido y sin remedio, ya que era inútil pensar que con aquel caballo pudiera nunca alcanzar a Alias, a quien llenaba de maldiciones y ultrajes.

Horas tardó en convencer a los indios, pero al fin, compadecidos, le dieron de comer y al caer la tarde lo despidieron con palabras de consuelo. «El pobre es muy chamaco y lo han engañado», comentaban entre sí. Billy siguió su camino fingiéndose triste y desolado. Los indios le decían que aprendiera de aquel ejemplo y no volviera a confiar en nadie y menos en los hombres blancos.

Ochenta millas más adelante y tres días después encontró a su amigo que le esperaba bebiendo en un *saloon* rodeado de viejitas. Rieron, se restituyeron sus posesiones y se repartieron el dinero de las apuestas. El negocio había sido redondo y los indios habían hecho el... indio, como se suele decir. Pero en aquel lugar Alias había dado como nombre propio el de Billy y éste se quedó muy sorprendido al saberlo. Se justificó Alias diciendo que suponía que los indios lo habían matado ya.

—¿Tan seguro estabas?

—Pues... era lo más aparente.

—¿Y lo dices así, pendejo?

—Tú inventaste la maula de la carrera. Fue de tu cabeza de donde salió todo el embrollo.

—Puesto a suponer —respondía Billy sombrío—, podrías suponer otra cosa. Pero, además, tanto tú como yo tenemos a cargo la vida de tres indios. Mi nombre no te mejora.

—Bah, los indios no son personas. Con decir que nos atacaron salimos del paso.

Billy, que solía guardar secretas sus propias hazañas, le contó, sin embargo, a su amigo la aventura de Silver City, donde había matado a un hombre blanco y Alias, asustado, lo miró de una manera diferente y renunció para siempre a llamarse Billy the Kid. Volvió a usar su imaginación y a inventar un apodo nuevo para cada lugar a donde llegaban.

A veces en un *saloon* la viejita lo llamaba por su nombre nuevo y él tardaba en percatarse porque no se acordaba.

No hacía Billy trampas en el juego. Tenía su manera de entender la honradez. En un incidente de juego precisamente mató al herrero de Fort Bowie, hombre tosco y brutal con la mejilla cruzada de una cicatriz de bala (él decía que había sido de un hierro encendido que saltó del yunque). Pensaba el herrero que tratándose de un muchacho no arriesgaba nada y después de haber perdido una jugada fuerte dio un manotazo a las cartas, recogió el dinero y dijo a Billy en inglés:

—No me mires así que te voy a arrancar las orejas, chamaco cabrito.

Respondió Billy con el sacramental *son of a bitch* y el ofendido, que era un hombre forzudo como suelen ser los de su oficio, tiró la mesa de una patada y fue sobre Billy, quien sacó el revólver y disparó a quemarropa. La bala atravesó el hígado del herrero, que murió el mismo día. Billy recogió el oro esparcido por el suelo, desdeñando la plata.

Sintió miedo Alias viendo a su amigo tan dispuesto a disparar y no quiso acompañarle en su huida. Además, había en Fort Bowie una viejita que «le caía suave».

Por el momento no podía Billy seguir en Arizona, donde había ya leyes gringas, y algunas noches después cruzó la frontera de México y se internó en Sonora. Aquellos territorios fronterizos eran entonces los más peligrosos del mundo. Sin embargo, ni en un lado ni en el otro del Río Bravo suscitó Billy conflictos. No se sabe que provocara nunca la primera desavenencia ni tampoco que tolerara la ofensa sostenida.

Nunca sacó Billy el revólver en vano, pero siempre mató de frente. Los que no querían creer en la peligrosidad de aquel infante (de mejillas como las de una niña), peor para ellos, porque cuando se daban cuenta era ya demasiado tarde y llevaban el plomazo en el cuerpo.

Usaba el Kid su revólver como un juguete rápido y eficaz.

Nunca vio nadie al Kid parpadear en el momento del disparo, cosa que suelen hacer hasta los matones más avezados. El muchacho tenía nervios fríos y la ausencia completa de miedo de los que han aceptado de antemano la muerte. Todo eso le ayudaba a disparar —repito— sin cerrar los ojos. En esa fracción de segundo es cuando se pierde el control de la dirección de la bala. Lo curioso es que si se mantienen los ojos abiertos mirando al blanco la bala va casi siempre al lugar donde uno quiere que vaya. Es sencillamente maravillosa la coordinación de movimientos de nuestro cuerpo en relación con algo tan fluido e incalculable como nuestra voluntad y la dirección de nuestra mirada.

Al entrar en México lo hizo Billy por un lugar donde no había vigilancia, es decir, tres millas al oeste de Nogales, y el mismo día llegó a una población de no mal aspecto que se llamaba Cananea, detrás de una barrera de nopales, en el estado de Sonora. Fue directamente a una posada que tenía un nombre pretencioso: Albergue de las Cuatro Naciones. Era el dueño un italiano borracho de cara floja y de mirada aviesa.

En el segundo piso, según la costumbre de la época, se jugaba al monte.

El italiano estaba adormilado, y al ver a Billy le dijo a un joven empleado, que llevaba en el cinto un manojo de llaves:

—Eh, acomoda a ese gringo chuela.

Hizo el empleado una señal a Billy con la que quería decir que el jefe estaba tomado —como dicen en México— y que un borracho no ofende. Además, lo había insultado porque creía que no entendía el idioma del país.

Billy no hizo caso y se sintió en seguida amigo de aquel joven, quien dijo llamarse Melquíades Segura.

—¿Cuál es tu trabajo? —preguntó Billy.

—Estoy a lo que sale.

—¿Qué quieres decir?

—Hago las faenas que les cumple. El amo es un condenado gachupín.

—¿Español?

—No, italiano, pero son lo mismo. Las faenas que hago son un mandao, una carrera en pelo para justipreciar un potro que se compra o se vende. Y también... cosas de media noche para abajo.

—¿Qué cosas?

—Pues... mejor es callarse porque uno habla y si a mano viene el que escucha es un chivón y entonces la Santa Virgen de Guadalupe me valga.

—Yo no soy chivón —dijo el Kid.

—No lo digo por tanto, pero en una fonda nunca se sabe con la plebe que sale y entra.

Parecía el joven más o menos de la edad de Billy. Fue el Kid a su cuarto en el primer piso, por cuyo balcón se podía saltar en caso de apuro, y entretanto seguía hablando con Segura:

—¿Tú naciste aquí?

—No.

—¿De dónde eres?

—De todas partes y de ninguna, hermano.

—¿Cuántos años tienes?

—Diecinueve —mintió Segura, añadiéndose tres.

—Yo dieciocho —mintió a su vez Billy añadiéndose cuatro—. ¿Hay en este pueblo timba?

—La hay mero, con quinqués de globo empavonado. Chirlata de mucha suposición. Mera onza de oro y doblón y Dios te ampare.

—¿Dónde?

Melquíades vio que Billy se quitaba el cinturón con el revólver y miró el arma:

—¡Un *six shooter* y de los caros!

—Llevo un cartucho quemado para aguantar el gatillo. Así que sólo es *five shooter.* Pero, ¿dónde está la chirlata?

—Arriba, y ahora mero están tallando. ¡Guapo es el fierro!

—Cebado está y no lo digo por darme realce.

Entendió Segura que estaba el revólver cargado y montado *al pelo,* pero se equivocaba. Billy quería decirle que estaba el revólver ya bautizado con sangre humana. Y seguía preguntando:

—¿Dónde está la sala?

—Al otro lado, donde tiene sus aposentos don José Martínez, un tagarote que le huele la nariz diez millas a la redonda.

Quería decir que tenía mucho dinero. Y Segura añadió, bajando la voz:

—No se dejaría ahorcar por medio millón, el viejo cabra y, eso sí, tiene su historia negra y es un bragado.

—¿Un qué?

—Un puro machote. No sería yo quien le llevara la contraria.

—¿Dices que está tallando ahora?

—Y no admite sino de cinco pesos para arriba en oro puro.

—¿Jaquetón?

—¡Qué jaquetón ni qué no! ¡Tiene el pueblo entero acochinado!

Todo aquello intrigaba a Billy:

—¿Es amigo tuyo? — preguntó en broma.

—¡La amistad de su chicote, que aún llevo la marca en las costillas!

—¿Y cómo lo aguantas? ¡Échale bala!

—¿Con qué? No tengo hierro, hermano.

Daba lástima oírselo decir. Melquíades le había gustado a Billy, pero en poblado hacer amistad lleva más tiempo que en campo abierto. Y estaban en poblado donde las relaciones tienen sus laberintos y sorpresas. Así y todo confió desde el primer momento en Melquíades.

Fue a la sala de juego. Era un salón alto de techos, con hermosos racimos de lámparas. Hasta cortinas había. Aquello era más que timba, era chirlata como dijo Melquíades. Se acercó Billy a la mesa y vio sentado en un alto taburete al tallador tirando el naipe. Con la baraja boca abajo decía:

—Pago el entrés, la puerta y el salto.

Tenía el cigarro puro entre los dientes, lo que le obligaba a guiñar el ojo para evitar el humo y miraba de reojo con aire escéptico a Billy, que acababa de sentarse. En cuanto lo vio dijo el tahúr desdeñoso:

—Aquí sólo se juega con oro.

Sacó Billy una bolsa de cuero haciéndola sonar mientras preguntaba dejándose caer de codo en la mesa:

—¿Cuánto es la banca?

—No está en almoneda, la banca. Y la talla es la mera luna.

Los quince o veinte jugadores que rodeaban la mesa hacían sus posturas y miraban de reojo, extrañados e irónicos, a Billy, mientras el orondo gachupín sonreía con mala sangre:

—El gringuito puede hacer su puesta también. Vamos, gringuito, ¿no juegas?

—Necesito verlas venir antes de hacer juego.

Hablaba con un sosiego un poco apoyado, que entre matones se considera impertinente. Don José, cuando se lo proponía, tenía un gesto de veras provocativo.

—No va más —dijo— y pago la puerta por la mano.

Volvió la baraja y había caballo en puerta. Perdían dos, ganaba uno. Con la baraja en el tapete don José cobraba y pagaba indolente y poderoso. Siguió sacando naipes. «¡Sotas putas!», dijo al ver aparecer la de espadas. Pagaba las puestas con mano pesada y ágil al mismo tiempo y miraba al gringuito con el rabo del ojo. Aquella noche, Billy, que parecía no oír las bromas del banquero, ganó seis onzas de oro isabelinas, las perdió, volvió a ganar tres, luego perdió las tres y cuando vio que se quedaba en paz —ni ganaba ni perdía— se levantó de la mesa.

—El primer día suelo perder —dijo, aburrido.

—¿Qué es lo que has perdido, gringuito? —preguntó el tagarote.

Respondió Billy imitándole el deje:

—He perdido el tiempo contigo, gachupín.

Hubo un sobresalto y todos miraron a Billy alarmados. Mostrando don José las grapas de los dientes contra el cigarro sonrió:

—A mucha honra, gringuito.

Miraba Billy el revólver, puesto en la mesa al lado izquierdo del tallador, que debía ser zurdo. Éste explicaba:

—Le llamé gringo sin ánimo de ofender.

—Allá —dijo Billy señalando en la dirección de la frontera— llaman a los mejicanos *greasy*, pero yo no insulto a los mejicanos y, además, como usted no es de esta tierra por eso le he llamado gachupín. Sin ánimo de ofender tampoco.

—¿Y cómo sabe su mercé que no soy del país?

—Porque tiene la pinta del recién llegado de la *madre* patria.

Apoyada y subrayada esa palabra (madre) era una *mentada* y la cosa se ponía fea de verdad. Alrededor de Billy los hombres palidecían y olvidaban hacer sus puestas.

Hubo otro silencio y Billy salió despacio, espiando en el fondo de un espejo los movimientos a su espalda. Ya en la puerta preguntó a qué hora comenzaría el juego el día siguiente, y Melquíades, que entraba, le dijo que el juego no comenzaba ni acababa nunca y que se sustituían los talladores y los jugadores sin interrupción día y noche. Don José Martínez volvió la cabeza sobre el hombro:

—Más valdrá que venga por la mañana, que talla el Chirlo.

—El cuñao de la patrona —explicó Melquíades, inquieto por el tono de don José.

—Ya lo pensaré. Me ilusiona la idea de desbancar a don José Martínez.

—No me gusta jugar con niños por aquello del refrán.

—¿Se puede saber el refrán?

Pero nadie lo decía. Bah, llamarle niño no era ofensa. Pero no le gustaba al Kid el gachupín don José Martínez.

Según costumbre, al entrar en su cuarto atrancó la puerta con una silla. Si alguno entraba haría ruido y el Kid despertaría a tiempo para defenderse. No sucedió nada aquella noche y Billy durmió bien.

Al día siguiente habló mucho con Melquíades, quien parecía atemorizado y débil de carácter. Estaba extrañado del atrevimiento de Billy, a quien dijo que debía conducirse prudentemente en la sala de juego porque don José tenía valedores y hasta los canónigos de Hermosillo daban la cara por él. Esto impresionó a Billy que al fin venía de un hogar católico y respetaba la Iglesia.

Aquella noche volvió Billy a jugar. Al verle entrar en la sala el grave y solemne don José sacó su revólver del cajón y lo dejó en la mesa, pero con un gesto frío, indiferente y como si se tratara de una costumbre y no de una amenaza. Billy se acercó lentamente y puso una moneda de oro a una carta. Don José, con gesto experto, volvió la moneda de lado y la rechazó diciendo:

—Ese doblón está capado.

Había monedas de oro a las que cortaban un poco del metal precioso y así de cada diez hacían una nueva. Billy la miró un momento y volvió a ponerla:

—Por lo que valga en buena ley.

Había al lado una balancita de precisión. Don José la puso allí y miró el fiel por encima de su cigarro:

—Tres cabrones pesos de plata. No cinco, sino tres.

—Bien está —dijo Billy.

Y siguió el juego. Billy perdió y puso otra moneda en la misma carta:

—Va de salto —dijo.

Aquélla no estaba alcorzada. Ganó y tuvo que pagarle don José dos más, una de las cuales era la anterior, es decir, la que estaba falta de peso. Con un gesto indolente Billy la rechazó haciéndola resbalar sobre el tapete:

—Faltan dos pesos —dijo—. Está alcorzada y sólo vale tres.

—Para un pinche chamaco gringo basta con eso.

Billy se levantó sin prisa:

—Dame los cinco pesos que me debes.

Tenía la mano en el cinto.

—Cinco balazos en la mera torre si no te vas de aquí. Anda donde tu abuela, chamaco.

Rieron dos o tres puntos, adulones. Don José mascaba su cigarro, los ojos en los de Billy y la mano en el tapete verde cerca del arma.

—Me gustaría ver —dijo Billy— si eres tan bueno con el revólver como eres con la lengua.

Los dos tenían la mano al lado del arma. Dijo don José una palabra que era usual en él antes de disparar y a continuación se oyó el disparo. Un solo disparo, aunque hicieron fuego los dos. La bala de Billy the Kid entró por el ojo derecho de don José Martínez, quien cayó hacia atrás esparciendo con la espuela, que se enganchó en el tapete, centenares de monedas amarillas por el suelo.

Billy cogió el dinero que quedaba en la mesa y se apoderó también del revólver del muerto. Llamó a voces a Melquíades y cuando éste apareció con la expresión desencajada le lanzó el revólver por el aire y le preguntó si estaba abajo el caballo de Martínez. Sin acabar de comprender y mirando con ojos alucinados al muerto, el muchacho Melquíades decía a todo que sí y Billy le ordenó que saliera con él.

Juntos dejaron el pueblo al galope después de haber roto con un cuchillo los tirantes de las sillas de los otros caballos que había en la barra. Melquíades galopaba al lado de Billy y en cuanto estuvieron a cierta distancia del pueblo comenzó a hablar:

—Allá quedó despatarrado don José. Bien está lo que has hecho, Billy, por la Virgen de Guadalupe, pero si no llegamos pronto a la raya gringa te veo colgado de un ahuehuete.

—No vamos a la raya, Melquíades. Hacemos como que vamos, pero doblaremos hacia Chihuahua. ¿Tienes miedo?

—Se me hace que no, pero no estoy seguro porque otros mejores que yo lo tendrían.

Después de una pausa añadió:

—Cayó para atrás don José. Pero yo no hice nada. ¿Por qué voy a tener miedo si no hice nada?

—Pagarás igual si te echan mano.

—Ya lo sé. Una vida tengo y puedo hacer con ella un papalote y volarla donde se me antoje.

—¿Qué es un papalote?

Melquíades explicó que era una cometa voladora. Reían y tendían la oreja detrás.

—Allí quedó —repetía Melquíades sin acabar de creerlo— don José el bragao, tendido como un hijo de la madrota. ¡Quién iba a pensarlo! Lo decía con el entusiasmo con que los chicos ven en el teatro de cristobillas que el joven y débil le pega al fuerte. Y añadía un comentario:

—Ahora veo que de hombre a hombre no va nada.

—Va un *six shooter,* hermano.

—Ni tiempo le diste para empalmarse.

—Le di tiempo y la prueba es que disparamos los dos parejos. Él también le dio gusto al dedo, Melquíades.

—Yo sólo escuché un tiro.

—Juntos y parejos, tiramos.

—Fama tenía de puntero don José que, según dicen, ponía cinco balas en el cinco de oros de la baraja a veinte pasos. ¿Y no te acertó? ¿Estás seguro? Lo digo porque llevas sangre.

—¿Dónde?

—En la cara.

Le caía a Billy un hilo de sangre por delante de la oreja y el muchacho explicó sin dejar de galopar:

—Cuando disparamos sentí encima de la oreja como si me arrancaran tres o cuatro pelos. Una pulgada más a la izquierda y se me lleva los sesos el gachupín.

—No hables así, que es ya difunto y si se nos aparece su fantasma en el camino los caballos darán la espantada. No lo llames gachupín ni le mientes la madre patria.

Billy calló porque también era supersticioso. Después de un largo silencio dijo, por decir algo:

—Ahora llevas un revólver mejor que el mío. Eres alguien.

—Que lo digas. Al hombre lo hace el fierro.

Decidieron torcer hacia Chihuahua como había advertido Billy. Los del albergue del italiano pensarían que habían ido a buscar refugio a la frontera y no podrían sospechar que se habían quedado en el país. Por cierto que Melquíades debía cambiar de nombre, según le aconsejó el Kid acordándose de Alias.

—No me cae bien eso, Billy.

—¿Por qué?

—Es el nombre que me puso mi mamacita.

—Si te atrapan te ahorcan.

—Eso sí que estaría bueno, sin haber hecho nada. Pero no me ahorcan sino que me truenan. Es la usanza horitita en esta parte del país.

—Cámbiatelo el nombre, Melquíades.

El otro negaba y Billy comprendió que aquello de ser tronado con su nombre legítimo era una cuestión de vanidad. No quiso insistir. Preguntó cómo era Chihuahua y Melquíades canturreo:

Chihuahua tiene buen vino
y tiene mejor mezcal
y casas de lenocinio
detrás de la catedral.

Luego comentó:

—Desconocida está Chihuahua, y es que el progreso llega a todas partes.

Siguieron galopando hasta ver que los caballos sudaban y entonces los dejaron ponerse al trote. Un trecho más y se detuvieron a escuchar. Tenían la brisa de espaldas y habrían oído, en aquel valle encañonado por ribazos altos, los cascos de un animal a diez millas. No se oía nada.

Comieron y estuvieron dudando si acampar allí o no. Por fin decidieron continuar. Melquíades por momentos se sentía otro:

—Puedo galopar seis días y seis noches. No necesito dormir. Demasiado he dormido yo en Cananea. ¡Que duerma el gachupín huevón debajo de la losa y que allí nos espere muchos años!

—No lo ofendas, que ahora es difunto, hermano —dijo esta vez Billy.

Se santiguaron los dos. Para ir a Chihuahua no seguían la ruta ordinaria, sino que iban por atajos y pasos de cabras. De vez en cuando salían de los pasadizos anfractuosos y encontrando una plana volvían a galopar.

La familia del tahúr muerto ofrecía cinco mil pesos de oro por la captura y entrega de Billy y sólo quinientos por Segura. Cuando lo supieron, dos días después, comentaron la diferencia.

—Anda, Billy —decía Segura—, que si te entrego y me entrego yo, me dan cinco mil por su mercé y quinientos más por mí.

Y después de una pausa añadía:

—No veo la razón de tanta diferencia, la verdad.

—Con los cinco mil pesos míos —comentaba Billy— y los quinientos tuyos te puedes mercar una guapa sepultura, Melquíades. Envidia me das.

Al llegar a la ciudad, Melquíades se había cambiado el nombre por si acaso y dijeron los dos que venían de El Paso (Texas). Sabía Melquíades algo de inglés y disimulaba. Como siempre, Billy jugaba a las cartas, pero los tres primeros días perdió. Segura tuvo mejor suerte, aunque haciendo pequeñas puestas no ganaba mucho.

El cuarto día de su permanencia en Chihuahua el Kid ganó bastante. Después de una jugada fuerte el tallador cerró la banca, se declaró en quiebra y dijo que no tenía fondos para pagar. Al mismo tiempo iba embolsando en un saco de cuero enormes cantidades de oro y plata. Era un tipo grande, cargado de espaldas, receloso y picado de viruelas.

No dijo nada Billy por el momento y salió a la calle con Melquíades.

Acompañaba al tallador un mulato bizco, cargado con el saco del tesoro. El tahúr iba a su lado receloso, con la mano en el cinto. De aquel hombre no ha vuelto a saberse nada. No se le volvió a encontrar vivo ni muerto. En cuanto al mulato, años después apareció en otro lado de la frontera, en New México, donde cuando alguien le hablaba del Kid se quitaba el sombrero y decía:

—No digo nada sobre Billy the Kid porque sus mercedes no lo creerían.

En realidad no hablaba porque Billy le había amenazado de muerte si contaba cómo entre Melquíades y él mataron al tahúr y lo arrojaron al pozo de un rancho, donde se quedó emporcando el agua de beber de las caballerías.

Ricos Segura y el Kid, la historia pierde su pista por algunos años, y se supone que anduvieron por un lado y otro de la frontera cambiando de nombre y de alojamiento, según la fortuna y el riesgo de cada día.

Se enamoró Melquíades de una criollita y se casó con ella en Chihuahua, usando un nombre falso. En las dos cosas se parecía a Alias, aunque éste no estaba muy convencido de que le conviniera el matrimonio. Billy firmó como testigo, con otro nombre. Melquíades no era feliz del todo porque no asistían sus padres — ya viejos — a la boda. Era hombre de inclinaciones hogareñas, Melquíades.

Poco después reapareció Billy en Texas con sombra de barba en las mejillas, en compañía de un gringo, antiguo amigo de la infancia, Jesse Evans, quien solía decir en español:

—La vida es corta y hay que quemar pronto la parte que le toca a uno y dar gusto a los *niervos*.

Pronto fueron Billy y Evans inseparables y en muchas cosas sus caracteres coincidían, aunque Jesse no reía nunca y Billy no estaba nunca serio si tenía el menor pretexto para reír. La diferencia era sólo aparente y en el fondo sucedía lo contrario: el hombre ligero de ánimo era Jesse y el serio y dramático Billy.

Le gustaba a Billy que los mejores amigos de Evans fueran hispanos.

Hacían bolsa común y el dinero iba a lomos del caballo de Billy, que era un poco más ligero. Peligrosamente ligero. A veces se lo hacía notar Billy a su amigo y Evans le decía: «Estoy más seguro de la honradez tuya que de la mía». No era tonto, Evans. Sabía que aquellas palabras confirmaban para siempre la lealtad y aseguraban la conducta de un hombre como Billy. Éste reía y trotaba, cantando entre dientes.

En el año 1876 Billy tenía diecisiete y había crecido ya todo su tamaño. Como dije, comenzaba a tener pelo en la barba. Evans era un poco más viejo, pero no lo parecía. Tenía ojos azules y era más alto que Billy quien, sin ser un gigante, era de buena talla. Según dice Garrett —el *sheriff* de Lincoln—, los ojos de Billy eran muy brillantes y expresivos, su cara ovalada y la única anomalía de aquel rostro que las mujeres hallaban atrayente eran dos dientes frontales de la parte de arriba un poco saledizos. Garrett dice que aquellos dientes eran un signo característico de él y cuando hablaba, y sobre todo cuando sonreía, se hacían visibles. Pero no daban a su expresión, siempre jovial y agradable, ningún aspecto siniestro.

El mismo Garrett dice con un estilo que no puede menos de resultar pintoresco en un *sheriff:* «Billy gustaba de comer bien y comía riendo y bromeando amistosamente, sin que sus bromas rebasaran nunca los límites de la buena crianza. Bebía y reía, cabalgaba y reía, hablaba y reía... mataba y reía, también. No eran risas insolentes ni carcajadas histéricas, sino expansiones casi infantiles y pequeños gorjeos de alegría. Aquellos gorjeos de Billy eran a veces el último rumor que oían sus víctimas, sin embargo».

Los que trataban a diario a Billy buscaban una expresión de amargura en sus ojos, pero nunca la encontraron. Se veía en ellos a veces un relámpago de ira y de indignación y era entonces cuando mataba. Aquel relámpago duraba muy poco, parecía no pertenecerle a él y era —todavía— compatible con el gorjeo del que habla Garrett. La expresión del Kid volvía a ser calma y risueña inmediatamente después del «incidente». Ese incidente era siempre mortal. Una vez le dijo a Jesse Evans:

—Ofender a alguien y no matarlo es dejar un enemigo mortal a la espalda. Sólo se le ocurre a un pendejo. No hay que insultar a nadie si no va la bala detrás de la palabra.

En sus diecisiete años era esbelto, movedizo y elástico de movimientos como una pantera. No muy aficionado a leer, pero sí a la música. Decía que había leído en su vida sólo tres libros, y los tres mejicanos. Uno era del tiempo de la conquista de México, al parecer el libro de Solís, pero el Kid no se acordaba del autor. Sentía una devoción natural por el conquistador español Cortés y decía de sí mismo que no le era inferior en corazón, pero sí en cabeza. Cortés veía no sólo lo que sucedía delante de él, sino lo que pensaban sus amigos y sus enemigos y hacía las cosas calculando las consecuencias no del momento, sino de un futuro lejano. Y siempre acertaba.

A veces decía Billy: «Yo adivino lo que piensan mis enemigos en los momentos críticos, pero no siempre lo que piensan mis amigos, y tan peligrosos pueden ser los unos como los otros».

Dice Garrett: «Estaban sus formas bien trabadas, era compacto de músculo y fino de nervios. Gozaba cuando tenía algún altercado con un joven más corpulento y solía soltarse el cinturón, dejar caer las armas y decir disponiéndose a la defensa: "Vamos a medirnos, amigo mío, sin armas y de igual a igual". Generalmente ganaba aquellas peleas, pero si perdía no guardaba rencor ni buscaba venganza». Después de la pelea bebía con su contrario, pero nunca más de lo que podía tolerar. Cuando se tiene la cabeza pregonada hay que acercarse con tiento al vino y a la mujer.

El mismo *sheriff* dice en otra ocasión hablando de Billy: «No se puede dudar de su generosidad. Le gustaba sobre todo hacer favores a gente madura y vieja». Proteger a sus mayores era una tarea confortadora para el Kid. Le hacía sentirse más cabal y eso siempre suele gustar a un *chamaco.* Si el lector recuerda el nombre de Garrett no podrá menos de dar a sus palabras un valor *sui generis,* más adelante. «Hay, entre algunos que han escrito sobre Billy —añade Garrett—, la convicción de que había algo burdo y grosero en su conversación y en sus maneras. Más bien era lo contrario. Los más *dandy* de la sociedad, los favoritos de la corte, los exquisitos galanes de cualquier tiempo y lugar tendrían algo que aprender de las maneras naturalmente afables del muchacho. Habría sido absurdo y chocante el Kid si a veces, y en medio de la gente tosca y brutal, no hubiera hablado como ellos. Su delicadeza los habría ofendido. Pues bien, en esos casos Billy se permitía alguna palabra gruesa y alguna broma tosca, pero se veía que le eran artificiales y pegadizas y los otros se las agradecían sin dejar de considerarlo superior.

»Si se fuera a juzgar a la gente por sus palabras y sus maneras, centenares de personas de aquel tiempo en New México parecían más bandidos y criminales que Billy.» El criminal adolescente daba al parecer la impresión de un joven de buena familia que disfruta de alguna vacación o fin de semana con dinero en los bolsillos, y se permite alguna libertad más o menos inocente. La verdad es que todas sus libertades lo eran hasta que algún provocador se cruzaba en su camino. Entonces, y en una fracción de segundo, cambiaba y su nueva manera era implacable y terrible. Pero volvamos a las opiniones del *sheriff*: «Cuando las circunstancias se lo permitían, Billy vestía limpiamente y con cierta distinción.

»Especialmente cuidadoso era de su calzado —botas de montar—, siempre en buen uso y de buen corte. Llevaba pantalones oscuros y chaqueta clara —en las fiestas el frac regional acostumbrado—. Solía usar un sombrero mejicano de ala ancha no por afectación, sino por comodidad, ya que esos sombreros defienden la cara y el cuello del sol y además duran más que los yanquis.»

Es curioso todavía ver cómo Garrett defiende a Billy de las acusaciones más frívolas, por ejemplo, de usar un sombrero con cintillo de oro y diamantes que valía más de mil dólares, un pañuelo al cuello bordado de perlas, etc. Estas cosas decían en los periódicos los reporteros sensacionalistas de la época.

La verdad era diferente. Y el *sheriff* la trata de restablecer, indignado.

En aquellos años, Billy y Evans se dedicaban a depredaciones, asaltos y robos en los ranchos ricos de Texas, después de los cuales solían refugiarse en el otro lado de la frontera, en México. O al revés, hacían sus fechorías en México y buscaban asilo en Texas. La frontera les servía de burladero.

Lo que dice Garrett de la limpieza de léxico de Billy es verdad y no se podría decir lo mismo de las costumbres de Evans, quien hablaba sucio y sus groserías lo parecían más porque era un poco tartamudo. En español lo era más que en inglés. Otras veces invertía el orden de las sílabas, como cuando decía *niervos* en lugar de nervios, y era en vano que Billy le corrigiera. Por lo demás, y mientras no hablaba, Evans parecía un aristócrata natural, un tipo refinado y de casta.

Como se puede suponer, en los dos lados de la frontera estaban las cabezas de Billy y de Evans puestas a precio, pero algunos rancheros que salieron en persecución de los ladrones perdieron la suya en el camino. Poco tiempo después de andar juntos, Jesse Evans comenzó a parecer más viejo de lo que era por el color albino de sus cejas y su pelo. Sus pestañas, blancas también, y sus ojos azules y opacos le daban un aspecto un poco visionario. Balbuceaba al hablar y sólo salían fluidamente las palabras blasfemas y los juramentos. Billy le decía que su nombre —Jesse Evans— era también un nombre albino y que de noche parecía más fantasma que persona humana.

Admiraba Billy su franca y violenta amoralidad, pero sabía que los animales albinos (caballos blancos, perros y gatos blancos) tienen taras contra las cuales hay que precaverse. A veces el Kid miraba a Jesse y tenía sobre él ideas no muy favorables que, sin embargo, se reservaba. Atribuía algunos rasgos funestos de su carácter al color albino. «Cállate, overo palomino», le decía como si fuera un caballo. Más tarde el mismo Evans solía decir:

—Billy es mi mejor amigo, pero a veces, por su manera de mirar, se diría que tiene sangre india.

Las dificultades de pronunciación de Evans eran mayores algunos días. Parecía que tenía en la boca un hueso de durazno que le trabara la lengua. A veces Billy le hacía repetir y Evans explicaba:

—Es que tengo el frenillo.

Se refería a esa pequeña membrana que algunos tienen al nacer debajo de la lengua. Los médicos la cortan con un ligero toque de lanceta, a veces. Pero la de Jesse no la cortó nadie. Por eso, cuando iban a dar un golpe de noche y se cubrían la cara, no era Evans quien hablaba, sino Billy. La manera de hablar de Evans llamaba la atención y habría sido fácilmente reconocido.

Eran grandes amigos, pero con alguna reserva por los dos lados.

Cerca del lugar de operaciones de Billy los indios apaches de Mexcalero solían trabajar por su cuenta, haciendo también incursiones en México y a veces robando y matando a los emigrantes que pasaban el río en una dirección u otra. Eran aquéllos los indios más peligrosos de la comarca. A veces mataban sin provecho ni necesidad, sólo por el gusto de ver que el hombre blanco podía morir igual que el indio.

En una ocasión encontraron Evans y Billy un grupo de emigrantes que iban de Texas a Arizona en las cercanías del río Mimbres. Eran tres familias en tres carretas de mulos. Cada uno tenía su rifle e iban bien provistos de municiones y vituallas. Dos eran mejicanos españoles y el otro mulato cubano, es decir, español también. Cada familia tenía dos o tres niños pequeños. Una de las niñas trabó conversación con Billy y se hizo muy amiga de él. Le preguntó al Kid si Jesse era su padre porque tenía el pelo blanco y hubo risas y bromas.

Los viajeros invitaron a Jesse y Billy a comer e hicieron rancho juntos. Cada cual contó sus historias, aunque Billy y Jesse muy moderadamente. El español más viejo dijo que se habían batido más de una vez con indios y algunos comanches, kickapoos y lipans, cayeron bajo sus balas. Aconsejaron a los aventureros que no se arriesgaran por aquellos territorios ellos dos solos aunque tuvieran buenas armas.

—Llévame contigo —dijo la niña a Billy— y yo te defenderé contra los comanches.

Llevaban el mismo rumbo y los emigrantes les ofrecieron puesto en su compañía, pero Billy y Jesse declinaron pensando en la lentitud de las carretas.

Después de la comida se despidieron con expresiones de buena voluntad. Billy besó en las dos mejillas a la niña y como iban desembarazados y en caballos ligeros se adelantaron pronto algunas millas. A media tarde descubrieron una banda de quince indios montados que parecían marchar en dirección contraria. Por algunas huellas frescas de caballo vistas antes en el camino supusieron que los indios habían enviado un jinete explorador y sin duda se preparaban para caer sobre la pequeña caravana. Todos llevaban la cara pintada para la guerra y se perdieron pronto de vista.

Billy y Evans siguieron caminando sin hablar. Los dos pensaban en lo mismo y una hora después Billy dijo:

—¿Has visto, Jesse? Esos indios llevan mala intención. Son muchos y van bien montados. Acuérdate de la niña que decía que eras mi padre. Tenemos que llegar a tiempo y llegaremos.

Tornaron bridas y pusiéronse al galope sin hablar más. Al oscurecer llegaban otra vez a la vista de la pequeña caravana en el instante en que los indios apaches iban sobre ella con los alaridos con que suelen comenzar sus ataques. Jesse y Billy se unieron al cordón ululante, pero en lugar de disparar contra las carretas disparaban contra los indios y con cada disparo caía uno.

Poco a poco los indios cambiaban sus gritos de guerra por otros de sorpresa y terror que Billy conocía bien, pero seguían atacando y batiéndose. Una bala india dio en la madera del rifle de Billy y lo partió por la mitad. Desarmado a medias y con la mano herida con las astillas sacó Billy su revólver y siguió peleando. Pudo atrapar una de las hachas arrojadizas que los indios habían tirado contra una carreta y con ella en una mano y el revólver en la otra volvió a la refriega. Mientras tanto, Jesse, apostado detrás de una roca disparaba también de vez en cuando con fortuna. Aislado, Billy peleaba solo contra seis indios.

Contaba después Billy que no podía comprender cómo sucedió, pero estaba seguro de que los gritos de alegría orgiástica que daban él y Jesse debieron desconcertar a sus enemigos. En todo caso, once de éstos quedaron muertos o malheridos en el campo. De los emigrantes de las carretas los tres hombres estaban heridos, y uno de ellos debió morir aquella misma noche de un balazo en el vientre. La niña amiga de Billy yacía con el cráneo fracturado y su madre herida y desmayada.

Salvados por la ayuda de Jesse Evans y de Billy los emigrantes reorganizaron su campamento y Billy y su amigo avisaron al poblado más próximo para que acudieran a prestar ayuda a los heridos. El aviso fue por tercera persona ya que Billy y su amigo recelaban de la justicia y sus cabezas estaban tan inseguras como sus sombreros. Por cierto, que Jesse había perdido el suyo en la refriega y no se consolaba.

Volvieron riendas hacia río Grande y se encontraron por azar con un grupo de jóvenes amigos de Jesse. El que parecía jefe les dijo que si se juntaban podrían formar una buena partida de *cow-boys* y que como tales les garantizaba salarios y otros provechos. Entre ellos iban en el grupo las siguientes personas, que por una razón u otra, y ninguna plausible, habían de adquirir fama en la región: James McDaniels, William Morton y Frank Baker, ya conocidos en los valles que se escalonan entre el río Pecos y el río Grande. Eran tres tipos muy diferentes entre sí. Daniels parecía un hombre de negocios de aire calmo y mirada tranquila y amistosa, aunque tenía fama de ser un criminal. Como decía Jesse tartamudeando un poco: «Un asesino de buena reputación».

William Morton era macizo, malcarado y receloso. Venía de una familia conocida de Virginia y parecía sentirse superior a sus colegas. A Billy le hizo mala impresión desde el primer momento. Tenía Morton el raro don de molestar con sus silencios así como otros con sus palabras.

En cuanto a Baker, era hombre de ojos fríos y grises que no bajaba nunca de su caballo porque, mal curado de un balazo en la pierna izquierda, cojeaba un poco. Es decir, para disimular la cojera por aquel lado cojeaba sin darse cuenta por el lado contrario. El gris de sus ojos tenía a veces relumbres rosados como los hurones sanguinarios.

Les dijo Billy lo que había sucedido con los indios y le proporcionaron un rifle nuevo y municiones a descontar de su salario.

Estaban cerca de Las Cruces en un rancho de Daniels, quien repartía con parsimonia billetes de la Unión y monedas de oro mejicanas e iba haciéndoles firmar en un cuaderno.

III

Por un peón que llegó tuvo noticias Billy de que su antiguo compañero Melquíades había sido arrestado en México y estaba en la cárcel de una aldea que se llamaba San Elisario. Los mejicanos que le dieron la noticia a Billy le dijeron que Segura tenía la población en contra y que con sentencia o sin ella era probable que lo mataran.

Billy se dispuso a partir en ayuda de Melquíades. Cuando salía le gritó Morton con acento agrio:

—¡Eh, eh, el rifle! Si no vienes con nosotros tienes que devolverlo o pagarlo.

Pagó Billy la mitad y Evans garantizó el resto. No le gustó a Billy la cara ni tampoco la voz de Morton.

San Elisario estaba a unas veinticinco millas de distancia de la frontera en el interior de México. Billy supo la noticia a las siete de la tarde y a las doce de la noche estaba en San Elisario. La distancia que recorrió en algo más de seis horas con un caballo gris, que más tarde se hizo famoso, fue de ochenta y una millas, sin contar las desviaciones y rodeos que tuvo que dar para evitar encuentros incómodos. Fue una hazaña deportiva y un buen rasgo de lealtad al amigo.

Como aquella cabalgada es famosa en la vida del Kid veamos exactamente las distancias. Del rancho de las Cruces, donde estaba, a Mesilla había ocho millas; a Fletch Kackson (llamado también Cottonwoods) veintitrés millas, hasta El Paso (Texas) veinticinco y hasta San Elisario otras veinticinco. Todo el trayecto era de tierra pelada y descubierta, es decir, sin árboles ni montañas

Y lo hizo a pura uña, como se solía decir.

Hacia la medianoche llegó Billy a San Elisario y acercándose a la cárcel golpeó la puerta y gritó en español: «Abre, que traigo presos a dos condenados gringos». El carcelero abrió confiado y Billy le puso el revólver en el pecho, le quitó el suyo y lo arrojó al tejado.

—Ahora —le dijo— ven a abrir el calabozo de Melquíades si no quieres que te parta la cabeza como una sandía.

Minutos después galopaban los dos amigos hacia la frontera, pero Billy montaba otro caballo y llevaba el gris desensillado. Iba Segura en el hermoso bayo de un capitán confederal y llevaba también sus armas.

Obtuvieron todavía dos caballos más en un rancho después de convencer al dueño de que eran agentes mejicanos federales y dejarle un escrito para que recuperara los caballos o los cobrara en Chihuahua. Autorizaron el escrito con el sello del gobierno federal que Billy se llevó de la oficina de la cárcel. El inocente ranchero les dio además de comer y beber a su gusto.

Vueltos los fugitivos al camino enderezaron a la frontera.

Melquíades estaba asombrado:

—¿Qué clase de *son of a bitch* eres tú? —preguntaba sin acabar de creer lo que veía.

Billy respondía zumbón:

—No preguntes y apúrate, Melquíades, que pronto será de día.

Llegaron a la frontera sin novedad. Melquíades suspiraba por su joven esposa, ya que, según decía, «apenas si había podido gozar del matrimonio y era una chamaca redondita como un durazno».

Antes de llegar a la raya gringa toparon cerca del río con un campamento de ganado que estaba siendo herrado con la marca de Tunstall, un inglés del condado de Lincoln, asociado al poderoso Chisun. Había ido a México a comprar reses. Billy, que tenía noticia de Tunstall por otros *cow-boys*, estuvo mirándolo a distancia. Era hombre joven de aire refinado.

Un inglés de casta.

Cerca de aquel lugar había otro rancho mejicano y Billy fue testigo de un rasgo de honestidad que no había de olvidar. El ranchero mejicano ofreció doscientas reses a Tunstall y éste al reconocerlas observó que estaban enfermas aunque en un período inicial y poco desarrollado de la enfermedad. Al verse descubierto el ladino ranchero ofreció las reses por la décima parte de lo que había pedido antes y añadió una sugerencia de mala fe:

—Al otro lado de la raya se las comprará mi compadre Brown que las llevará carneadas y saladas a Texas.

—¿Por qué no se las vende usted mismo? ¿No lo conoce?

El mejicano quiso hacerse el gracioso

—Demasiado me conoce.

Todo lo que tenía que hacer era llevarse aquellas reses medio regaladas y caminar con ellas unas veinte millas para levantar —así decía el mejicano— una treintena de miles de dólares, pero el inglés no quiso escucharle.

Aquel rasgo de Tunstall hizo impresión a Billy, quien dijo a Segura:

—Tengo oído que es un *gentleman*.

Tuvo que explicar a Melquíades lo que era un *gentleman*: «Un hombre que nunca juega sucio». Pero Segura no entendía:

—¿Un tagarote de manos limpias?

—¡Qué tagarote! —exclamó Billy impaciente—. Él no juega a las cartas, no es como tú y yo. Ni como el gringo Chisun. Es hombre de principios y muy leído.

Al alba pasaron a nado el río Grande, que bajaba caudaloso y sucio de limos. Aquel baño le sentó muy bien al pobre caballo exhausto y antes de media mañana estaban otra vez en el rancho (a seis millas de Mesilla), donde Billy se echó a dormir mientras Melquíades vigilaba con el *six shooter* del capitán de guardias federales en el cinto.

En New México hay baladas que recuerdan los hechos de heroísmo de sus hombres famosos y en esos romances los caballos tienen a veces un papel lucido:

Corre caballo en las horas
sin luz de la madrugada...

También Garrett componía versos, pero los suyos eran versos de policía. Entre dos cabalgadas el *sheriff* dejaba el revólver montado al pelo, por si acaso, y se ponía a escribir sobre Billy chupando el lápiz:

Inmerso en los peligros de la vida
amaba a las mujeres, por fortuna...

En fin, los dos fugitivos habían hecho el camino de regreso con la misma celeridad. Y el caballo gris del Kid caminó en un día ciento sesenta millas, aunque la mitad sin silla ni jinete. Un hecho que los *cow-boys* recuerdan con asombro.

Todo el camino fue Billy hablando de Mr. Tunstall.

La lealtad era una de las normas de Billy que se podía considerar innata en él. Y no esperaba forma alguna de reciprocidad ya que se pagaba a sí mismo con aquel gozo de ser fiel que había aprendido tal vez de su madre cuando ella le hablaba de los caballeros de la Tabla Redonda.

Cuando Billy despertó había llegado una carta de Jesse Evans urgiendo al Kid a reunirse con él y con su partida de *cow-boys* (sic) en río Pecos cerca de Seven Rivers.

Mientras leía la carta creía Billy estar viendo no las cejas albinas de su amigo ni la mirada reservada y oblicua del cojo Frank Baker, sino la otra amistosa de Daniels, el criminal bien reputado a quien servían. Le explicaba Jesse el lugar donde deberían reunirse y le advertía que no debía aventurarse a hacer el viaje por el camino más corto porque estaba infestado de apaches pugnaces y bien armados (el camino de la sierra Guadalupe). Debía seguir, pues, la ruta abierta y regular por Tularosa y la plaza de Lincoln.

Para Billy la posibilidad de pelear con indios no era necesariamente un peligro y menos una amenaza. Como decía más tarde el *sheriff* poeta:

Confiaba en su poderosa mano
y del trance peor salía ileso...

Trató Melquíades de convencer a su salvador de que no fuera por el camino de los apaches, pero Billy insistía porque el atajo justificaba el riesgo. Además quiso convencer a Segura de que lo acompañara.

—Eso es tentar a Dios, Billy —replicaba Melquíades—. Mira que en esa serranía dos hombres solos están fregados.

—¡Qué tentar a Dios! Más nos ha tentado Él a nosotros trayéndonos a la vida.

Melquíades le suplicaba que no hablara de aquella manera. No creía mucho en Dios, pero sí en la Virgen de Guadalupe, cuyo nombre llevaba el camino de los apaches —cañada de Guadalupe—. Al ver que Segura no quería acompañarle, los dos amigos se separaron en buena armonía. Pensaba Segura que dejándolo solo no se atrevería Billy a ir por la cañada siniestra y era verdad, pero Billy buscó otro compañero y lo encontró. Era de origen irlandés —el paisanaje convencía pronto a Billy— y se llamaba Tom O'Keefe. Muy católico, pero por el lado del diablo, como él mismo decía. Blasfemaba como un poseído y no sólo cuando se enfadaba, sino en plena calma y para decir las cosas más ordinarias como, por ejemplo, preguntar la hora.

Ninguno de los dos creyó nunca que un indio vivo tuviera la menor utilidad en el mundo. En eso estaban de acuerdo.

Dejó el Kid su bonito caballo gris al cuidado de los amigos con el encargo de que se lo enviaran cuando lo pidiera y compraron dos caballejos montaraces y una mula de carga a la que confiaron los víveres, las municiones y las mantas.

Salieron poco antes del amanecer frescos, felices y descuidados.

La segunda noche en las montañas acamparon a la entrada de un profundo desfiladero donde comenzaba el territorio de los apaches. Al amanecer, el Kid se levantó dispuesto a hacer la descubierta, como solía. Estaban al pie del macizo más alto de la sierra de Guadalupe y dijo el Kid a su amigo Tom que lo esperara hacia el mediodía con fuego encendido para comer.

Pero volvió poco después. Había encontrado un camino de indios por donde sin duda los apaches iban y venían con cargas de agua, porque el suelo estaba mojado.

Los dos tenían sed. No habían podido beber desde hacía al menos veinte horas, pero O'Keefe recelaba:

—Ojo con lo que haces, Billy. Los rastros a veces llevan a la boca del lobo.

—En todo caso prefiero ir adelante y averiguar lo que hay. Si descubro agua beberé y llenaré esta damajuana.

Había dicho Tom muchas veces a Billy que nunca había dormido mejor que después de una buena pelea con indios. No le asustaban los apaches. Pero valiente y todo no podía tolerar el silencio del campo después de tres días de marcha sin ver un ser vivo. Aquel silencio le encogía el corazón.

—No durará mucho —decía el Kid— y cuando oigas la algarabía de los indios te sentirás aliviado, hermano. Vamos, que municiones no nos faltan.

Era Tom un bandido urbano de taberna, población, burdel, casa de juego. El campo lo ponía melancólico y le hacía pensar en su propio padre muerto por los indios, y a veces tenía la impresión de que el alma de su padre le acompañaba hablándole bien —cosa rara— de los condenados apaches. «Hijo, no les hagas daño —parecía decir— porque son seres humanos como tú y merecen vivir según su ley.» Eso creía estar oyendo Tom, a veces. Y le deprimía y acongojaba —según decía— como a un verdadero hijo de puta.

—Aunque eso sea verdad —decía Billy—. ¿Qué tiene que ver tu padre conmigo?

—Nada, Billy, en eso tienes razón. Así y todo, ¿no crees que sería mejor seguir nuestro camino en paz?

—No.

—¿Por qué?

—Tú tienes sed. Y yo. Y los animales. Tenemos que encontrar agua. ¿Es necesario que lo diga? Yo no quiero morir de sed como un coyote tiñoso y menos por miedo a los apaches.

Añadió afable, acordándose del alma del padre de Tom:

—Si me dejan beber y coger agua no habrá sangre, por mí. ¿No tienes sed, tú?

—La tengo y me aguanto.

—También tu padre se debe aguantar la sed en el infierno.

—Calla —dijo Tom tendiendo el oído.

El Kid se impacientaba:

—Toma el rifle y dame esa damajuana vacía. Tú eres hombre precavido y yo también, no creas que hago nada a tontas y a locas. Oye bien lo que te digo. Sé por dónde alcanzar la senda de los apaches sin que nos vean. Basta con rodear este monte por la base. Cuando lleguemos cerca esconderemos los animales, yo iré a buscar agua y tú te quedarás esperando. Beberé y si me oyes gritar saca los caballos al claro, sólo los caballos, ¿oyes? Habrá que abandonar el mulo. Y espera montado dispuesto a salir al galope. Yo llegaré con el agua, te daré la damajuana y montaré. Saldremos corriendo y tú beberás sin dejar de correr y tirarás luego la damajuana. Conserva todo esto en la memoria porque es lo que hay que hacer en el peor caso, ¿estamos?

El otro callaba y Billy añadió: «Morir no tiene malicia y algún día lo haremos, pero siquiera que no sea de sed ni de hambre».

Tom reflexionaba:

—Verdad es que morir de sed o de hambre es muerte de ratas.

Estaba el Kid tan decidido que su amigo no se atrevió a oponerse. Anduvieron más de media hora en silencio, con el oído tenso, y cuando llegaron al sendero de los apaches vieron que éste se perdía por una anfractuosidad de rocas y de grandes encinas. «Aquí es», dijo en voz baja Billy. «Recuerda bien lo que te he dicho.»

Una vez escondidos los caballos y con ellos Tom O'Keefe, se adelantó Billy sin hacer ruido. Anduvo unas cien yardas por aquel sombrío túnel. Por un lado había un muro de roca de unos cientos de metros de altura. La luz que se filtraba entre los árboles era poca y el silencio completo. Llegó a un espacio semicircular de unos treinta pies donde estaba el manantial. El lugar parecía habitado y se sentían presencias cercanas en el aire.

Billy se acercó a la fuente, bebió a su gusto y llenó la damajuana. El suelo estaba con señales de cascos de caballo y mojado por todas partes.

Salía el Kid feliz de haber conseguido su propósito cuando oyó detrás de un macizo de encinas el grito de un vigilante indio y al mismo tiempo un disparo de fusil que se repitió tres veces en el eco. Billy salió corriendo.

Al centinela que lo perseguía le arrojó la damajuana a la cabeza al mismo tiempo que daba un grito de alarma para que lo oyera Tom. Huyendo y disparando mató al centinela y dos indios más y al verse fuera del pasadizo corrió con todas sus fuerzas sin cuidarse de pelear.

Pero Tom, pensando que era imposible que un hombre solo se salvara en aquel lugar y contra tantos enemigos, decidió huir. Antes sacó los caballos del escondite como le dijo su amigo. Pero las voces de los indios se multiplicaban en el eco dando la impresión de que el valle entero estaba lleno de guerreros. Salió Tom al galope sin aguardar a nadie y pensando tal vez en el alma de su padre. Los gritos se oían no sólo detrás, sino también delante y a su derecha. A la izquierda se erguía el macizo montañoso más escarpado de la sierra.

Abandonó Tom el caballo y creyéndose perdido desmontó y empezó a trepar por los riscos como un lagarto, sacando habilidades de su propio miedo. Era aquella fuga hacia arriba la única razonable y prometedora. Así y todo sospechaba que no iba a tardar en reunirse con su padre.

Poco después Billy tuvo que renunciar también al caballo para salvarse. Trepaba monte arriba y sin sed se sentía tonificado, pero más de veinte indios galopaban hacia la falda de la montaña. Seis de ellos dejaron los caballos y comenzaron a subir detrás de Billy, quien esquivando el bulto entre las rocas esperó al primero y a pocos pasos le disparó alcanzándole en la cabeza. Cayó el indio rocas abajo y los otros se detuvieron indecisos. Billy siguió trepando y tratando de cubrirse para evitar las balas de los apaches, pero cinco de éstos le seguían tratando de vengar al muerto.

Un poco más arriba Billy mató a otros dos de sus perseguidores y los tres restantes, llamados desde abajo por sus compañeros, fueron abandonando la persecución. Ya más seguro Billy subía sin tomar precauciones. Las balas de los indios lo dibujaban contra la roca y una esquirla de piedra hirió al Kid en la cara. Iracundo se detuvo y disparó cuatro o cinco tiros contra los indios que bajaban, alcanzando todavía a uno.

Luego se guardó el revólver y siguió trepando en busca de una altura donde pudiera sentirse seguro. Se detenía a tomar alientos de vez en cuando y hacia la media tarde llegó a lo más alto y divisó desde allí la otra vertiente, un valle estrecho con vegetación y un barranco en el fondo. Un barranco seco. Pensó con lástima en la sed de su compañero.

Al costado opuesto del valle se alzaba otro macizo tan alto como el que había escalado Billy, quien estaba muy lejos de suponer que allí se había refugiado Tom. Pensando en él Billy recordaba un refrán mejicano muy largo, pero bastante expresivo: «El valiente de El Paso, que apaga el candil de un trabucaso». Así era Tom, seguido y aconsejado por el alma de su padre.

Seguro el Kid de que los indios no le seguían porque cinco de ellos muertos demostraban lo peligroso de la empresa y después de observar que para rodear la montaña y entrar por el sur (por donde era accesible) necesitarían algunos días de marcha, se instaló en un lugar adonde era imposible acercarse sin hacer ruido (rodeado de lajas movedizas y ramas secas de árbol) y se acostó a descansar. Poco después dormía. Cuando despertó era aún de noche. Se sentía fresco, recuperado y en una completa desorientacion.

Dudaba entre llamar con su grito de guerra (que podría atraer a sus perseguidores) o renunciar a encontrar a Tom. Al pensar en él lo hacía con reservas de ironía. Ya no era su *cuate.* El Kid retiraba ese tratamiento mejicano a las personas que desmerecían por su falta de coraje y, si esas personas daban excusas valederas a Billy y explicaban mejor o peor su conducta, Billy mantenía su amistad, pero no la confianza. Una vez perdida no la recuperaba nadie, con Billy. No era el miedo de Tom lo que le ofendía. Solía Billy comprender el miedo de los otros y decir: «Al cobarde su pánico lo castiga». Nunca fue más verdadero aquel refrán que en el caso de O'Keefe.

Aquel día el cielo tenía nubes por el este que representaban una promesa de lluvia. Detrás de las nubes había sol y los bordes aparecían festoneados de luz metálica.

Estaba O'Keefe en la cresta de la otra montaña separado de Billy por una distancia no mayor de un tiro de rifle. En línea recta se habría recorrido aquella distancia en una hora, pero la necesidad de pasar barrancos, vaguadas, subir y bajar accidentes y trepar a la otra montaña habría requerido al menos un día y una noche. Además ninguno de los dos sabía dónde estaba el otro.

Billy sólo pensaba en salir de allí con alguna seguridad.

IV

Ya alto el sol, Billy decidió marchar en dirección de río Pecos. Tuvo que caminar con el calzado roto, los pies heridos y casi sin comer tres días largos.

Al caer la tarde del primer día pudo encontrar agua y algunos puñados de frambuesas y moras de Zarza. Por fin llegó al campamento de río Pecos donde descansó un par de días. Pidió luego informes sobre el condado de Lincoln donde se dirimían a tiros las rivalidades entre Chisun y Daniels y se dio a conocer.

Inmediatamente fue provisto de armas y de un buen caballo por la facción de Murphy-Dolan-Daniels. Había una situación de violencia permanente entre los ladrones de ganado por una parte y los propietarios por otra, y ocasionalmente entre los mismos propietarios por el uso de pastos. A veces había hechos de violencia entre todos ellos juntos por un lado y por otro las fuerzas armadas del Gobierno americano o los indios bravos.

La policía local, cuando la había, tomaba parte a veces por los unos o por los otros. (Dependía a menudo del provecho material más inmediato.) Así un *sheriff* podía ocasionalmente ayudar a una facción de bandidos contra otra sin mayores escrúpulos.

El Kid preguntaba en todas partes por Tom O'Keefe y aunque le caía fuera de mano decidió ir en su busca a Las Cruces, sospechando que estaría allí y que tal vez necesitaría ayuda. «Si lo encuentro —se dijo— lo llevaré conmigo al condado de Lincoln y si no aprovecharé el viaje tumbando algún indio por el camino y de paso rescataré el caballo gris.»

Como se ve, el recuerdo de la deserción forzosa de Tom (con el fantasma y todo de su filantrópico padre) no le impedía al Kid tratar de ayudar al paisano irlandés. Tenía Billy un sentido de solidaridad que no era de familia ni de clan sino de especie humana, excluidos los indios.

Según Billy suponía encontró a O'Keefe en Las Cruces. He aquí lo que su amigo le contó: después de pasar la noche en lo alto de la sierra frontera a la de Billy, poco antes de amanecer salió medio muerto de sed decidido a jugarse la vida y tratar de beber donde había bebido Billy. Fue en aquella dirección con el revólver montado.

Llegó en plena oscuridad —la luz del día no entraba aún en aquellos lugares—, bebió y llenó una cantimplora, encontró uno de los caballos muerto a balazos y trató de seguir las huellas del otro que era por cierto el suyo. Pero no pudo. Se alejó de aquellos lugares lo antes posible tratando de seguir la dirección probable de su caballo y al mediodía se sintió lejos de las sendas de los apaches. Siguió caminando y pensando siempre en recuperar su caballo y a media tarde pasó cerca de un campamento indio abandonado donde habían estado asando mexcal, una especie de semilla o nuez que los indios comían después de asarla y tenía un sabor entre la castaña y la avellana.

La buena suerte de Tom no acabó ahí, porque poco después creyó hallar huellas de caballo que le parecieron las del suyo y siguiéndolas llegó a encontrarlo. El animal se había detenido, sin duda, esperándolo a él. Durmió aquella noche O'Keefe cómodamente en las mantas de la montura y al día siguiente reanudó la marcha hacia río Grande.

Fue el encuentro con el Kid en Las Cruces una sorpresa para los dos, porque cada uno tenía motivos para sospechar y temer la muerte del otro. Billy se propuso conquistar a O'Keefe, a pesar de todo, para la guerra de Lincoln, pero el irlandés había tenido bastante y quería calma y descanso. Por todas partes veía indios mexcaleros aullando y repitiendo su grito de guerra. Alegaba además los consejos prudentes de su padre muerto, que ahora hacían reír al Kid.

Las violencias en el condado de Lincoln habían comenzado en la primavera de 1877 con robos, asesinatos, traiciones, crueldades y desafueros de todas clases. Nadie se sentía seguro en aquellos lugares. No hay que decir que los que sobrevivieron al primer año sangriento, como Billy the Kid, se hicieron para siempre una reputación de hombres duros. En aquellos territorios el crimen parecía legitimado y allí acudían los aventureros que, habiendo renunciado a los provechos del honesto trabajo, esperaban todavía encontrar en el río revuelto alguna clase de oportunidad.

Las personas principales en aquel territorio eran, por un lado, el rey de la ganadería neomexicana John S. Chisun, de quien hablé antes, hombre pequeño, callado y tortuoso. Con él estaban aliados otros dos ganaderos importantes: Mac Sween, comerciante pacífico, y Tunstall, el inglés caballeroso que tanta impresión había hecho a Billy the Kid. En el lado contrario estaban Murphy, Dolan y Daniels, comerciantes ricos de

Lincoln apoyados poderosamente por T. B. Catron, fiscal yanqui en el territorio, residente en Santa Fe, y propietario de considerables rebaños. Murphy y Dolan eran como dos hermanos gemelos, siempre juntos, y tenían fama de leguleyos y de robar por medio de trucos jurídicos a la población hispana. Al lado de esa segunda facción estaban casi todos los ganaderos menores de la región y algunos comerciantes poderosos.

Se atribuían a Chisun en distintos ranchos y en una extensión de unas doscientas millas más de ochenta mil cabezas de ganado mayor, todas de buena casta, y el mismo Chisun parecía un toro holandés, gordo, corto de piernas y compacto. Como el toro, solía también Chisun ser receloso, altivo y elusivo. Era tremendamente rico y tenía guardas de corps, tropillas armadas y partidarios y enemigos como un monarca. «Chisun, el rey de la cuerna», decían con envidia sus rivales.

Las violencias comenzaron porque los pequeños ganaderos del valle de Pecos, confiando en el apoyo del fiscal federal Catron, acusaron al monarca pecuario de monopolizar por derecho de posesión y sin gasto alguno las vastas praderías de la región para sus animales. Pero no era sólo eso, sino que los rebaños colosales de Chisun se llevaban consigo docenas y centenares de reses de otros dueños que se les incorporaban por una especie de atracción de masas. Así, pues, Chisun se comía deliberadamente o no a los rancheros menores y, fuera un hecho natural o deliberado, el caso es que a algunos de ellos los arruinaba.

Por su lado se quejaba Chisun de que los pequeños rancheros le robaban ganados que llevaban su marca y divisa y no se los devolvían sino haciéndoselos pagar. A Chisun, como a muchos millonarios, la pequeña pérdida fraudulenta lo sacaba de quicio, aunque pudiera ser generoso en otras cosas.

No pasaba un día sin algún asesinato acompañado de robo de reses. En esas circunstancias un hombre como Billy the Kid tenía que representar una ayuda eficaz y fue contratado por la facción Murphy-Dolan, quienes representaban en cierto modo, y gracias a la alianza del fiscal del territorio Mr. Catron, la ley. Una ley que, siendo más que dudosa para los unos y los otros, necesitaba de vez en cuando el refrendo de la sangre.

Tenían Murphy y Dolan como jefe de sus mesnadas a un tal Morton, de quien se decía que había matado en West Virginia a su mujer —él la hizo desenterrar para que le hicieran la autopsia y desmentir a sus calumniadores—. Morton, a pesar de su apariencia decidida y justiciera, era cobarde y cruel. Presumía de «caballero del Sur» y Billy se burlaba de él diciendo que más que caballero era un mulero del sur.

De Murphy no se hablaba tan mal. Sólo se decía que había prostituido a sus mujeres anteriores y obtenido, gracias a su galante mediación, los créditos que le permitieron comenzar su negocio. Un negocio próspero, aunque dentro de los límites de un territorio y de unas condiciones precarias.

Billy the Kid yendo con Murphy y Morton había pasado al bando que mejor o peor representaba la ley. Durante la primavera y el verano de 1877 el Kid siguió la suerte del bando Murphy-Morton, con el cual se había comprometido, pero pensaba con simpatía en el otro partido, el de los rebeldes que, por raro azar, era al mismo tiempo el más poderoso. Sus reacciones de combatiente eran muy curiosas. Después de los primeros choques con el adversario sentía por él un respeto que se parecía a la devoción. En plena adolescencia Billy necesitaba admirar —cosa rara— a sus enemigos.

Solía Billy tener su cuartel general en el valle de Pecos, donde se divertía en los lugares de recreo o, como decían con una palabra española hoy en desuso, en los *tendejones.* En aquellos lugares, además del bar y del juego, había grupos que conspiraban, espías de un bando u otro y algunas pistolas impacientes por emplearse. Los hispanos y anglos que estimaban sus vidas se acercaban lo menos posible a aquellos lugares cuando veían caballos sudorosos en la barra exterior.

Billy se mostraba insatisfecho y solía decir que no había nacido para servir a nadie y que peligros por peligros prefería correrlos por su cuenta. Como dije antes, admiraba a sus enemigos y tenía reacciones ante ellos que a él mismo le confundían. Contestando a una pregunta de Jesse Evans le dijo un día enojado.

—Se vive sólo una vez; los días pasan uno detrás del otro y hay que saberlos gozar.

No era gustoso defender a la gente que en nombre de la ley robaba a los hispanos.

Una noche encontró en un *saloon* al inglés M. Tunstall. El Kid, que conocía su honradez y tenía la tendencia a considerar a los ingleses hombres de conciencia (así le había oído hablar a su madre), le dijo a Tunstall que estaba a disgusto con los de Murphy y llegó a disculparse de haber hecho daño a algunas partidas suyas.

—¿Es eso un ofrecimiento, Billy? —preguntó Tunstall, que solía ir directamente a las cosas.

—Tómelo como quiera —respondió el Kid.

Se pusieron de acuerdo fácilmente sin discutir condiciones.

Uno de los primeros trabajos que Tunstall encomendó a Billy fue difícil. Se trataba de cazar para los rebaños de Tunstall un toro cimarrón. Como Billy acostumbraba explicarse a sí mismo sus propios actos, anduvo dando vueltas a aquella idea:

—¿Por qué lo quiere usted cimarrón? Son animales maltratados por la intemperie.

—La intemperie —respondió el inglés— sólo maltrata a los débiles. El toro cimarrón que sobrevive es mucho más fuerte que los toros de establo.

Mr. Tunstall llevó a Billy a un patio exterior y le puso un ejemplo. Tenía dos pavos y uno de ellos vivía en un patio descubierto mientras que el otro lo tenía la cocinera en la despensa, vivo también. El que estaba en la despensa era sobrealimentado —la cocinera decía *empapuzado*— con nueces y otros manjares. Así y todo, el que estaba al aire libre era hermoso, saludable, gordo y feliz, y el otro marchito y decadente.

Billy rió y se dio por convencido.

Dos días después salió con cuatro *cow-boys* en busca del toro cimarrón. La posibilidad de tener que vérselas con indios (que solían buscar ganado perdido para carnearlo) le estimulaba. Una buena pelea con indios no era cosa de desperdiciar y le parecía el mejor de los deportes. Tenía Billy la misma afición que tienen ahora en todas partes los niños a jugar a los indios, con la sola diferencia de que los revólveres despedían plomo caliente y en aquellos juegos los muertos no volvían a levantarse.

Hubo en aquella aventura del toro cimarrón algunas cosas memorables. Como había sospechado, Billy tropezó con indios, pero afortunadamente éstos iban mal armados y al darse cuenta de su inferioridad no hicieron cara a Billy. Uno de los indios le pidió, por favor, que dejara en paz al toro cimarrón, porque estaba marcado ya por su tribu.

—¿Cómo es eso? —preguntó Billy.

Le explicaron que aquel toro no debía ser cazado vivo ni muerto. Uno de los *cow-boys* dijo:

—Los pendejos creen que ese toro es su padre.

—No —replicó otro—. Creen que es su abuelo.

Un tercer miembro de la banda que sabía el dialecto de los indios y los había oído hablar entre sí, añadió:

—Lo que pasa es que le han puesto la sombra de la mano encima.

Los indios se habían apostado, días atrás, con su jefe al borde de una quebrada de espaldas al sol, mientras otros indios acosaban al animal y a su grupo de hembras, tratando de hacerlos pasar por el pequeño desfiladero que había al fondo de una quebrada. El día que lo consiguieron el jefe de la tribu proyectó la sombra de su mano derecha sobre la testuz y el cuerpo del animal.

Había quedado marcado ritualmente.

Cuando lograron llevar el toro a los establos de Tunstall y Billy le contó aquello al inglés, éste lo apuntó en su libro de memorias, encuadernado en cuero blanco, que para Billy tenía un sentido mágico.

Las tres primeras noches del encierro del toro se oyeron tamborcillos indios lejanos. El jefe indio que había proyectado la sombra de su mano sobre el animal rendía homenaje al toro. Éste mugía de vez en cuando como si respondiera a los tambores, lo que daba la impresión pintoresca de un diálogo. Billy quería salir en busca de los indios, pero Tunstall, a quien divertían a veces los impetus de Billy, lo calmaba advirtiéndole que en aquellos tamborcillos no podía haber nada ofensivo ni peligroso.

Había en el rancho un mestizo experto en vacadas y ahijaderas que domesticó fácilmente al toro cimarrón, y que pocos días después se inclinaba debajo del vientre del animal y sopesaba con la mano abierta sus testículos.

—Si no pesan ocho libras no pesan nada —decía una vez y otra, admirado.

Fue a decírselo a Tunstall:

—Vaya su mercé y verá.

El inglés lo comprobó, pero con la mano enguantada.

Algunas veces Tunstall y Billy bebían juntos, aunque había siempre alguna diferencia obvia entre ellos. Aceptaba Billy la superioridad de Tunstall, no por razones sociales ni económicas a las que no daba importancia, sino porque le parecía hombre de cultura. No podía menos de mirar con respeto aquellas estanterías llenas de libros que cubrían tres de las paredes de su estudio. El cuarto muro —donde estaba la puerta— tenía también anaqueles, pero éstos tenían botellas en lugar de libros.

Atendía Billy regularmente a las tareas que le estaban asignadas. El inglés lo envió a río Feliz, donde él y Chisun tenían importantes rebaños. Billy se había pasado al enemigo por las razones que dije antes y sobre todo porque en su primer diálogo con Mr. Tunstall éste le dijo: «Usted es un *gentleman* y no debe estar a las órdenes de Morton, que es un criminal. Usted debe ser su propio jefe y ocasionalmente el guardián de algunas partidas importantes de propietarios amigos suyos, como Chisun y yo».

Billy pensaba: «De Tunstall, sí. Soy su amigo y lo seré siempre. De Chisun no lo sé todavía». Por otra parte le gustaba ayudar a los hispanos contra la ley gringa.

Sintiéndose Billy a gusto con sus nuevos aliados comenzó a decir en todas partes que Murphy y los partidarios del fiscal harían mejor evitando su encuentro, ya que no se decidían a abandonar el territorio, que habría sido lo más saludable para ellos.

La primera vez que se halló cara a cara en una cantina con el grupo del cual había desertado, iba Billy solo, y cuando los ánimos parecían más exaltados y la violencia inevitable, intervino nada menos que Jesse Evans.

—Amigos —dijo con el acento efusivo que solía usar, incluidos los tartamudeos y las palabras sucias—. Todos hemos vivido con Billy, pasado hambres y peligros con él, peleado a su lado y si a mano viene alguno de nosotros vivimos todavía gracias a la intervención de su rifle o de su cuchillo en los encuentros que hemos tenido con la gente de Chisun. Billy viene aquí y él mismo nos ha advertido que en el futuro será nuestro contrario. No ha esperado a que lo averigüemos nosotros oyéndole cerrar su *winchester* en una emboscada, sino que lo dijo llana y noblemente. Dejémosle salir y marcharse en paz. Él va solo y nosotros en cuadrilla. Otro día lo encontraremos en campo abierto y nos veremos las caras en una honrada pelea.

Se hizo un silencio en el cual Billy miró con humor las cejas albinas de Jesse y oyó decir a alguien malhumorado: «Sí, todo eso está muy bien, pero Billy nos meterá un día una bala en la tripa». Era Frank Baker, el mercenario del fiscal que cojeaba y decía a veces con aire siniestro que si mataba gente era porque no tenía valor para suicidarse. Después añadió que, puesto que el Kid iba solo, la ocasión era la mejor para acabar con él.

Billy volvió la cabeza con la rapidez de la serpiente:

—Será la mejor para ti, cobarde, que sólo eres capaz de matar a un hombre por la espalda y cuando estás como ahora, nueve contra uno y borracho. Anda, Baker, si tantas ganas tienes de pelea, estoy aquí, pero frente a frente y de hombre a hombre. Qué, ¿no te atreves?

Lo decía de pie, la espalda contra el muro y la mano cerca del revólver. Baker, con la mano cerca también del suyo, no respondía una palabra. El Kid, sin dejar de insultarle, retrocedió hasta el porche abierto, montó en su caballo gris, sin prisa, lanzó una mirada de amistosa despedida a Jesse y se marchó al trote de su caballo gris.

Baker decía entretanto a su amigo albino:

—Algún día te arrepentirás de que no haya matado como una cucaracha al Kid.

Sonreía Jesse y le decía: «Como a un hombre, Baker, como a un hombre».

Cada día se hacía el Kid más amigo de Tunstall. Los amigos importantes de Tunstall, como el calvo, pacífico y un poco neurótico Mac Sween, querían también a Billy y lo invitaban a veces a sus fiestas en las cuales la esposa de Mac Sween tocaba el piano y cantaba romanzas italianas muy sentimentales.

Acudía a veces a aquellas fiestas Billy no por oír a la cantante, sino por hablar con Tunstall. Un día Billy le dijo a Tunstall que no había matado nunca sino en defensa propia. Se extrañó un poco al advertir que aquello le tenía del todo sin cuidado al inglés, quien le dijo:

—No es importante eso.

—¿Qué quiere decir?

—Amigo Billy. Muchas naciones desde los tiempos que alcanza la historia han comenzado con bandos de pastores rivales que se mataban entre sí. Lo mismo en Egipto que en Mesopotamia y Tartaria y Mongolia. El Antiguo Testamento está lleno de hechos sangrientos de ese género entre los propietarios de grandes ganados.

Eso del Antiguo Testamento (al fin un libro sagrado) impresionó a Billy, quien preguntó:

—¿Había entonces indios y vacadas cimarronas?

—No, pero había pastores y rebaños y todos tenían necesidad de pastos de ribera y de monte y había que conseguirlos a veces a punta de lanza, porque era cuestión de vida o muerte.

No dejaba de extrañarse, a veces, Billy de la indiferencia con que aquel *gentleman* veía los hechos de sangre, al menos en los tiempos pasados. Sin embargo, no se sabía que Mr. Tunstall hubiera matado nunca a nadie. La mayor parte de las veces iba incluso sin armas. «Los valientes —pensaba Billy— son confiados, pero la confianza tiene sus límites cuando se vive como yo, entre bandidos de camino real y gente de horca.» No solía considerarse Billy uno de ellos, sino un *cow-boy* armado. Era verdad que mataba indios siempre que tenía ocasión y que a veces buscaba esa ocasión un poco a la fuerza, pero Billy se ponía él mismo en riesgo de muerte. La muerte cara a cara era noble y la habían cultivado los hombres desde Adán y Eva. «Hay cosas en la vida —decía a veces Billy— más importantes que la vida y la muerte.» No sabía Billy al hablar así cuáles eran aquellas cosas.

Algunas noches salían juntos Billy y el inglés de casa de Mac Sween y seguían charlando y bebiendo en casa de este último. Una de las cosas que más le agradecía Billy a Tunstall era que su criado le diera también tratamiento y le dijera *sir* como al amo. Pensaba: «Me respeta el criado porque ha visto que Mr. Tunstall habla con respeto de mí». No dudaba de aquello.

Miraba con involuntaria admiración aquella sala llena de estanterías y de libros. Se encontraba con Tunstall más a gusto que nunca desde que salió de Silver City y de las faldas de su madre.

Todavía Billy se disculpó de las violencias que la vida en aquellos condados imponía a los hombres y otra vez se extrañó de oír hablar al inglés:

—No hay que disculparse, Billy. Ya le dije que lo que sucede no puede dejar de suceder.

Añadió que New México no tenía todavía la ley americana y había sido liberado de la ley mejicana. Las luchas de bandos serían inevitables y sangrientas hasta que se impusiera alguna forma de ley o simplemente el territorio fuera asimilado por la Unión. Luego el inglés dijo que en el mar los piratas formaron un día el Estado británico y de ellos nació Inglaterra.

En la tierra, los pastores, a lo largo de sus pendencias, habían sido los padres del Estado moderno.

Lo que pasaba en New México había pasado en Europa antes de que existieran cuerpos escritos de ley. Cuando los rebaños son pequeños el pastor no sale de su tierra porque no necesita salir. Pero el ganado se multiplica y entonces hay que buscar pastos en las tierras colindantes. Ha sido siempre un gran problema. Además, en todas partes, los ganados tienen que emigrar en verano buscando pastos de altura y tierras frías, esto último para criar mejor lana cuando se trata de ovejas. En todos los tiempos los grandes rebaños han sido nómadas porque las reses esquilman el terreno y necesitan buscar comida donde la haya. Y el dueño de grandes rebaños que llega a ser poderoso necesita hombres armados que lo defiendan. El dueño de rebaños que tiene defensores más valientes y mejor organizados subyuga al agricultor indígena y le impone su ley. En ese hecho se basa el Estado primitivo y sobre él se ha ido formando el Estado moderno. Los rebaños trashumantes de las estepas de Asia avanzaban sobre Rusia y más tarde sobre Europa, imponiendo sus armas y sus leyes, en la antigüedad.

Escuchaba Billy a su jefe y amigo Tunstall, quien le hablaba de los viejos héroes de la historia que fueron antes pastores: los Gengis Khan, los Tamerlán, los Atila con sus hunos, magiares, tártaros, turcos...

Delante de las nuevas culturas o barbaries invasoras han ido siempre los rebaños hambrientos. New México, y sobre todo el condado de Lincoln, eran embriones de Estados nuevos.

Billy creía todo aquello, pero se resistía a aceptar que Chisun pudiera llegar un día, por bien que se dieran los acontecimientos, a ser considerado como jefe de Estado alguno, viejo o nuevo. Mentalmente adjudicaba ese puesto a su amigo Tunstall, a quien consideraba superior.

—No sé por qué puede usted aguantar a Chisun ni cómo lo tolera.

Sonreía el inglés sin responder.

Un día que Billy había cruzado algunos disparos con una partida de merodeadores tejanos y matado a uno de ellos, sin aparente motivo, le dijo Tunstall algo que parecia desmentir sus opiniones anteriores:

—Parece que a veces tiene usted la mano demasiado pronta.

Miraba Billy de frente a Tunstall y acabó por responder:

—Ese tejano me insultó. Tengo la mano tan pronta como otros la lengua.

El inglés explicaba, amistoso:

—Lo digo por su bien, Billy. Es usted muy joven y un poco de prudencia nunca estorba.

—¿Qué importa? —preguntó a su vez Billy —. Matar a un hombre no es ofenderlo. La muerte la lleva todo el mundo en la sangre desde que nace. Lo único que hacemos es adelantarle la fecha a nuestro enemigo para impedir que él haga lo mismo con uno. Eso es. Lo malo en la vida no es matar a otro, sino ofenderlo con alguna clase de humillación o mala palabra. Yo puedo darle un plomazo a cualquiera, es verdad. Pero no lo insulto.

Añadió Billy, bebiendo un sorbo de una ancha copa ovoidal mediada de brandy:

—¿Qué necesidad hay de insultar a nadie y menos si va uno a quitarle la vida?

El inglés le preguntó a qué atribuía su puntería excepcional, y una vez más explicó Billy que él no cerraba los ojos al disparar.

Se quedaba Tunstall reflexionando y Billy añadía: «Todo el mundo parpadea cuando dispara y hacen mal, porque la voluntad guía la vista y la vista guía la bala».

—¿Está usted revelando su secreto? —preguntó Tunstall en broma.

—Eso no tiene importancia, porque el cerrar los ojos o tenerlos abiertos en ese trance no depende de la voluntad de uno. Muchos hombres bragados pestañean al apretar el gatillo. Yo no. Y en la vida todo lo hace la voluntad. Los animales y hasta las cosas tienen voluntad como nosotros los hombres.

Entre los libros de Tunstall los había de escritores, como Schopenhauer y Hume. Pensaba el inglés: «Sin saberlo Billy, en él coinciden el filósofo y el hombre de acción». Volvió a llenar la copa del Kid y como otras veces lo invitó a sentarse dispuesto a seguir la conversación. Pero Billy sabía que la camaradería no era nunca completa.

—Me trata usted —le dijo al inglés— como los sabios tratan al animal cuyas costumbres estudian.

Y soltó a reír para añadir luego cómicamente inseguro:

—¿O me equivoco?

Dijo el inglés que en parte se equivocaba y en parte no.

—Somos dos hombres, amigo Billy, e incluso dos amigos que se necesitan recíprocamente en estos desiertos. Vivimos en niveles distintos y yo a veces trato de entenderle a usted en mis propios términos, es decir, como un hombre que se ha interesado toda su vida por la historia. Usted ve que yo soy aquí un hombre de negocios, pero no son los negocios lo único que me interesa.

Volvió a hablar de la importancia que en los más remotos tiempos de la prehistoria había tenido la ganadería, y de la manera de comenzar a crearse las fronteras y las naciones. El ganado y la cría de reses había sido de la mayor importancia en la formación de los grupos y las comunidades primitivas. Todavía se usaba la palabra pecunia en todos los países como expresión del factor económico y venía esa palabra de *pecus,* es decir, animal de pezuña. Mientras el inglés hablaba, Billy lo escuchaba intrigado:

—Los ingleses se interesan por los tiempos y las gentes del pasado.

—En cierto modo es verdad —aceptó Tunstall.

—Otros ingleses he visto yo —dijo el Kid— interesados buscando huesos y desenterrando vasijas de barro.

—Sí, ellos y yo tenemos el mismo deseo de aprender lo que hacían nuestros lejanos antepasados. ¿No le parece a usted que eso puede tener interés?

Dijo Billy que sí y que era tan interesante aquello como averiguar el futuro. El pasado y el futuro eran sólo partes de una misma rueda.

—¿Qué rueda? —preguntó Tunstall sólo por hacer hablar al muchacho.

—¿Qué rueda ha de ser? Cuando va uno galopando por el valle en la tierra alta, digo por Fort Sumner, desde el caballo se ve la planicie girando como un disco enorme y gris. Girando alrededor de uno.

El inglés no decía nada y tampoco Billy, quien se creyó obligado a añadir:

—La rueda de la existencia.

La vieja cocinera mestiza, que no podía menos de escuchar todo lo que se hablaba en la casa, cuando vio que no sacaba nada en limpio se puso a canturrear entre dientes para demostrar que no estaba escuchando —al menos quería obtener el prestigio de su desinterés y discreción—. Entonces Tunstall la llamó y le dijo que podía acostarse si quería.

Antes la cocinera llevó a Mr. Tunstall una jarra de agua fresca —para mezclar con el whisky— y un gran tazón con aceitunas negras y brillantes.

Hablaba Tunstall de las relaciones de su grupo con los grupos rivales y más concretamente de los peligros inmediatos. El inglés creía ciegamente en las opiniones de Billy, quien dijo:

—Por el momento el más peligroso es Morton y su *gang.*

—Yo lo trato bien a Morton —advirtió Tunstall alzando una ceja.

—No todo consiste en tratar bien a la gente.

—Las pocas veces que me he encontrado con Morton han podido ver que iba sin armas.

—Se puede ir sin armas por amistad y se puede ir por desprecio.

Tunstall se apresuró a afirmar con la cabeza. Y se quedaba mirando a Billy como si pensara: «¿De dónde saca este muchacho tan joven esas sutilezas?». El Kid continuaba apurando el tema y el fondo de la segunda copa:

—Morton sabe ese desprecio de usted, aunque no se lo haya dicho porque son cosas que huelen a distancia. Lo mismo que entienden los animales sus resquemores sin necesidad de hablarse.

Los hechos habían de dar pronto la razón a Billy. Más pronto de lo que los dos querían. Ya por entonces los territorios del río Feliz estaban bajo la vigilancia directa del muchacho y de su banda.

Pero los adversarios no dormían. En febrero de 1878 Morton, pequeño y receloso, que se atribuía la autoridad del ayudante del *sheriff (deputy sheriff),* trató de apoderarse con una escolta de hombres armados de río Pecos de algunos caballos que estaban en terreno colindante con el de Tunstall. El ranchero inglés se hallaba cerca con sus guardias de corps quienes, al ver que la partida de Morton era mucho más numerosa, dijeron que era locura hacerles frente y se alejaron al trote esperando que el inglés les seguiría. Entre los guardias de corps no estaba Billy.

No tenía Tunstall nada de cobarde y esperó a pie firme a sus contrarios.

Al ver solo al inglés, Morton disparó y lo hirió gravemente. Caído Tunstall boca abajo y en los estertores de la agonía, uno de los de Morton —el llamado Baker— se acercó, le puso el rifle en el occipucio, disparó y el cerebro del inglés se esparció por el suelo. Pensar que la vida de un joven valiente y generoso como Tunstall pudiera depender de un tipo como Morton, a quienes la mayor parte de los bravos despreciaban, era una de las mayores miserias que se podían concebir en este mundo y era, sin embargo, un hecho sin remedio. Los asesinos dejaron en tierra aquel cuerpo sin vida y se apartaron —todo hay que decirlo— no muy satisfechos de su hazaña. Morton mismo, que era un sujeto sin escrúpulos, repitió entre dientes como buscando una disculpa:

—¡No basta andar sin armas para ser mejor que los demás!

Lo que preocupaba a Morton no era, sin embargo, la muerte de Tunstall en sí misma, sino la venganza de Billy. «La misma bala debía haberles matado a los dos, que eran carne y uña», musitó también entre dientes.

Sucedieron estos hechos el 18 de febrero de 1878. Al recibir la noticia Billy salió a campo traviesa, solo y sin saber a dónde iba, y no volvió nunca más a río Feliz. Desde aquel día decidió no seguir el consejo ni el interés de nadie. Preguntaba de vez en cuando por el paradero de Morton, inútilmente, porque nadie le daba noticias. La muerte de su amigo Tunstall iba a hacer de Billy por vez primera un genuino enemigo no sólo de la sociedad, sino del hombre. Hasta entonces había tenido alguna clase de esperanza, aunque no sabía en qué. Desde entonces sería un *desperado.*

V

No pudiendo dar en parte alguna con Morton, salió Billy en dirección a Lincoln buscando a Mac Sween, el comerciante calvo y un poco maniático, antiguo amigo y aliado de Tunstall. Iba a su casa y no sabía exactamente con qué fin. Mac Sween era un hombre pacífico que no solía meterse directamente en nada.

Antes de llegar se encontró con una partida armada que acompañaba a R. M. Bruer, nombrado instructor especial con órdenes formales de arresto contra los asesinos de Tunstall. Era Bruer hombre de rostro ancho y expresión inocente y tenía fama de ser un leguleyo de buena intención.

Billy se unió a la partida, aunque Bruer no se alegró especialmente de encontrarse con él.

—No se trata —le dijo el juez gravemente— de venganza alguna ni de seguir haciendo correr la sangre, sino de aclarar los hechos y de imponer la justicia antes de que el diablo se nos lleve a todos.

Los que escoltaban a Bruer miraron a Billy extrañados de que se acercara a los representantes de la ley, pero no disgustados de su compañía. Juntos fueron todos hacia Pecos. El juez no era hombre de enconos y cuando oía a Billy jurar y repetir que con diez vidas no pagaría Morton, le recordaba que los hechos estaban todavía por esclarecer y que la ley era la ley.

Replicaba el Kid con sorna

—¿Cuándo ha habido ley en esta tierra?

Seguían su viaje en silencio y Billy recordaba que Mr. Tunstall le había dicho: «La violencia es inevitable en este lugar y en este tiempo, pero debemos humanizarnos en lo posible». Con Morton era inútil esperar maneras humanas.

De estar Billy al lado de Tunstall aquel día no habría sucedido nada. Pero el inglés parecía preferir tener a Billy lejos, sobre todo cuando se dio cuenta de su reverencia personal y de su entusiasmo. Estimaba mucho Tunstall su amistad, pero en una ocasión había dicho que no quería tener esclavos, sino amigos. Ciertamente, es incómoda una actitud demasiado personal lo mismo en la paz que en la guerra. La impersonalidad es decorosa e inteligente, lo mismo en la virtud que en el delito. En fin, la decisión del inglés de enviar lejos a Billy y a sus hombres le había costado la vida. Mortón tenía que pagar —pensaba Billy— y pagaría, aunque su vida fuera un precio demasiado bajo.

Antes de enterrar a Tunstall quiso Billy verlo, pero luego desistió pensando: «Prefiero recordarlo en sus buenos momentos, con una copa de brandy en la mano y no con la cabeza volada».

El día seis de marzo el juez especial y su escolta encontraron un grupo de cinco hombres montados en las vadinas bajas de río Peñasco, unas seis millas antes de llegar a Pecos.

Era un paisaje gris con manchas de agua como grandes espejos rotos aquí y allá. Al ver la partida del juez Bruer los otros se separaron y salieron galopando en direcciones diferentes, pero Billy reconoció en dos jinetes que huían juntos a Morton y a Baker, este último el que dio el tiro de gracia a Tunstall.

Echó el Kid detrás de ellos seguido por sus compañeros, incluido el juez, aunque éste remiso y preguntando :

—¿Estás seguro, Kid, de que es Morton?

Había en su manera de preguntar un vago deseo de que el Kid se equivocara y no fuera necesario emplearse a fondo en aquel momento. Billy entendió aquellas dudas del juez y dijo ásperamente:

—Bestias del pelaje de Morton no hay más que una. Si alguno tiene miedo que se quede atrás.

Corrían detrás de los fugitivos.

Durante más de cinco millas la carrera continuó hasta que Billy disparó y consiguió herir a los dos caballos. Quedaron los jinetes desmontados, no lejos el uno del otro. Lograron, sin embargo, meterse en un lodazal donde los caballos de los perseguidores no podían aventurarse sin resbalar. En el centro del barrizal hallaron los fugitivos un fortín natural de roca y allí se atrincheraron. Morton y Baker estaban a resguardo de las balas. No tenían, sin embargo, más que dos recursos: rendirse o morir un día de hambre.

El cielo estaba cubierto y amenazaba lluvia. El juez dio grandes voces intimándoles a la rendición, pero no debían oírlo Morton ni Baker o simulaban no oírlo. Había ráfagas de viento que se llevaban la voz.

Finalmente se entablaron negociaciones y, después de muchas propuestas y contrapropuestas, Morton dijo que si Bruer y sus compañeros les daban palabra de honor de respetar sus vidas y conducirlos salvos a Lincoln se entregarían. Billy se oponía a ofrecer garantías. «¿Qué garantías ofreciste a Tunstall, hijo de perra?», preguntaba a grandes voces. El juez, que pensaba de otro modo, acabó por prometer respetarles la vida y someterlos a juicio ordinario. Los dos culpables fueron desarmados y conducidos hacia el rancho de Chisun, es decir, al cuartel de sus enemigos.

No podía Billy tolerar la presencia de Morton y se adelantó casi una milla. Al separarse del grupo se le oyó murmurar: «La justicia mía es otra, pero si Bruer ha dado su palabra yo la doy también».

Llegaron al rancho de Chisun, que era como un castillo de piedra y adobe. El viejo monarca bovino parecía no ser afectado por los acontecimientos. Cuando Billy le hablaba de la muerte de Tunstall movía Chisun la cabeza y decía:

—Lamentable. Yo fui el primero en lamentarlo cuando me enteré.

Pero no acusaba a nadie, prefiriendo dejar el esclarecimiento de los hechos a la justicia. El mismo día por la noche la gente se impacientaba. Billy preguntó:

—¿Se puede saber qué hacemos aquí?

El día nueve de marzo el juez Bruer dejó el rancho de Chisun con su comitiva y sus presos. Iban las siguientes personas: el *constable* Skurlock, Chas, Bowdre, Billy the Kid, Henry Brown, Mc Nab, Fred Wayt, Jim French, John Middleton y Mc Closky. Una lucida escolta de gente conocida. La importancia de aquellos dos presos entre la gente dura y respetable de la comarca era enorme, y su juicio, y la clase de condena que recayera sobre ellos, influiría decisivamente en los acontecimientos.

Caminaban en silencio. Sin bromas ni risas, aquello parecía un cortejo fúnebre. Anduvieron más de una legua sin decir una sola palabra.

Billy se adelantó hasta Roswell, a donde iban todos, para permitir a Morton que escribiera y echara al correo una carta importante, certificada y dirigida a su primo H. H. Marshall, de Richmond, en Virginia.

Según el *sheriff* Garrett, que tenía una copia de aquella carta, Morton era un hombre emparentado con la mejor sociedad de Virginia, y en aquel escrito repetía que no era culpable de la muerte de su esposa, de la que en tiempos le habían acusado, y hacía consideraciones un poco obvias e innecesarias sobre la muerte de Tunstall. Se veía en aquella carta que Morton estaba un poco fuera de sí. Tal vez sentía remordimiento y comprendía que el desprecio de Tunstall por él no era una razón suficiente para lo que había hecho.

Veía Billy en aquellas diligencias la desorientación de alguien que espera un castigo inevitable y trata de aplazarlo. Después de depositar la carta, Morton pidió al jefe de correos (quien lo conocía muy bien) que la certificara. En todas aquellas precauciones ponía una gran lentitud y demasiados nervios y Billy, desde el marco de la puerta, se burlaba de él. «Tienes miedo, ¿eh? —le decía en voz alta—. La muerte que te pueden dar a ti no es peor que la que diste tú al inglés, pero seguro que te tiembla la mano.»

Nadie respondía. Aunque la oficina estaba llena de gente sólo se oía hablar a Morton y al jefe de correos. Veía Billy a Morton de perfil y recordaba que siempre había odiado aquel perfil de pez satisfecho de sí y temeroso a un tiempo. Recordando Billy a Tunstall y viendo a Morton dilatarse en la taquilla, mientras escribía en el dorso del sobre su propia dirección (no sabía qué dirección poner porque se sentía más o menos fuera ya de la tierra) miraba impaciente el reloj colgado del muro.

El jefe de correos respondía a Morton con movimientos de cabeza. Y Morton le dijo que si le sucedía algo en el camino escribiera él mismo a su primo contándole los hechos tal como hubieran sucedido. Le dejó la dirección para lo cual se demoró de nuevo escribiendo. El jefe de correos, que era hombre de media edad y maneras afables, le preguntó si temía que le sucediera algo. Morton respondió que nada temía, puesto que le habían dado palabra de conducirlo sano y salvo hasta Lincoln y entregarlo allí a las autoridades, pero en el caso de que aquella promesa fuera violada — y diciéndolo miraba de reojo al Kid — esperaba que el jefe de correos lo comunicara a su primo.

—¡Su primo! —murmuraba irónico Billy en el vano de la puerta imitando grotescamente la voz de Morton.

Uno de los miembros de la escolta, llamado Mc Closky, hombre oficioso y amigo de terciar en las cuestiones si había ocasión de hacerse notar, se dirigió a Billy:

—Si alguno quiere hacerles mal a estos dos tendrá que matarme antes a mí, ¿oyes?

—El aviso será tomado en cuenta —dijo Billy con el mismo acento de broma—. Pero ¿por qué lo dices aquí? ¿Te gusta hacerte oír de los empleados de correos?

—Dicho está.

—¿Qué tienes tú que ver con Tunstall y Morton? ¿Quién te da vela en este entierro?

—Todavía no es entierro ninguno, Billy. Y lo dicho, dicho.

No respondió el Kid, pero se oyó su risa, una risa fría que tuvo algún eco en las cercanías. Hizo un gesto Billy, con el cual quería decir que tan poco valían las palabras de Mc Closky como las de Morton y que tal para cual.

Salieron otra vez al campo y dieron a los presos dos malos caballos de modo que no pudieran escapar si lo intentaban. Eran más o menos las diez de la mañana cuando dejaron la oficina de correos de Roswell. Una mujer que estaba barriendo el porche de su casa se quedó con la escoba suspendida y la boca abierta al ver pasar aquella inquietante y silenciosa comitiva.

—Es como si fueran a matar a alguno —pensó.

Igual que hizo el día anterior, Billy se adelantó con Bowdre, que era hombre maduro y de aire cabal, muy curtido y oscuro de piel. Hablaba con acento extranjero porque era de origen alemán. Por su aspecto exterior y el color de su cara parecía mejicano, sin embargo.

En la escolta del juez Bruer había tres o cuatro *cow-boys* deseosos como Billy de ejercer la justicia por su mano y estaban atentos a la menor oportunidad y al menor pretexto.

Detrás de los presos iban Mc Closky —el que había prometido protegerlos— y Middleton, los dos de expresión adusta, alerta y arma al brazo. Los otros iban un poco rezagados. Como he dicho, Billy y Bowdre (éste podría ser, por la edad, padre de Billy, pero se conducía como si fuera su hijo) iban delante descubriendo camino.

Se habrían apartado unas treinta millas de Roswell y estaban cerca de Black Water cuando dos de los jinetes que iban detrás de la comitiva se acercaron a Mc Closky. Esos dos jinetes eran Mc Nab y Brown, los dos de media edad, tostados y secos como sarmientos. Mc Nab puso su revólver a la altura de los ojos de Mac Closky y le dijo:

—¿No querías tú morir antes de que les hiciéramos daño a los presos?

Hizo fuego y Mc Closky cayó muerto del caballo. Los presos, aterrados, y sospechando lo que les esperaba, pusieron sus pobres animales al galope, lo que no los alejaba gran cosa de sus perseguidores. Éstos hicieron dos o tres disparos sin herirlos. Al oír aquellos tiros Billy se detuvo y se puso a observar, pensando que tal vez los presos se habían apoderado de algún arma y disparaban con la esperanza de salvarse. El Kid picó espuelas y corrió detrás de los fugitivos. Les mandó varias veces que se detuvieran, pero Morton y su cómplice ponían su última y precaria esperanza en la fuga y siguieron galopando.

Billy sacó el revólver y se oyeron dos disparos. El primero acabó con la vida de Morton y el segundo con la de Baker. Media milla más atrás quedaba un tercer cadáver: el de Mc Closky.

Descabalgó Billy, volvió el cuerpo de Morton hacia arriba con el pie y estuvo mirándolo un momento. Todavía tenía cara de pez. Dijo Billy algo que los más próximos no entendieron. Después se unió al resto de la comitiva y todos siguieron hacia Lincoln, menos Mc Nab, que regresó al rancho de Chisun. Los tres muertos quedaron donde cayeron y días después los enterraron unos pastores de ovejas que acertaron a pasar con su rebaño.

Hecha justicia en las personas de Morton y Baker fue recuperando Billy su moral de los buenos tiempos y volvía a pensar que en la vida podía haber algún orden plausible si un hombre valiente y justo se lo proponía. Recordando la cara de Morton se decía: «Ni la muerte consiguió adecentarle la expresión».

Mc Nab, que era de la facción de Billy, al llegar a Roswell entró en la oficina de correos.

—¿Qué noticias traes?— le preguntó el jefe.

—Pocas y malas. Morton mató a uno de nuestros hombres —mintió Mc Nab—. A Mc Closky. Luego quiso escapar con Baker y tuvimos que matarlos a los dos.

Ni al jefe de correos ni a los otros empleados les convenció aquella explicación. Todos echaban la culpa a Billy, a quien habían visto impaciente y amenazador, pero el Kid, como decía después el juez Bruer, se había conducido de un modo legalmente correcto.

Repetía Mc Nab razonador:

—Mala suerte han tenido esos *sonobiches*, pero no creo que merecieran otra.

Ninguno de los empleados se atrevía a responder.

Al llegar a Lincoln se acercó Billy al amigo y asociado de Tunstall, el comerciante Mac Sween, quien era de naturaleza pacífica, pero con sentido de lo justo. El asesinato de su amigo Tunstall, en lugar de hacerle retraerse (es lo que habría hecho un hombre pusilánime), le animaba a la acción.

Se alegró de lo sucedido y abrazó a Billy. Detrás de sus entusiasmos y fervores había en la cabeza calva de aquel comerciante algunas manías raras. Algunos creían que no estaba del todo en su juicio. Su esposa pianista y cantante de ópera decía que su marido estaba muy bien de la cabeza, pero que la costumbre de fumar marihuana le alteraba un poco los nervios de los ojos y le hacía bizquear cuando se apasionaba.

Seguía Billy con el grupo del juez Bruer quien, excesivamente confiado, se jactaba en Lincoln de ir sin armas. Hombre honrado y legalista creía que había que evitar la violencia y daba ejemplo renunciando a tomar precauciones.

Pero el juez Bruer no quería que saliera nadie impune del asesinato de Tunstall y seguía aún los pasos de otros culpables. Sabía Billy de memoria los nombres de todos los que intervinieron, o por lo menos, estuvieron presentes el día del crimen y habría querido ir borrándolos con la punta del revólver como había hecho con Morton y con Baker. El juez quería sólo arrestarlos y, como él decía, substanciar responsabilidades.

Entre los culpables figuraba un tal Roberts, antiguo soldado, hombre experto en caballos y en armas y con fama de valiente, es decir, de temerario, ya que la valentía en el condado de Lincoln era moneda corriente y sólo se hacía notable bajo el aspecto de la temeridad. Todo lo que sabía Billy de Roberts era que un día montó un caballo salvaje sin silla mientras sujetaban al animal seis hombres y cuando lo soltaron salió corveteando. Roberts batía palmas para mostrar que se sostenía sólo con las piernas y después dio una voz y derribó al caballo saltando él al mismo tiempo de modo que quedó de pie. Era una especie de centauro salvaje.

Había oído Billy que Roberts andaba por las inmediaciones de Mexcalero en South Fort, unas cuarenta millas al mediodía de Lincoln, y convenció al juez Brauer de que debían ir allí y proceder a su arresto.

Sabía Billy que Roberts no se dejaría coger vivo y mucho menos desde que se enteró de lo sucedido con Morton y Baker, y éste era el aliciente mejor de la expedición para el Kid, quien no quería presos que juzgar sino muertos que enterrar, según decía.

A medida que el juez Bruer y los suyos se acercaban a la agencia india de Mexcalero, el ex soldado Roberts los veía llegar desde lejos y se iba acercando también entre curioso y precavido. Cuando vio a Billy se detuvo con el winchester desenfundado y cruzado en la silla. Billy tenía su rifle también en el muslo y se miraban los dos en silencio.

Dijo Bruer a Roberts que tenía orden de arresto contra él.

—¿Contra mí? —dijo Roberts—. ¿Por qué no vienes a prenderme tú?

Se adelantó Billy a responder:

—No sé lo que piensa el juez Bruer, pero a mí tú no me interesas vivo.

El juez intervino amenazador:

—Cállate, Billy, y tú, Roberts, entrégate, que así podrás conseguir algún alivio de pena.

—¿Alivio? ¿Quién lo pide el alivio?

Al mismo tiempo Roberts alzó el winchester y disparó contra Billy, quien con la misma rapidez respondió al disparo.

La bala del Kid entró en el cuerpo del contrario hiriéndolo gravemente, pero no lo mató en el acto, lo que permitió al herido correr, parapetarse detrás de una barda y seguir disparando. Con los primeros tiros hirió a algunas personas y mató al pacífico y legalista juez que le prometía un momento antes alivios de pena.

Muerto Bruer, cayó del caballo y quedó en tierra con su ancha cara de expresión inocente, y a partir de aquel momento la venganza de la muerte de Tunstall quedó enteramente en manos de Billy, quien se proponía ahora vengar además a Bruer.

Algunos del grupo querían perseguir a Roberts, y Billy les dijo a grandes voces:

—Dejen a ese puerco, que lleva una bala bien puesta y no verá ponerse el sol.

Entretanto, Roberts corría con movimientos de ave alicortada y sin fuerzas ya para disparar.

VI

Caía y volvía a levantarse Roberts. Por fin quedó en el suelo, inmóvil. Cuando pudieron comprobar que estaba muerto, volvieron Billy y la escolta del juez a Lincoln, pero de acuerdo con Billy el grupo se desbandó en diversas direcciones para poder averiguar mejor dónde estaban los otros culpables, es decir, los que acompañaban a Morton cuando mató a Tunstall.

A veces Billy, marchando en la noche, jinete en su caballo, al paso, por los valles sin caminos de la tierra alta, es decir, entre Lincoln y Fort Sumner, trataba de entender sin conseguirlo el misterio de las cosas. El laberinto de las responsabilidades —legales o simplemente humanas— se había complicado mucho a su alrededor. Había entonces en Lincoln un *sheriff* honrado llamado Braddy, quien de paso tenía órdenes de arresto contra Billy y sus acompañantes por la muerte de Morton y Baker y ahora por la de Roberts. El juez Bruer podría haber testificado valiosamente su favor, si estuviera vivo. Billy era perseguido por la ley lo mismo que días antes habían sido perseguidos por la ley sus propias víctimas.

Estaba entonces el derecho de parte del bando de Murphy, es decir, del difunto Morton y los suyos. Billy sabía que la mejor manera de evitar el arresto consistía en hacerse dueño del campo alrededor de Lincoln —lo que consiguió con poco esfuerzo— y entrar en el poblado lo menos posible y armado hasta los dientes. En ese caso las autoridades de Lincoln no se atreverían a tomar con él la iniciativa.

Billy y sus amigos tenían al *sheriff* acorralado en su oficina o, como decían los mexicanos, *acochinado.* Pero todavía Billy no entraba en Lincoln.

Era precaria la situación de los hombres de justicia y cuando, ocasionalmente, la ley lograba imponerse era por milagro y sólo si tenía detrás una gavilla de hombres armados qué por una razón u otra la resguardaban con sus vidas. Frecuentemente aquellos hombres eran también gente de horca.

Un día de abril de 1878 el *sheriff* Braddy, hombre de costumbres ordenadas, buen esposo y padre de familia que había leído en alguna parte la idea clásica de que la costumbre es superior a la ley y de que ésta (la ley) sólo es necesaria allí donde falla la costumbre, iba por las calles, acompañado nada menos que de Hindman y de Matthews —dos personajes en la comarca—, desde las oficinas de Murphy y Dolan hacia la casa del juzgado para anunciar oficialmente que no se sustanciaría proceso alguno durante el mes de abril porque esperaban documentos de Santa Fe.

En aquellos días la costumbre no era mejor que la ley, sino precisamente todo lo contrario, y el *sheriff* no podía menos de reconocerlo viendo de paso que no había en las calles de Lincoln una sola persona que no llevara su rifle al brazo. Unos porque esperaban matar a alguien, otros para evitar que los mataran a ellos y todos para obtener de sus vecinos un mínimo de seguridad, ya que un hombre sin armas era considerado en Lincoln un perro muerto.

El *sheriff* y sus compañeros llevaban cada uno su rifle también, como se puede suponer. La tienda grande que conservaba en su frontis los nombres de Tunstall y de Mac Sween estaba a mitad de camino entre las oficinas de Murphy y la casa del juzgado.

En la parte trasera del negocio de Mac Sween había (y hay todavía) un corral cuya tapia se extendía por un lado y se emparejaba con la calle. Billy y sus amigos abrieron con una barra aspilleras por donde vigilar y disparar llegado el caso. Cuando pasaban por delante el *sheriff* y sus dos amigos Hindman y Matthews, la banda de Billy hizo fuego. El *sheriff* y Hindman cayeron heridos de muerte, pero Matthews, que parecía ileso y cuyo sombrero voló por los aires, corrió a refugiarse en una vieja casa del lado contrario de la calle. El *sheriff* había muerto en el acto. Los papeles de sus mandamientos de arresto con el nombre de Billy asomaban por la abertura de la camisa manchados de sangre.

Cerca estaba el *saloon* de Ike Stockton, quien tenía la más temible reputación entre los que vivían permanentemente en Lincoln. Era hombre sin escrúpulos. Se le consideraba secretamente partidario de Billy y se le respetaba por eso y por su valor físico que había probado muchas veces. Salió de su *saloon* alarmado.

Había sido testigo de la muerte del *sheriff* y estaba siéndolo de la agonía de Hindman, que respiraba con dificultad y con la boca llena de sangre pedía agua. Stockton fue a su cantina y volvió con un pichel lleno, pero cuando se lo daba al herido vio asomar por la esquina la cabeza precavida y acechadora de Matthews.

En aquel momento, y creyendo que el campo estaba despejado, Billy y sus amigos salían del corral y se acercaban también a sus víctimas con el propósito de incautarse de sus armas y sobre todo de los papeles con las órdenes de arresto. Al verlos Ike Stockton, que trataba de ayudar al agonizante, se quedó un momento perplejo. Sabía que Matthews estaba acechando y que abriría fuego en cuanto viera al Kid. Y siendo amigo de Billy quería advertirle el peligro, pero no sabía cómo, ya que con el más leve gesto se pondría en evidencia y lo primero que Matthews haría desde su escondite sería matarlo a él.

Así, pues, se puso a decir a grandes voces:

—No se acerquen más, ya les hicieron todo el mal que se puede hacer. ¡Márchense!

Billy no entendía porque no era aquella la manera de hablar de Ike y sin hacerle caso se acercaba a cuerpo descubierto. Ike hizo todavía un gesto raro de prevención mientras decía a Billy:

—No les quites las armas, por favor.

Pero Billy seguía sin oírlo y cuando se inclinaba para recoger del suelo el rifle de Braddy se oyó un tiro y la bala le arrancó el arma de las manos mientras de rebote se le clavaba a Billy en un costado produciéndole una herida aparatosa y sangrienta, pero ligera.

Billy se quedó un instante congelado y sin saber qué hacer. Acercarse a donde estaba Matthews era la muerte segura y volver la espalda también. Seguir allí no podía ser más arriesgado y Billy por un instante sintió la muerte en los dientes. Decidió disparar contra la esquina obligando a Matthews a cubrirse y así Billy y los suyos fueron retrocediendo de espaldas y volvieron a entrar en casa de Mac Sween. Éste le hizo a Billy la primera cura mientras su esposa cantaba un aria italiana acompañándose al piano.

En la calle, y en medio de los tiros de un lado y del otro, esperaba inmóvil Ike con los brazos en alto y no tardó en ver que el agonizante a quien socorría había muerto.

Dice el *sheriff* Garrett, a quien otras veces me he referido, que el asesinato de Braddy a traición le costó a Billy muchas amistades y alianzas. Hasta entonces era frecuente encontrar personas honradas que lo disculpaban e incluso que le ayudaban. Pero a partir de la muerte de Braddy los partidarios de Billy (fuera de sus aliados de armas inmediatos) comenzaron a disminuir en número.

No podía el Kid acabar de acostumbrarse a la muerte de Tunstall. Mataría hasta que aquella muerte fuera vengada satisfactoriamente, es decir, hasta que muriera el último de los que la toleraron con su presencia.

Las grandes desgracias cuando nos cogen de sorpresa traen consigo una especie de lenitivo que consiste en hacerse irreales. No reaccionamos por medio de la desesperación ni del llanto porque sencillamente nuestra naturaleza nos invita a no creer en lo que tenemos delante.

No sólo la desgracia sino el mal —todo mal posible— se hace irreal desde el primer momento y el creer en él lleva mucha reflexión y largos espacios de tiempo.

La muerte de Tunstall no había llegado a hacerse verosímil todavía para Billy.

Desde la muerte de Morton, con su perfil de pez, Billy encontraba en algunas caras de sus enemigos (unos antes de morir y otros después) parecidos con animales. Por ejemplo, Roberts tenía cara de *chipmunk,* y herido y arrastrando la mitad de su cuerpo, en círculos, recordaba también a un ave con un ala rota. Un *chipmunk,* moviéndose en círculos como un ave herida. En cuanto al *sheriff* muerto y a su acompañante, mientras vivían no le recordaban a Billy animal alguno, pero una vez muertos el pobre *sheriff* parecía un gato ahogado y su amigo un caballo con los dientes descubiertos y amarillos. Todas estas apariencias animales eran más conspicuas al compararlas el Kid, inconscientemente, con la expresión viva de Tunstall, el hombre sabio y generoso que podría haber sido su padre. Aquel hombre parecía sólo eso: un hombre.

Andaba Billy desmoralizado al ver que algunos antiguos amigos parecían alejarse de él. Reaccionaba el Kid con una especie de cinismo falso. Generalmente seguían siéndole adictos de un modo más o menos abierto los nativos de habla española.

Cuando Billy retrocedió con los suyos vio el sombrero de Matthews en el suelo y lo fue llevando a patadas a casa de Mac Sween. Al mismo tiempo lo insultaba como si llevara dentro la cabeza de su enemigo.

Ya dentro, Billy dijo:

—Lincoln está otra vez sin *sheriff.*

—Mucho ha de llover —respondió Bowdre, el mejor amigo que tenía Billy— antes de que encuentren otro pendejo que quiera serlo.

Llegaba en aquel momento un partidario de Billy con noticias:

—¿Sabes quién ha amanecido en San Patricio? Jesse Evans. De día lo han visto en San Patricio, pero de noche se va al campo. Desde la muerte de Tunstall no se fía de su sombra y vive con la mosca en la oreja.

Billy se quedó callado un momento antes de decir:

—Jesse no tuvo culpa ninguna en aquello.

Era San Patricio un poblado pequeño habitado por mexicanos al borde del río Ruidoso y a unas siete millas de distancia de Lincoln por camino de herradura entre montañas. Le gustaba a Billy porque el nombre —San Patricio— era el del santo nacional irlandés y tenía allí partidarios que le informaban de lo que hacían sus enemigos y lo acogían con amistad si se presentaba la ocasión. Tenía también Billy en San Patricio una viuda joven y hermosa con rasgos indios, mestiza de padre rubio y madre india que le abría la puerta de noche. «Es tan esclarecida de piel —decían los neomexicanos— que se diría más bien una criolla del este.»

La iniciación amorosa de Billy había sido con ella. Fue algo a un tiempo deslumbrador y fútil. Un lujo. Sin saberlo coincidía Billy con los biólogos en aquella opinión: el coito es el lujo del organismo humano, solían decir los doctores solemnemente ya entonces en sus academias o en sus libros de texto. Un lujo. ¿Pero es sólo para esos lujos para los que vive el hombre?

Billy recordaba con codicia las redondeces seminables de la mujer. Se llamaba Ciria —de Ciriaca, nombre extraño y humorístico —. No es raro encontrar entre los neomexicanos nombres como ése porque tienen la costumbre de ponerles a sus hijos los del día natal y cuando es San Torcuato, San Wenceslao o Santa Petronila lo adoptan sin discutir. Hay nombres más extraños. Ciria como digo parecía una criollita del norte, pero Billy le veía en los transportes de amor una ligera curva india en la línea de los labios. Era el único lugar donde Billy toleraba un rasgo indio: en los labios de una mujer. Billy la miraba y pensaba: «No necesita hablar porque lo dice todo con los ojos». Y era verdad. Lo que decía en la noche lo olvidaban los dos, sin embargo, en la mañana.

Billy vivía para su aventura de sangre y si recurría a la mujer era sólo de paso. Era Ciria, como se suele decir, el juguete del héroe.

Una noche llegó a la puerta de Billy un campesino de San Patricio, hombre de perfil español que se llamaba José María Cedillo. Estaba a cargo entre otras cosas de una manada de caballos que pertenecía a Chisun y a Mac Sween, los antiguos aliados de Tunstall. No era Cedillo hombre de aventura, sino un campesino de buenas costumbres asentado en su tierra y amigo del Kid. Solía contar cosas idílicas y un poco bobas. Por ejemplo, que la manada de caballos llevaba una yegua como guión con una campana tintineante colgada del cuello, y que cuando le quitó la campana se puso melancólica y no quiso comer hasta que se la volvió a poner. Cedillo trataba desde entonces a sus caballos como a «personas cristianas», según decía.

Billy no le escuchaba aquellas «babosadas», pero le tenía amistad a Cedillo, que era además medio pariente de Ciria.

Aquel hombre le dijo a Billy que Jesse quería robarle la manada y llevársela a río Pecos y con ese fin había robado ya dos machos padres y una yegua preñada, una de las mejores del establo —no la de la campana—. Cuando llegó Cedillo con la noticia era más de medianoche. Billy y algunos de los suyos decidieron salir antes del amanecer en busca de Jesse y se acostaron a dormir tres o cuatro horas.

Los que iban con Billy eran el tostado y flaco Bowdre —más mexicano que los de Veracruz—, el silencioso Brown, Skurlock, que dio de beber al agonizante en la calle, John Middleton y Tom Folliard, este último un aventurero de Texas que había acudido a la fama de Billy recientemente y unido su fortuna a la de él. Folliard, hombre silencioso y malcarado, no abandonó nunca ya a Billy en fortuna ni en desgracia y formaba con Bowdre la pareja de amigos más leal que ha podido tener hombre en el mundo. El tejano Folliard llevaba entonces pocos días con la banda del Kid.

Por el camino Billy bromeaba:

—¿Qué nos va ni nos viene en este asunto de los caballos de Cedillo?

—Nada de nada —respondía Bowdre.

—Algo nos va, ¿verdad, Folliard?

Éste, que era tardo de meollo, meditaba un poco:

—Nos va la amistad de los pinches mexis, como el que dice.

Llamaba Folliard así a los neomexicanos, aunque cariñosamente y sin ánimo de ofender. También había mexis en Texas y él se había llevado bien con todos. Billy repetía:

—Más quiero yo la amistad de Cedillo que la del fiscal federal Catron.

Se instalaron en la riba derecha del río Ruidoso y el joven jefe acompañado de Brown fue bajando despacio hacia el rancho del pobre juez difunto Bruer. Entretanto, Bowdre iría con los otros tres por la orilla izquierda para explorar el campo.

Habrían caminado Billy y Brown unas tres millas cuando se oyeron disparos en la dirección de Bowdre. Los tiros eran repetidos e intermitentes y más nutridos cada vez como en una escaramuza seria.

Desmontó Billy y envió a Brown alrededor de una vasta loma, de modo que fuera a dar al lugar de la reyerta por un extremo mientras él acudiría por la parte contraria, para lo cual tenía que bajar a pie unas rompientes escarpadas, cruzar el río y subir otras no menos ásperas.

Pretendía con esto, como buen estratega, aparecer de pronto por donde menos se le podía esperar.

El caballo solo y sin jinete pudo bajar las rompientes, cruzaron él y su amo el río sin dificultad y al llegar al otro lado mojados y cuando trepaban por la colina frontera se oyó galopar a otro caballo. Era Brown que iba huyendo a galope, perseguido por descargas de fusilería. La exploración de Brown había sido más fructífera de lo que esperaba. Al ver a Billy de lejos se detuvo, volvió sobre sus pasos y se parapetó calculando el lugar por donde Billy debía avanzar.

Montó Billy en su famosa yegua gris, que era ágil como una ardilla y conocía el riesgo de los tiros, y si unas veces iba hacia ellos contenta otras huía de buena gana obedeciendo las órdenes de su amo, según aconsejara la situación. El animal al parecer se daba cuenta de la dificultad o la facilidad de la situación por la presión de las rodillas de Billy y por sus voces.

En esta ocasión había disparos delante y detrás y el animal y el jinete dudaban. Al volver la colina escarpada apareció un desfiladero de una media milla de longitud, bastante abierto. A la salida del desfiladero y al pie de las rocas del lado contrario se desarrollaba la parte dura del combate.

Con una gavilla de ocho hombres Jesse había atacado al grupo de Bowdre entre las rocas alrededor de la segunda colina y estaban tan mezclados y confundidos que Billy desde lejos apenas si podía localizar a los suyos y distinguirlos de los contrarios.

Vio a Bowdre finalmente envuelto por sus enemigos y comprendió que donde estaba Bowdre estaba siempre la cabeza de la refriega, cualquiera que fueran las circunstancias. Se arrojó a rienda tendida por el desfiladero. En aquel momento los ecos de las rompientes multiplicaban los disparos y los cascos de la cabalgada de modo que el volumen de la escaramuza tomaba proporciones mayores y a juzgar por el ruido parecía una batalla campal.

Bowdre, aislado de sus hombres, había visto acudir a Brown en su auxilio y se parapetó lo mejor posible sin combatir para no denunciarse más, porque estaba rodeado de contrarios. Pero Brown se acercó demasiado sin saber dónde estaban las fuerzas propias ni las contrarias y al salir Bowdre otra vez al descubierto se vio de pronto rodeado de Jesse y de cuatro de su banda que lo cubrían con sus rifles. Nadie disparaba en aquel momento. Jesse Evans se burlaba de sus prisioneros y con el odio en sus ojos de albino hablaba:

—¿Dónde está tu amo, Charlie? Espero encontrarlo pronto. Tengo hambre y voy a comerme sus riñones asados para almorzar. ¿Oyes, Charlie?

Bowdre respondía evitando el acento de la provocación.

—Es natural que lleves las de ganar teniendo más gente que nosotros.

—Y mejor.

—Eso...

—Y mejor he dicho y lo voy a demostrar.

—El valor de un hombre nunca se sabe, Jesse. El más pendejo tiene su momento, Jesse.

Estaba Brown a pie y al lado de su caballo. El rifle colgaba del arzón. Tres de sus enemigos habían desmontado y dejado sus caballos «en cadena», es decir, de tal forma que las riendas del uno estaban en el espolón de la silla del otro y así los tres animales aparentemente sueltos quedaban sujetos. Había en un lado y en el otro esa indecisión llena de nervios que suele conducir a la sangre y a la carnicería.

En aquel momento Billy dio su acostumbrado grito de guerra cuya incongruente alegría solía hacer efecto en los nervios de sus contrarios.

—Ahí te traen tu almuerzo, Jesse —dijo Brown—. Ahí no más.

Pero no se veía aún jinete alguno. Parapetado en el lado contrario de su montura por precaución —ignoraba Billy la posición de sus enemigos— el jinete se tenía en uno de los estribos y asomaba su rifle por debajo del cuello del caballo. Hizo dos disparos e hirió a uno de los caballos del grupo enlazado que, con sus corvetas y movimientos exasperados, asustaba a los otros. Evans fue a dominarlos, pero en aquel momento se oía la voz de Billy dirigiéndose a Brown:

—Monta, pendejo, monta.

Browder montó también. El caballo de Billy chocó violentamente con el grupo de los animales en cadena y el caballo herido cayó a tierra. Nadie disparaba. Tenía el Kid en frente a su amigo albino de la infancia y los dos llevaban buenas armas, pero seguían sin disparar. Se miraban a los ojos sonriendo (en realidad más que sonreír lo que hacían era enseñarse los dientes como los lobos antes de la pelea) y cada uno de ellos llevaba el rifle colgando de la silla y el revólver en la mano, porque Billy no quería ventajas y se había puesto en las mismas condiciones que Jesse. «Matarse entre amigos —había dicho una vez el Kid— requiere cierta limpieza.»

Juntos habían pasado a veces la noche al calor de la hoguera y se habían sentado a la mesa de los campesinos o trepado montañas y vadeado ríos. Juntos se habían protegido el uno al otro de los chiricaguas y de los navajos fronterizos. Juntos gastaron más de una vez el último dólar y compartieron la última tajada de carne. La bala del uno cubrió a veces la retirada del otro.

Ahora había que matarse y no era aquello lo mismo que matar a Morton. Era cosa más delicada, entre amigos. Aparentemente los dos estaban descuidados, pero se vigilaban. Los ojos en los ojos y la mano en el muslo, con el revólver listo. Entretanto los caballos, nerviosos, mascaban el freno, avanzaban, retrocedían, relinchaban.

Los caballos parecían darse cuenta
de que sus amos habían sido amigos...

dice Garret, el policía bandido o el policía trovador, según los casos. Y decía verdad, aunque la situación era más compleja, y Billy y Jesse si no eran enemigos mortales eran *amigos mortales,* que suele ser peor. Al fin habló Jesse:

—Billy, ésta es una manera un poco cabrona de presentarse en nuestro *picnic.* Estábamos aquí divirtiéndonos y de pronto apareces tú dando alaridos como una bruja histérica.

Billy seguía mirándolo y sonriendo:

—¿Cómo estás, Jesse?

Ninguno de los dos odiaba al otro, pero el que quisiera sobrevivir tendría que pensar seriamente en actuar como lo que era: un *fast gun,* un revólver ágil. El Kid continuaba:

—Hace tiempo que no nos vemos, Jesse. Anda, ven a casa de Cedillo y almorzaremos juntos. Hace tiempo que quería echar un párrafo contigo, pero ahora tengo demasiada hambre para hablar. ¿No vienes? Cedillo nos convida.

Lo que decía era a un tiempo sarcástico y verdadero y Evans se dio cuenta:

—Yo también quería encontrarte y no precisamente aquí ni en una balacera. Ya sé que vas buscando a los que mataron a tu amigo el inglés y quiero decirte que ni estos hombres ni yo estuvimos allí. Tú sabes que si hubiera estado no lo negaría delante de ningún hombre en el mundo.

—Ya sé que no estabas allí. Si hubieras estado el baile habría comenzado sin palabras.

—Tunstall era Tunstall, pero no podía esperar otra cosa. Estaba demasiado alto para lo que aquí se estila.

—Depende.

—Más tarde o más temprano alguno tenía que apearlo. Y más yendo como iba sin armas.

—¿Es lo que tú piensas?

—Era lo que pensaba Morton.

—Déjalo a Morton que está comiendo tierra. Y ya sé que tú no tuviste parte en el relajo.

—Entonces, ¿por qué nos brincas encima de esa manera?

—Pregúntalo a tu prisionero Charlie y él te lo dirá. Eh, ¿qué dices, Charlie? ¿No hablas?

Seguían todos como estatuas en sus caballos. Bowdre dijo lentamente:

—Si soy o no su prisionero eso está por ver.

—¿Y tú qué dices, Jesse? —preguntaba Billy.

Tardaba en responder Jesse, una mano en el espolón de la silla con las riendas y en la otra el revólver. Sabía que si decía que sí comenzaría otra vez la refriega. Billy repetía:

—¿Qué dices tú, Jesse? ¿O no dices nada?

El albino se volvía de medio lado para preguntar a Bowdre:

—¿Qué piensas tú, Charlie? ¿Eres mi prisionero o no?

—Es un caso para considerar, Jesse. Y por ahora no pienso nada.

Intervino otra vez Billy entre humorístico y amenazador:

—Lo tengo pensado por él. La verdad es que yo no podría permitir que Charlie fuera prisionero de nadie. Soy amigo de mis amigos y no me gusta que les hagan eso a mis amigos, Jesse.

Solía repetir la palabra *amigos,* que le gustaba. Se miraban sin parpadear y sus partidarios se vigilaban también los unos a los otros a cierta distancia y sin moverse.

—Entonces —insinuaba el Kid— sólo falta que hables tú. ¿Qué dices?

—Yo no digo nada, Billy. Ya sabes nuestra cochina ley.

—Qué ley, ¿la de Morton?

—Poniendo la vida por delante tanto vale una ley como otra, Billy, y nadie es más que nadie. Pero la de Morton no es la mía. Yo nunca he dicho que Tunstall estuviera bien muerto.

Seguía cada uno atento a la intención del otro. Sus hombres esperaban también conteniendo la respiración, el dedo en el gatillo. El cielo estaba sin una nube y por él pasaban dos aves de presa. Hablaba Billy otra vez:

—¿Es que no vas a almorzar conmigo hoy? Bueno, lo siento. Entonces una palabra más, Jesse. Tengo que decírtela porque he venido a eso. Hay alguna gente por aquí, tal vez tú los conoces, porque vienen de Seven Rivers y van codiciosos buscando una manada de caballos que están a mi cargo al otro lado de las lomas en el rancho de Cedillo. Si te encuentras con esa gente haz el favor de decirles que tengan cuidado porque yo estaré allí y saldré a recibirlos con el rifle, ¿oyes? Además, conmigo estarán algunos hombres de empuje tan buenos como nosotros y mejores que nosotros si se tercia. Digo, que tú y yo.

Mientras hablaba Billy levantaba despacio su pistola como si pensara disparar y Jesse hacía lo mismo aunque sin tomar puntería ninguno de los dos. Billy gritó:

—¡No seas hijo de puta, Jesse!

—Lo mismo te digo, hermano.

Y sonreían esta vez no sarcásticos, sino amistosos. Billy explicaba:

—Se ve que no somos mejicanos, Jesse. Podemos mentarnos la madre sin fajarnos a tiros.

Y aquellas palabras eran una *mentada* más, pero inocua como las anteriores. «Al norte del río Bravo no se matan dos amigos por una palabra», pensaba Billy.

—Bien está —dijo Jesse tartamudeando— lo que está bien.

Al mismo tiempo —de tal modo estaban simultaneados los movimientos— los dos bajaron su arma y la enfundaron. Cuando volvieron a poner la mano derecha desarmada en el espolón de la silla los hombres de las dos partidas respiraron en paz y sacaron el dedo del gatillo. Jesse y

Billy eran los mismos de años antes, cuando practicaban el difícil aprendizaje de la sangre a un lado y otro de la frontera.

Parecía acabado el incidente:

—No te fíes demasiado de tus viejos cuates cabrones —dijo Jesse riendo todavía.

—Ni tú tampoco. El viento cambia fácilmente. Por el momento estamos iguales, Jesse. Nadie le debe nada a nadie. Yo voy a bajar al barranco y daré la vuelta a la loma grande sin volver la cara. Tendré a los hombres reunidos en un momento y supongo que tú harás lo mismo con los tuyos. Si oigo un tiro sabré muy bien de qué lado viene y mi caballo me llevará en dos brincos frente al puerco *skunk* que haya disparado.

Jesse sin responder los siguió algún espacio con la mirada, respiró hondamente y dijo:

—*The old bastard!* Es el mismo de entonces, el mismo de siempre.

Volvió grupas y marchó al trote largo.

Bowdre salió al galope detrás de su jefe Billy y con él siguieron los otros. Por un momento parecía que la paz se había hecho entre las dos facciones, pero era sólo un armisticio en cuya atmósfera flotaban los fantasmas de los amigos o enemigos muertos con sus raros estandartes. El más lucido de aquellos estandartes era el de Tunstall. El mismo Jesse lo aceptaba eso.

VII

Jesse, el albino, se alejó de San Patricio feliz en el fondo de haber evitado la violencia con Billy. Por su parte el Kid se fue con los suyos a Lincoln, donde la partida aumentó pronto hasta contar con catorce hombres.

Riendo con sus amigos, Bowdre dijo algo ofensivo y sucio contra Jesse, pero Billy le atajó:

—No hables así, Bowdre, que cuanto más vale el enemigo más vales tú.

Aquello era razonable y callaron.

Había sido nombrado pocos días antes un nuevo *sheriff* en Lincoln, un tal George W. Peppin, hombre discreto y de poco hablar que por el hecho de haber aceptado el nombramiento mejoró todavía en su reputación de hombre de valor frío. Contaba con algunos funcionarios en las oficinas de Santa Fe e incluso algún partidario de historia limpia en el mismo Lincoln.

No tenía órdenes para arrestar a nadie, pero las esperaba y todo el mundo lo sabía. Mientras llegaban o no, Peppin bebía con Billy y andaba por las calles con unos y otros. Él era la ley. Lo mismo que el pobre Bruer trataba de ser neutral y justo aunque, no siendo tan optimista ni tan confiado, llevaba su revólver en el cinto con la cápsula del percutor quemada, como cada cual.

En aquellos días sucedió un hecho cómico-siniestro cuyo protagonista era un pariente de Cedillo, el de San Patricio. Ese mismo protagonista se lo contaba a Billy en el tendejón de Ike en Lincoln. Era un viejo enfermo y catarroso quien solía decir que vivía desde hacía años con permiso del sepulturero en un ranchito medio derruido. Acababa de asistir al entierro de su compadre Filomeno, hombre muy conocido que prestaba dinero en pequeñas cantidades con intereses no exagerados. Su muerte fue llorada por algunos y tan celebrada por los que le debían dinero que por una razón u otra su entierro fue memorable.

Billy estaba en el tendejón con sus guardias de corps (tres hombres, uno de ellos Folliard) y cuando vio entrar al viejo Nazario lo invitó a sentarse a su mesa.

Nazario aceptó con algún escrúpulo, es decir, mirando de reojo y calculando en un relámpago las probabilidades que habría de morir en una de aquellas convidadas alrededor del Kid y de su gente.

Billy tenía el vino socarrón:

—¿Vienes del entierro?

—Ahora merito.

—¿Del entierro de Filomeno?

—El mismo, Dios lo tenga en su seno.

—¿Cómo murió?

—Yo no tuve nada que ver en la ocurrencia.

—Otra cosa he oído, Nazario.

El Kid podia ser humorístico en el estilo de los hispanos. Y repetía:

—Habladas hay por el condado de Lincoln que no te favorecen.

—¡Por mi madrecita muerta!

Comenzó a toser, cosa que hacía siempre Nazario cuando alguien le llevaba la contraria. Y trató de explicar:

—Tú lo dices, mero. Habladas de comadres. Entre todos los que han ido al entierro yo soy uno de los pocos que no le debían un centavo a Filomeno. Por eso si yo he llorado mi lágrima era una lágrima sin interés, Billy.

Simulaba el Kid una gran seriedad:

—Otras cosas he oído.

—Él se murió y yo no le debía un pinche centavo. No porque no se lo hubiera pedido, la verdad sea dicha. Le pedí más de una vez un préstamo, pero él antes se lo hacía a una vieja turca que a mí.* ¿Por qué razón? Eso yo no lo sé. Filomeno, que en paz descanse, era mi cuate, es un decir, mi amigo de la infancia. Inseparables. Pero tenía ambiciones. Ya se sabe lo que pasa. Quería medrar. Y prestaba dinero. No era un judío, eso no. Cobraba un interés decente y nada más. El ocho por cien mensual. No era

* Cuando los españoles fueron a New México no había todavía gitanos en España, y a los aventureros sospechosos que llegaban a la península se les llamaba turcos porque eran entonces los turcos los que amenazaban la paz cristiana en el occidente de Europa. Entonces, y por una curiosa ocurrencia, a todos los gitanos que aparecieron luego por New México los hispanos los llamaban turcos y esto seguía sucediendo a fines del siglo XIX e incluso en pleno siglo XX: turcos. En los tiempos de Billy the Kid con mayor motivo.

de los que abusaban. Pero aquí donde usted me ve, Kid, de todos sus conocidos yo era el único que jamás consiguió un préstamo de Filomeno. Nunca me adelantó un fierrito y eso que, como digo, desde que nacimos fuimos hermanos de leche porque nos alimentó a los dos la misma cabra. La madre de él, y dicho sea sin ofensa, era una perra corretona, y la mía estaba delicada de salud, razones por las cuales nos crió la cabra y así pues éramos hermanos los dos, dicho sea con respeto.

Billy reía con su gorjeo de los momentos trágicos, pero ahora sin consecuencias y Nazario seguía:

—No me extraña que se ría su mercé, porque cuando se lo conté a mi sobrino Cedillo, el de San Patricio, él también se rió. La verdad es que Filomeno y yo éramos carne y uña y nunca conseguí un centavo de él y permítame que lo repita. Yo no digo que fuera un usurero vulgar. No lo acuso y menos ahora que es occiso y está bajo la tierra. Yo soy viejo y no tenía otro amigo en el mundo ni lo tengo ahora como no sea su mercé, pero su mercé es muy joven y los años no mienten. Su sentir y el mío dos sentires son. En todo caso, y volviendo a mi historia, Filomeno me ninguneaba en todas partes, sobre todo cuando supo que me quedé viudo, sin arrimo, en un rancho que no valía nada, con una docena de gallinas, dos puercos, con perdón, y tres vacas y sin dinero para llevarlas al toro y que me dieran alguna ternera que vender. Así vivía yo en mi rancho, que es una miseria, cerca de San Patricio. Tan pobre era yo que nunca tuve que temer de los salteadores y ladrones porque es la única ventaja que tiene el ser pobre. Pero amigo Billy, yo me puse muy malo el día del aniversario de mi viejita. Muy malo. Ya sabes que sufro del pecho. Y todos mis amigos lo sabían y venían a verme, alguno con una garrafita de mexcal con su gusanito colorado dentro que no había más que pedir. Otros con algo de comer porque sabían que estaba solo. El único que no vino era Filomeno. Y yo tenía atravesado su desvío en el estómago sobre tal parte que es donde se me ponen las pesadumbres y le dije a Cedillo, el sobrino que su mercé conoce, digo: «¿Tú ves que todos han venido menos Filomeno? Pues es el único que yo quería ver porque es amigo desde la cuna y los mejicanos somos gente de ley para la amistad». Eso le dije a mi sobrino y él dice, digo, quizás él no sabe que usted está enfermo, que si lo supiera habría venido. Y yo le dije, digo: «Muy bien lo sabe, porque todos sus amigos que le deben dinero han venido a verme sabiendo que mi enfermedad era muy mala y podría ser de muerte, que otros azotaron por menos». Y entonces mi sobrino Cedillo, que su mercé conoce bien, me dijo: «Si quiere yo puedo ir a avisarle y entonces él no tendrá excusa para hacerle el maula». Yo con la angustia que estaba cruzado en la cama y el miedo a morir, porque la verdad es que sentía la muerte en el corazón, le dije: «Mira, anda a Filomeno y dile la verdad, dile la mera verdad». ¿Qué verdad? Pues como de aquí a Lincoln hay su distancia y el viaje te llevará medio día de camino y otro tanto de ver a Filomeno, pues es más que posible que entretanto yo me haya muerto si ésa es la voluntad de Dios. Así pues, anda a verlo y dile que estoy muerto por un casual si es o no es. Así veremos lo que pasa. Porque si no viniera a verme ni siquiera estando difunto entonces yo digo que ya no merecería ser mi cuate por línea de cabra o por lo que sea, sino un verdadero hijo de la gran chingada y eso era lo que yo quería ver. Mi amigo de la infancia es él y yo soy yo. Digo, esto era antes porque ahora ya Filomeno no es nada. Y no por mi culpa, no, Billy, y que caiga muerto si no digo la verdad.

Sabía el Kid que aquel hombre era incapaz de hacer daño a una mosca. Pero en tierras de Lincoln y en aquel tiempo no era vergüenza haber matado a alguien. Nazario continuaba:

—Cuando mi cuate Cedillo me dijo: «¿Y cómo voy a decirle a Filomeno que su mercé ha muerto si está vivo?», yo le dije, y perdone su mercé: «Tú, hijo de puta, obedece, que soy tu tío y por lado de madre. Anda a Filomeno y dile que he muerto porque quiero ver lo que hace si es que hace algo por su cuate de la infancia». Como mi sobrino sabe que tengo alguna pobreza de vacas y borregas y además un gato de reales que no me lo voy a llevar a la sepultura, pues es cosa sabida que quería serme grato y servicial, y fue a Filomeno y le dijo ni más ni menos: «Mi tío está muerto y bien esperó la visita de su mercé días y días sin que su mercé llegara». Oír eso el Filomeno y ponerse a llorar fue todo uno. Y ahora voy a decir lo que pasó, y que conste que no lo sabe nadie en este mundo porque a nadie se lo he dicho todavía. Lo que pasó es que cuando mi sobrino me dijo que Filomeno venía a verme muerto y acabado, y con el ánimo con que cada hijo de puta va al velorio, yo me acosté con las manos cruzadas después de poner cuatro cirios uno en cada cantón de la cama. Y allí me tenía usted más muerto que George Washington, dicho sea con la salvedad de la comparación. Y allí estaba mi sobrino y el pobre Filomeno y el sobrino tenía ganas de reírse viéndolo llorar y por eso salió del cuarto. Allí estábamos Filomeno y yo a solas y el pobre cuate estaba sollozando y yo, viéndolo tan lastimoso, decía: «¿Pues por qué no me prestó nunca un condenado real si tanto aprecio me tiene?». Y cuando Filomeno estaba solo y rezando por mi alma, yo que tenía las manos cruzadas y en ellas un rosario, pues se me ocurrió decirle la verdad y me senté en la cama y le dije: «Mira, Filomeno...» ¿Qué había en eso de malo? Sólo le dije esas palabras y es mentira que yo le hiciera «Uuuuuuuh», como algún mala sangre ha dicho. La verdad es que Filomeno se puso blanco como el papel y cayó con las manos y los pies temblorosos. Cuando yo acudí a auxiliarle se puso peor y dio dos gritos y rindió el alma. Bien muerto se quedó, que padecía del corazón. Yo no tengo la culpa porque todo lo que hice fue ir a decirle la verdad para sacarlo del engaño.

—Así y todo... —decía Billy con reservas humorísticas—. La verdad es que se murió y que la gente habla.

Nazario juraba que si la gente hablaba era porque el sobrino se había ido de la lengua y contaba la ocurrencia y había inventado aquello del «Uuuuuuuh». Añadía disculpándose que por una broma «de cuates» no se acusa de asesinato a un cristiano. Al mismo tiempo pensaba Nazario: «¿Por qué he de disculparme yo de una muerte, cuando Billy ha asesinado a algunas docenas de personas sin pestañear y, lo que es más raro, sin perder su buen crédito?».

Billy aguantaba la risa.

Días después se pusieron a hacer cálculos Billy y los suyos sobre las fuerzas reales con las que podía contar en un momento dado el nuevo *sheriff* y alguien dijo que a sus órdenes se había puesto el mejor de los partidarios que tenía Chisun en el condado: Marion Turner. Era hombre decidido, copropietario en Roswell de la firma Turner y Jones y había abandonado al monarca bovino para acercarse honestamente a la gente de Santa Fe. Algunos decían al saberlo: «No lo hacía yo tan rico a Turner como para buscar el cobijo de la ley».

Pero había que ser mucho más rico para desafiar a la ley con la seguridad del éxito como hacía Chisun. Y pensándolo se acordaba Billy de Tunstall y de lo que un día le dijo sobre los antiguos pastores y el nacimiento del orden social y de la autoridad.

No se había sentido nunca Billy a gusto con Turner, a quien llamaba el *skunk* de las tres viudas porque había matado a los maridos de las tres mujeres con las cuales había tenido luego amores.

La defección de Turner no le extrañaba sin embargo a Billy. Muchos hombres al hacerse viejos se acercaban a la gente de papel sellado como otros se acercaban a la iglesia. Un refugio como otro cualquiera. Turner estaba en Roswell donde recibía de vez en cuando órdenes de Peppin. Y comenzaba a crear una atmósfera incómoda para Chisun, a quien conocía bien. El monarca del cuerno —otros decían de la pezuña— prefería las batallas francas a las enemistades calladas porque al menos en la guerra abierta se sabe dónde están las fuerzas propias y las ajenas.

Alrededor de Chisun se habían formado leyendas como suele pasar, y las viejas mujeres hispanas solían decir que tenía el millonario la pata —es decir, el pie— hendida como la uña de los vacunos. Nadie lo creía, pero sin creerlo, los mismos *cow-boys* de Chisun lo repetían en los tendejones.

En la inquina de Billy contra Turner tenía algo que ver la confianza y la intimidad que éste había merecido antes de Chisun, quien lo valoraba altamente. Lo primero que pensó Billy al saber la deserción de Turner fue que se quedaba Chisun debilitado y con un flanco descubierto y estuvo algunos días calculando contra quién emplearía sus propias fuerzas. Chisun a pesar de todo tenía para él un atractivo: había sido amigo y aliado de Tunstall. A veces llegaba a pensar bien de él.

En cambio, era Turner ahora un enemigo natural para Billy y también para Chisun, quien se consideraba más fuerte que nadie. Más fuerte incluso que todos los *sheriffs* de los Estados Unidos americanos. Si se imponía un día en México la ley de Chisun —lo que bien podría llegar a suceder— estarían Billy y los suyos fregados para siempre.

Sin embargo, Billy se dirigió sin pensarlo más a Roswell un día de julio de 1878. El rancho principal de Chisun estaba a cinco millas de Roswell. A esta población fue directamente y allí se instaló con los suyos y se puso a esperar los acontecimientos entre bromas y veras.

Mientras tanto, Turner había reunido una partida de cuarenta y tantos hombres aguerridos. Con aquella fuerza podría intentar muchas cosas, pero no bastaba para asaltar el rancho de Chisun. Conocía muy bien Turner la capacidad de resistencia de aquel fortín. Sabía que entre el muro exterior y el interior había un espacio minado. Los muros tenían tambores aspillerados a distancias regulares y las puertas, desviadas del fuego exterior, estaban cubiertas con bastidores de alambre espinoso. Los techos eran de materia incombustible y los muros exteriores a prueba de artillería. No había que hacerse ilusiones.

Puso Turner espías para vigilar los movimientos de Billy, quien al saber que Turner tenía casi cincuenta hombres bien armados y pertrechados rehuyó el combate abierto.

Pero también él vigilaba a su vigilante.

Al saber Billy que Turner representaba en Roswell la autoridad de Peppin (quien en Lincoln se conducía sinuosamente fingiéndose amigo) se arrepentía de no haberle aplastado la cabeza al nuevo *sheriff.* En Lincoln bebía Billy con Peppin, quien le confesaba no tener órdenes de arresto contra nadie, pero en Roswell ordenaba a Turner que atacara a Billy y lo apresara vivo o muerto. El Kid lo sabía porque los hispanos seguían, como siempre, informándole.

Un día Billy se acercó al rancho de Chisun y le dijo que, recordando la amistad que el rey de la pezuña había tenido con Tunstall, estaba dispuesto a llamar a su gente y a ponerse a su lado. Sin comprometerse con palabras y ni siquiera con gestos —Chisun podía escuchar con *pocker face,* es decir, sin pestañear —aceptó el ofrecimiento y Billy y su banda se instalaron en el rancho-fortaleza.

Dentro del baluarte de Chisun la vida no era muy amena, entre otras razones porque viéndose el viejo monarca en estado de guerra abierta y medio asediado, pensaba a veces que la adhesión del Kid no hacía su situación más segura. En definitiva sabía Chisun que su dinero era el arma mejor y que un disparo de diez mil dólares acababa con el peor enemigo o hacía cambiar de opinión al juez más temible. Lo que se preguntaba era por qué Billy se le acercaba tan fácilmente y qué clase de provecho y mejora buscaba.

Para evitar recelos, Chisun bebía con Billy cada día al caer la tarde, pero nunca pudo saber el Kid dónde dormía el viejo ni estuvo del todo a solas con él, porque Chisun iba siempre custodiado por sus *gun boys*. Aquello irritaba y ofendía a Billy.

La vida en el baluarte era, además, bastante sórdida. Pocas ventanas había y apenas si entraba luz. Las mujeres miraban a Billy como a un enemigo y cuando Chisun pedía que fueran a buscar a la bodega una botella y uno de los *gun boys* hacía ademán de salir, él le ordenaba con un gesto que se quedara a su lado y repetía la orden a una sirvienta.

Billy le dijo una noche:

—Yo no podría vivir como usted.

—¿Cómo vivo yo? —preguntó Chisun extrañado.

—No confía usted ni en su sombra. ¿Qué teme usted?

Chisun lo miró de frente por vez primera:

—¿Y quién le ha dicho a usted que yo tengo temor ninguno?

Era verdad que Chisun no tenía miedo —pensó Billy mirándolo a los ojos y viendo su pupila de animal carnicero—, al menos miedo a ser herido o muerto. Tenía sólo miedo a ser robado, es decir, a perder en su juego y deporte de hombre de negocios.

Encontraba Billy alguna grandeza a pesar de todo en la manera de ser de aquel viejo taimado.

En una ocasión habló Billy de su viejo amigo Tunstall con gran respeto y el viejo lo escuchó pensando en otra cosa. Entonces Billy se puso a enumerar las cualidades del carácter de Tunstall, a elogiar su nobleza, y llegó a recordar algunas de sus opiniones sobre los pastores primitivos y los imperios.

Le oía Chisun con una leve sonrisa de ironía en los labios y cuando Billy esperaba un comentario lo único que dijo Chisun fue:

—Su testamentaría está arreglada. Eso he oído.

Quiso el Kid volver sobre el tema y el viejo mostró de nuevo aquella sonrisa cada vez que Billy hacía algún elogio entusiasta del *gentleman*. Chisun cuando no podía menos de hablar se limitaba a repetir:

—Ya pasó. Todo eso es agua pasada.

Comían bien en casa de Chisun. La carne, como se puede suponer, era excelente y Chisun la comía casi cruda, sazonada con pimienta y sal y rociada de vino.

Quería Chisun tratar a Billy como a un inferior —al fin lo tenía a su servicio—, pero Billy se daba cuenta y lo evitaba con pequeñas salidas impertinentes. Una noche le dijo:

—Chisun, no olvide que cuando está por medio la comadre Sebastiana no hay amos ni criados.

Llamaban los hispanos *comadre Sebastiana* a la alegoría de la muerte (el esqueleto con la guadaña) que por cierto estaba en un cuadro religioso de la galería de Chisun y cuando Billy hablaba la estaba mirando. Chisun palideció un momento y dijo:

—Es posible que tenga usted razón y ése es también mi dictamen: ni amos ni criados.

Lo dijo con una superioridad condescendiente. Luego añadió:

—La comadre está en todas partes, lo mismo en tiempos de paz que de guerra. Mucha gente muere en descampado, pero mucha muere también en la cama y en la calle y hasta en la iglesia durante la misa mayor.

Decía esto último porque recientemente se había dado un caso en Roswell.

Tenía Chisun la tendencia a lo impersonal que suelen tener los ricos de la ciudad cuando hablan con sus inferiores. La gente pobre siempre es personal en sus conversaciones. Billy no era ni pobre ni rico. Sus temas de conversación eran imprevisibles y a menudo confundían a Chisun.

En el fondo se trataba de la dificultad de entendimiento que suele haber entre personas de generaciones distintas. Chisun podía haber sido abuelo del Kid.

En realidad quería Chisun que Billy se identificara con él sólo lo necesario para ofrecérselo a Turner como víctima y distraer los rencores de su antiguo aliado. Era como pedirle a Billy que se convirtiera en un representante suyo para recibir los peores golpes de Turner, a quien Chisun comenzaba a temer. Y a solas pensaba Chisun: «El día que Turner mate a Billy se acabarán tal vez sus furias contra mí y podremos tal vez volver a entendernos sobre otras bases». Porque matar a Billy habría sido una victoria para cualquiera. Con frecuencia Chisun decía a los hispanos que entraban y salían en su fortín:

—El Kid está deseando vérselas con Turner en campo descubierto.

Esperaba Chisun que los hispanos se lo dirían a Turner. Pero Billy se enteró y obligó a Chisun a rectificar. No queriendo confesar Chisun que aquella especie la había inventado él mismo dijo que la había oído de los *cow-boys* del ahijadero.

Este incidente, pequeño al parecer, hizo que Chisun viera con peores ojos al Kid y a su gente y se arrepintiera de haber aceptado su ayuda.

Sintiéndose incómodo Billy en el rancho de Chisun —sólo se hallaba a gusto al aire libre y solía decir que el rancho tenía pocos espacios abiertos al exterior —aludía ligera y un poco impertinentemente al exceso de precauciones. Chisun lo escuchaba reticente y mudo.

Decidió Billy volver a Lincoln y obligar a Peppin a tomar posición abierta y franca. Iba Billy al terreno de menor resistencia —a Lincoln donde tenía muchos amigos— sabiendo que sus fuerzas por el momento eran inferiores a las de Turner. Pero además quería castigar a Peppin por estar tratándole como amigo en apariencia mientras enviaba a Turner autorización y carta blanca para asesinarlo.

Salió una noche el Kid con los suyos y Chisun se sintió aliviado.

Cuando Turner supo que Billy había salido se propuso atacarlo en el camino y salió detrás con todas sus fuerzas que eran más de cuarenta hombres bien armados.

Los caballos de la partida de Billy eran ligeros y además tenían en Lincoln sus establos habituales. A mitad de camino se dieron cuenta los animales de que volvían a Lincoln y habría sido difícil para los caballos de Turner, que tenían su querencia en Roswell, alcanzarlos.

Todo solía calcularlo Billy.

Cerca de Lincoln supo que a pesar de sus precauciones era seguido de cerca por Turner y al llegar a la plaza fue directamente a la casa de su amigo Mac Sween, donde se preparó a la defensa. Mac Sween, Tunstall y Chisun habían formado años antes el triunvirato más fuerte del que había memoria en la región

Antes Billy envió por el pueblo algunos exploradores a ver dónde estaba Peppin, con la intención de apresarlo y encerrarlo consigo en la casa de Mac Sween, pero la alarma había cundido y el *sheriff* nuevo estaba con sus policías y amigos en otra casa fortificada, es decir, en la de Murphy y Dolan. No se fiaba de nadie desde que supo que Billy se acercaba. Entretanto los espías iban de un campo al otro. Los de Peppin pagados y los de Billy espontáneos y gratuitos.

Cuando llegó Turner con su gente quiso atacar en seguida el reducto de Billy, pero Peppin le aconsejó prudencia. En Lincoln todavía se unieron a las fuerzas de Turner nueve hombres más y el mismo Peppin. Con sesenta hombres bien pertrechados y conocidos por su valor, la gente creía que había llegado la última hora de Billy. Muchos nativos de habla española no disimulaban su consternación y algunos entraron en la casa de Mac Sween para unirse al Kid dispuestos a morir o a vencer a su lado. Billy los veía entrar sin demasiado entusiasmo porque prefería un hombre con el revólver bien cebado de sangre a diez partidarios honestos.

En la partida de Billy los que parecían tener más fe en la victoria eran él y Folliard, pero se equivocaban los que entendían la jovial confianza en sí mismo del Kid como seguridad del futuro. Porque el problema no está en evitar la muerte, lo que es imposible, tarde o temprano, sino en evitar el miedo a la muerte.

En aquella embriaguez de Billy que no siempre se contagiaba a los otros porque éstos percibían en ella un doble fondo siniestro, algunos se engañaban a pesar de todo y veían un pronóstico de victoria. Al fin el ataque era mucho más arriesgado que la defensa y Turner necesitaba más hombres y aceptaba de antemano muchas más pérdidas. Había que atacar a cuerpo descubierto.

De la aceptación de la muerte a la seguridad de alguna clase de victoria no había tanta distancia como se podía suponer si se sabía contemplar el anverso y el reverso de las cosas. Los amigos de Billy estaban acostumbrados a eso. Calculaban los riesgos y los hallaban equiparados con las ventajas.

Llevaba la población de Lincoln dos días sumida en el silencio y la alarma. De la casa de Mac Sween salieron las dos mujeres que servían y con ellas la esposa misma del dueño (la que solía cantar arias italianas). El dueño Mac Sween, que era un poco sentimental, estaba a punto de lágrimas viéndolas marcharse.

Tres días después de llegar Billy, exasperado Turner con las dilaciones y la inacción, dijo que había que ir a casa de Mac Sween y pedir la rendición y entrega de toda la partida. La superioridad de sus fuerzas era absoluta y sólo un loco se atrevería a resistir. Estaba dispuesto a exigir la rendición sin condiciones, prometiendo alguna garantía menor.

El *sheriff* consideraba aquel propósito una locura y decía que Turner y los suyos serían muertos antes de llegar a una distancia desde la cual pudieran hablar y hacerse oír. Obstinado Turner insistió y pidió voluntarios para acompañarle. Su asociado en negocios, John A. Jones, que era tenido en Roswell como hombre de valor sereno, se ofreció y a su lado se pusieron ocho o diez más. Un poco pálidos todos, pero decididos, emprendieron la marcha en silencio, con las armas enfundadas.

Al acercarse a la zona de peligro tomaron algunas precauciones, pero fueron del todo innecesarias porque en aquel momento no había nadie en las defensas de Mac Sween y las aspilleras estaban sin armas y las ventanas sin centinelas. Billy había convocado a toda su gente en un cuarto donde trataban de la conducta a seguir.

Había decidido Billy no dejarse coger vivo. Sucede en estos casos que la decisión del más valiente suele contagiar y arrastrar consigo a los tímidos y todos acordaron lo mismo. Es decir, con una excepción: Mac Sween, el dueño de la casa, quien se mantuvo aparte y no dijo una palabra en favor ni en contra. Probablemente pensaba que a vueltas con los acontecimientos los hombres a quienes él pagaba a veces para que le defendieran se apoderaban de su propio destino y allí estaba, por ejemplo,

Billy the Kid decidiendo lo que había que hacer en la casa de su antiguo jefe y disponiendo de la vida de todos. Miraba Mac Sween, tragaba saliva y callaba. Su timidez no era la del cobarde. En todo caso era hombre acaudalado y cuando hay que jugarse la vida el dinero suele ser un lastre.

Al volver los centinelas a sus puestos vieron en la calle a Turner con una docena de los suyos. Billy gritó:

—¿Qué buscas aquí, Turner?

Como en otras ocasiones la gente percibía en las voces del Kid alguna clase de voluptuoso goce del riesgo y en aquel caso parecía menos justificado que nunca. Turner, a grandes voces, también dijo que tenía varios *warrants* (mandamientos judiciales de arresto) contra ellos.

—¿Contra quiénes? —preguntaba el Kid con las vibraciones de la risa en la garganta.

—Contra William H. Bonney y otros de sus compañeros, entre ellos el mismo Alec A. Mac Sween, dueño de la casa donde están ahora y de la razón social de su nombre.

Respondió Billy:

—También nosotros tenemos mandamientos contra ti y contra tu banda, Turner. ¿Sabes quién los firma? ¿No? Yo te lo diré. Los firma la comadre Sebastiana, la de la guadaña al hombro.

—Si se entregan ustedes ahora ahorraremos sangre.

—¿La tuya? ¿Por qué quieres ahorrarla, tu sangre?

Dijo Turner que lo lamentaba y pidió a Billy que le permitiera retirarse con los suyos. Billy lo concedió.

Entretanto las fuerzas de Turner habían tomado posiciones en las casas que rodeaban la de Billy.

No se había disparado un solo tiro aún, pero el aire olía a sangre y a pólvora en la imaginación y en el presentimiento de los unos y los otros.

Hubo un incidente que vale la pena recordar. Por casualidad pasaba por allí una columna militar mandada por el teniente coronel Dudley del Noveno de Caballería, procedente de Fort Stanton, llevando además una compañía de infantería y una batería de artillería ligera. Era aquella una fuerza considerable que iba a relevar a otras en alguna plaza.

Al saber lo que sucedía llevó dos cañones cerca de la casa de Mac Sween y con el sable desenvainado dijo a grandes voces:

—Mis cañones se volverán contra el que dispare el primer tiro.

En el silencio se oyó al Kid.

—Anda, Smithy, sal de ahí porque te huele el trasero a pólvora.

Ofendido el teniente coronel alzó la voz y repitió su amenaza.

Una voz del bando contrario preguntó:

—¿Estás con nosotros o con el Kid, *you pudding head?*

Engallándose, el oficial respondió:

—No puedo estar con nadie porque yo soy la patria.

—Ah, éste es el Dios todopoderoso e imparcial —gritó Billy— que viene harto de judías a dar su juicio y su fallo, pero decídelo pronto porque tengo tus bigotes en el punto de mira de mi rifle y después de tres minutos dispararé.

Siguió un gran silencio. El teniente coronel miró a un lado y al otro. La voz de Billy volvió a oírse:

—Ha pasado un minuto, Smithy.

Llamarle así equivalía en español *Perezito.* El teniente coronel, que representaba la patria, envainó el sable y dio órdenes apresuradas de que sacaran los cañones de allí, cosa que se hizo sin demora. Al oír la voz de Billy diciendo «han pasado dos minutos» el jefe militar desapareció como disuelto en el aire.

Poco después se oían voces gallardas de mando —fuera del pueblo— y la columna seguía su marcha, súbitamente desinteresada de los problemas de Lincoln.

La violencia natural triunfaba sobre la violencia legal.

Y los valientes profesionales se retiraban bajo la amenaza de los espontáneos, es decir, de los aficionados a la sangre por naturaleza. Desde las ventanas de los edificios que rodeaban la casa de Mac Sween la gente de Turner comenzó a hacer fuego. Tiros iban de un lado al otro astillando los marcos de las ventanas. En un paréntesis de silencio se oyó la voz de Turner otra vez:

—Billy, si es preciso prenderé fuego a tu casa y me daré el gusto de verla caer encendida sobre tu cabeza.

—La casa está asegurada contra incendios, Turner.

—Tú no lo estás, Billy, y vas a arder como una yesca.

—Dímelo por escrito, pero que sea pronto porque voy a ponerte en los sesos una bala que tengo marcada con una cruz. Asoma un poco la cabeza y verás. ¿Eres corto de genio? Llama a tu amigo Peppin a ver si se atreve él con sus *warrants.*

—¡La chingada que te llevó en el vientre!

Y seguían los disparos de un lado y del otro. Las calles estaban desiertas y unos esperaban la victoria de un lado y otros del contrario. La gente humilde estaba con Billy.

Mac Sween iba y venía por la casa sin armas y sin estar seguro de lo que pensaba, subía y bajaba las escaleras buscando los lugares desenfilados de las ventanas para evitar las balas. Era hombre que tenía mucho que perder.

Los de Turner trataban de prender fuego a la casa y para proteger mejor el flanco donde no había buenas defensas, los de Billy enviaron cuatro hombres a la azotea. Con sus disparos mataron a uno de los incendiarios e hirieron a otro. Los demás enemigos abandonaron las latas de petróleo y se retiraron a salvo.

Turner entonces envió doce hombres a una colina que dominaba desde las afueras el edificio. El fuego de sus fusiles de largo alcance obligó a los que ocupaban la terraza a abandonarla y meterse dentro de la casa. Uno de ellos iba herido y dejaba en la blanquísima azotea un rastro de sangre.

Mac Sween, que rico o no había sido siempre un hombre valiente, subía y bajaba las escaleras repitiendo que el Kid había mentido cuando dijo que la casa estaba asegurada contra incendios. Nadie le escuchaba y aquella indiferencia de todo el mundo le ponía malhumorado. Estar malhumorado en medio de una batalla era un signo de los tiempos en Lincoln. Es decir, que la costumbre de la violencia hacía posible que se tuvieran en plena lucha las reacciones de la vida civil ordinaria.

Un periodista del *Sun* de Nueva York escribía refiriéndose a los incidentes de aquel primer día de lucha: «La señora de Mac Sween animaba a los combatientes tocando en su gran piano blanco música alentadora hasta que las fuerzas asaltantes, sabiendo por la dirección de la música dónde estaba el piano, pudieron enfilarlo y lo destruyeron con el fuego de rifles de gran calibre».

No era cierto porque la señora acompañada de las sirvientas había salido antes de que comenzara la refriega. Además, la señora de Mac Sween no había llegado a tomar partido en aquella contienda. «Turner es rico —le decía a su marido— y los ricos debéis uniros y cerrar filas contra los descamisados.» Prudente consejo. Billy era para ella un descamisado.

Lo que según el *sheriff* Garrett sucedió fue que, en medio de la batalla, el segundo día la señora de Mac Sween pidió que la dejaran volver a buscar algunas cosas que había olvidado, entre ellas una cajita de píldoras, una labor de gancho con las agujas clavadas en el ovillo de lana y el gato que se llamaba *Ceferino.*

Cuando salió con todo aquello y se alejó del lugar de la batalla se oyó la voz de Mac Sween:

—Darling, espérame.

Pero los disparos cubrieron la voz del pobre Mac Sween que gritaba desde el zaguán, todavía:

—¡Darling!

Había sido siempre hombre de hogar. Aquello de que su esposa salvara el gato, pero lo dejara a él, no lo entendía.

Al oscurecer del segundo día la parte delantera del edificio ardía de tal forma que los combatientes la habían tenido que abandonar y se defendían principalmente desde los lados sur y este. El abandono de la fachada principal permitió a los incendiarios ir completando su obra.

El mismo periodista del *Sun* escribía: «En la tarde del tercer día de combate, Turner incendió la casa, arrojando sobre ella cubos de petróleo ardiendo». (Un poco difíciles de manejar serían aquellos cubos.) Pero era verdad que el fuego invadía la casa y que sus defensores tenían cada vez un espacio de maniobras más reducido. Aquel tercer día la ruina de Billy era evidente.

Mac Sween iba y venía sin armas, sacando algunos objetos de valor para salvarlos de las llamas y echando agua sobre otros que ardían. Especialmente sobre un costurero de raso color salmón que había regalado a su esposa y que era demasiado pesado para trasladarlo a otra habitación. A veces parecía que lloraba Mac Sween, pero era sólo la expresión de profunda angustia de su cara y la falta de sueño. Y decía a Billy: «Es inútil, ellos son muchos y tienen artillería, que yo vi antes dos cañones emplazados en la calle».

Creía que el teniente coronel y sus fuerzas estaban del lado de Turner. Billy no le hacía caso y seguía dando órdenes. Volvió Mac Sween a pensar que había «criado a sus pechos» a Billy y ahora la mitad de su casa ardía y la otra mitad era castigada por los rifles enemigos. Se lo decía a sí mismo subiendo y bajando las escaleras sin objeto.

Era un destino dramático el suyo. El pobre Mac Sween arrojaba cubos de agua sobre la cama de matrimonio cuya cabecera ardía. Horrible tarea para un marido enamorado. Pero entretanto el fuego arreciaba por todas partes. Como protección contra las balas se envolvió al caer la noche en un edredón de seda y lana y así iba y venía, a pesar del calor. No tenía miedo, eso no. Pero quería salvarse, como cada cual, si había la menor posibilidad.

A los defensores sólo les quedaban libres del fuego la cocina y un cuarto de la parte trasera de la casa, lo que quiere decir que el resto del edificio estaba ya perdido. Y aquellos últimos reductos no tardarían en ser también invadidos por el fuego.

Alguien habló de rendirse, pero Billy corrió a la única salida practicable y cubriéndola con su cuerpo dijo que al primero que quisiera salir lo arrojaría a patadas al fuego. Medio desnudo, ensangrentado, tiznado, añadió: «Aguantaremos una hora más y entonces saldremos, nos meteremos en la maleza de río Bonito y desde allí veremos si podemos llegar a las colinas, pero que nadie deje las armas, que nadie pierda las municiones».

Trataba de aguantar lo más posible para esperar que acabara de cerrar la noche, porque pensar en salvarse a la luz del día era locura. Un neomexicano que estaba en una ventana y no oyó órdenes del Kid gritó al enemigo que no tiraran más porque pensaban rendirse. El fuego cesó. Iba Billy a castigar al mexicano cuando vio que, amparados por el súbito armisticio, dos hombres daban la vuelta al edificio y se acercaban a la colina. Eran Beck, un ganadero de Seven Rivers y el mismo Jones en persona, el valiente socio de Turner. Beck metió la mano por un boquete de la puerta, la puso en la falleba de la cocina para abrir por dentro y Billy se la destrozó de un tiro. Herido Beck, vio por la puerta rota a Billy y a Mac Sween, y gritó dos veces el nombre de este último, disparando al mismo tiempo su revólver con la mano sana. Billy volvió a disparar a quemarropa y el asaltante cayó muerto con una herida en la frente sobre el ojo derecho. Jones retrocedió salvando los obstáculos en la semioscuridad con movimientos dislocados y epilépticos, gritando: «Lo han matado, lo han matado».

Se generalizó el fuego otra vez, pero era ya de noche y Billy, con un pie encima del cadáver de Beck que obstruía la puerta de la cocina y dispuesto a saltar fuera, dio la orden de abandonar la casa. Todo estaba perdido.

Río Bonito estaba en el fondo de una depresión a no más de cincuenta yardas del corral trasero de la casa, cubiertas sus orillas de maleza. Salió Billy y fue abriéndose camino con un arma en cada mano, en las sombras. Lo seguían los hombres de su bando que estaban aún en condiciones de caminar. Algunos perdían sangre. Otros, demasiado malheridos, no pudieron salir.

El pobre Mac Sween cayó muerto en el corral cuando, despistado, en lugar de seguir el camino de Billy trató de huir por otra parte y encaramarse a una barda. Luego contaron en su cuerpo nueve balazos, de ellos cinco mortales.

Tal vez aquella distracción que la persona de Mac Sween produjo en los asaltantes, ayudó a salvarse a otros fugitivos, probablemente al mismo Kid. En momentos críticos a veces las cosas son así y hay entre ellas reciprocidades extrañas.

El tejano Folliard, que era relativamente nuevo en la banda de Billy, fue el último que salió. Se detuvo a recoger a un compañero llamado Morris, que cayó a su lado gravemente herido, pero cuando vio que había muerto lo abandonó y siguió cuidándose de sí mismo. Pudo llegar a la maleza del río y, resguardado en ella y en las sombras de la noche, escapar hacia las colinas con Billy y los otros.

Quedaba atrás la casa ardiendo por todas partes y eran las nueve de la noche.

Había veintisiete bajas, entre los dos bandos.

Billy y aquellos de sus amigos que podían todavía montar a caballo y disparar un arma, se refugiaron en las montañas del sur de Lincoln y establecieron allí su cuartel. Se sentía Billy derrotado, pero no vencido, ya que sólo está vencido en la guerra el que acepta los términos del vencedor, según las normas de los viejos tiempos.

VIII

Vivieron a la intemperie algunos días. Los heridos se curaban como podían y uno de ellos, que se vio sin remedio, fue por la noche a Lincoln, a morir en la calle frente a su casa.

No era muy cómoda la vida del vivac después de la derrota.

Folliard seguía con la mirada a Billy sin decir nada. Un día desertaron dos hispanos y al saberlo Billy, comentó: «No hay cuidado, no traicionarán, no irán con el soplo a los de Turner». Pero no comprendía que hubieran desertado y Folliard le dijo que los había sorprendido hablando de Billy y diciendo que el jefe, al amanecer, con una manta por encima de la cabeza, friolento y tosiendo, parecía una vieja «turca», es decir, una mendiga nómada. ¿Le habían perdido el respeto a Billy?

No volvió a usar Billy la manta, aunque los amaneceres eran muy fríos. Y Folliard, que tuvo la tentación de usarla, renunció viendo que algunos hispanos lo miraban de un modo peculiar. Había gente rara en el mundo.

Lo heroico requiere su aparato, al parecer. Hay almas simples que se decepcionan si no se rodea al valor de las galas de la arrogancia. Folliard no lo entendía y Bowdre le decía que era cosa de latinos. Había que entenderlos a los latinos.

En todo caso la inacción también comenzaba a pesar sobre los anglosajones, especialmente sobre el Kid. Viendo que los que tenían heridas ligeras estaban ya curados y licenciando a dos que parecían heridos de más gravedad, a los que Billy les dio todo el dinero que llevaba, decidieron volver a las armas cuanto antes.

No se trataba de buscar a Turner ni a su gente. Eran demasiado débiles para intentar la venganza. Pero iban a reanudar su vida normal como si no tuvieran enemigos en el mundo. Sencillamente iban a ir y venir por Lincoln como si Turner no existiera.

Discutieron sobre los mejores lugares para recomenzar. Como cada individuo tenía un parecer diferente, Billy impuso el suyo. Después envió espías a reconocer a Lincoln, enterarse de lo que hacía Turner y dónde tenía sus fuerzas. Bien informado hizo un plan y pocos días después robaban otra vez caballos y mulas en Tularosa y en el valle de Pecos. Hicieron algunas raterías también en la agencia india de Dowlins Hill. Parecía como si la experiencia reciente de Lincoln en lugar de desanimarlos les hubiera dado nuevas fuerzas.

Por entonces se dijo que Billy estaba enamorado y no de la viudita de San Patricio. Sus nuevos amores eran ignorados de todo el mundo menos de Folliard. Saber quién era la amante del Kid habría sido dominar un flanco de las posiciones secretas de Billy. A todos extrañó un poco que Billy fuera capaz de enamorarse a fondo, aunque nadie pudiera decir exactamente por qué. Sus adictos más entusiastas parecían no sólo sorprendidos sino un poco defraudados porque con aquello Billy demostraba ser como los otros.

A pesar de todo —incluso de sus amores— después de la mala jornada de Lincoln parecía que Billy buscaba la muerte, de tal modo osaba las empresas más arriesgadas. Luego fue viendo la gente que algunas de sus violencias inmotivadas tenían una congruencia difícil de explicar. Por ejemplo, la muerte de un modesto empleado de la agencia india situada en un cruce de caminos cerca de Roswell. Se trataba de un judío pacífico que ni siquiera era el dueño, sino el contable y tenedor de libros de la agencia. Era ya hombre de edad y había trabajado antes en los negocios de Spiegelberg Brothers y en el rancho de Murphy y Dolan, donde conoció a Billy tiempos atrás.

El judío era de origen alemán y se llamaba Bernstein. Se le consideraba un hombre incapaz de tenerle mala voluntad a nadie. Pero tenía una sobrina hermosa con la que vivía como si fuera hija suya. Se llamaba Melba y era en aquel momento la amante de Billy.

El día 5 de agosto de 1878 Billy llegó con su partida frente a la agencia. A la luz del día y dando órdenes desde fuera, comenzaron sus hombres a sacar los caballos de los establos. Al verlo Bernstein por la ventana de su oficina, salió con la pluma en la oreja:

—Es imposible, Billy. Debe usted saber que tendremos que dar cuenta de esos caballos a sus propietarios.

Iba Bernstein sin armas y confiando en su antigua amistad con el Kid. Llevaba puestos los manguitos de la oficina. Billy lo dejó acabar de hablar y luego le disparó un tiro en la cabeza, mientras le decía: «Para lo que te sirve a ti la vida, Bernstein, poco es el daño que te hago». El pobre hombre cayó en su sangre repitiendo: «Melba, pobre Melba...». Y Billy añadió:

—Muere tranquilo que yo velaré por ella.

El cadáver de Bernstein quedó todo el día en medio de la carretera sin que acudiera nadie a recogerlo. De esta extraña manera se enteró la gente de los amores de Billy, y sospecharon muchos que las relaciones de Bernstein con su sobrina no habían sido necesariamente paternales.

Melba, que vivía al lado de la agencia india, juró que no volvería a mirar a la cara a Billy y que haría lo posible para determinar su ruina, pero a pesar de sus llantos y protestas, aquella misma noche estaba en los brazos del Kid una vez más. Era una hermosa mestiza de alemán y mejicana. Billy le dijo a la muchacha:

—Tienes que ir a vivir a Fort Sumner, pero sin decirlo a nadie. Di que te vas a Juárez, al otro lado de la frontera, donde tienes parientes y yo te arreglaré el viaje dentro de unos días.

Entretanto el nuevo *sheriff* de Lincoln, el famoso Peppin, que respaldaba a Turner, sintiéndose muy por debajo de la situación había dimitido. Era capaz de actuar como agente de la justicia entre legajos y escribanías y de arrestar en nombre de la ley, pero carecía, según decía, de dotes para ser *sheriff* de Lincoln. Cuando decía estas cosas los mejicanos que lo oían las reducían a sus verdaderos términos:

—¡Ya se rajó el mero tinterillo! ¡El miedo que le puede!

La verdad es que estuvieron varios días enterrando muertos (muchos de los heridos murieron) y entre los supervivientes no pocos quedaron mancos o cojos para el resto de su vida. Peppin decía: «Yo soy un agente de la justicia y no un general. Esto es como una guerra».

A Billy le quedaba algún sentido moral porque después de matar a Bernstein se sintió deprimido y desapareció algunos días con su Melba, sombrío y desanimado. La llevó a Fort Sumner en la tierra alta que es una población del condado de San Miguel, ochenta millas al norte de Roswell, en el río Pecos. Estuvieron los dos solos algunas semanas. Folliard vigilaba en los alrededores.

Melba, la amante de Billy, había nacido en México y su padre judío alemán murió, no se sabe si de muerte natural (la muerte natural entonces, a un lado y al otro de la frontera, era la muerte a balazos), y su madre mejicana se desentendió de la niña y se casó con un gachupín acaudalado. La niña era vistosa y pizpireta con grandes ojos asustados.

Antes de cumplir cinco años, Melba fue recogida por el hermano de su padre, hombre de no grandes alcances, muerto más tarde como hemos visto a manos de Billy. Ella no acababa de entender si Billy había matado a su tío por celos de macho o simplemente por contingencias de la aventura. La causa verdadera del crimen era que en aquel momento había hecho ya Billy el robo de los caballos y necesitaba un acto de terror para *sujetar* a sus perseguidores. Había sido la muerte de Bernstein, aunque no lo pareciera, un criminal recurso defensivo.

Melba había sido realmente la amante de Bernstein, pero todos los inquisidores y verdugos del mundo no podrían lograr que lo confesara. Billy no se detenía en problemas como aquél y ella quería en vano darle celos retrospectivos.

—Mira —le dijo el Kid—. Andando como ando yo no se le pueden pedir a un hombre melindres de enamorado, digo celos ni palabras finas y cartitas perfumadas. Me gustas, eres mía y seguirás siéndolo por ahora.

La niña había conocido otros aventureros del condado de Lincoln que recalaban a veces en Roswell, desde James Mac Daniels hasta el mismo Morton, años antes. Era hermosa y podría haberse casado con cualquiera de aquellos ganaderos ricos, pero el que más y el que menos estaba en una situación parecida a la del Kid, es decir, atrapado por la aventura y el peligro.

Lo que llamaba la atención a Billy era que aquella muchacha tan joven pudiera hablarle a él de sus propias aventuras —desde el asesinato en Silver City, cuando mató al ofensor de su madre, hasta la batalla de Lincoln— con mejor información y memoria a veces que él mismo. Y es que la gente hablaba y ella dirigía sus sensitivas antenas en todas direcciones. Un día la niña se puso especialmente sentimental y llorosa. Billy le replicó entre dos caricias:

—Mira, Melba, tú eres una mujer y yo soy un hombre, y lo que yo quiero de ti tú lo sabes. Las palabras sobran y me caen por fuera. Llora por tu tío y ríe conmigo, y tengamos la fiesta en paz.

Ella se serenó de pronto y lo miró como a un monstruo, pero después de pensarlo mucho llegó a aceptar que tal vez tenía razón.

No se lo dijo nunca, claro.

Cuando llegaron a Fort Sumner se instalaron en una casa desde cuya ventana alta se veían más de cien millas de norte a sur y de este a oeste. Un horizonte inmenso, muy bajo, y un cielo mucho mayor que la tierra y siempre azul.

Billy estaba poco en Fort Sumner. No quería dejar a Melba sola y la llevó a casa de Maxwell, un viejo amigo, buena gente que a pesar de su nombre escocés hablaba español-mejicano y tenía un negocio (un tendejón llamado La Arquita) con clientela casi exclusiva de habla española.

Por toda explicación Billy le dijo:

—Ésta es una chamaca de Roswell que se ha quedado huérfana y yo la protejo hasta ver si se casa. ¿Estamos?

Maxwell miró muy extrañado a Billy:

—Las cosas claras. ¿Es tu novia, tu amante?

—Hoy es un poco de todo eso. Mañana no sé, la verdad.

Le preguntó Maxwell si tomaría a mal que le diera a Melba un empleo en La Arquita, donde podría ganar un salario y disimular sus relaciones con el Kid, además de serle útil como agente de información ya que por La Arquita pasaban todos los bravos del condado. Billy soltó a reír:

—No es mala idea, pero no la trates como a una empleada cualquiera, porque ella merece más que eso.

En los días que siguieron se mostraba Melba contenta de trabajar en el tendejón de Maxwell. Al volver a casa todas las noches encendía Melba una lamparilla al pie de un santo y rezaba por el ánima de su tío Bernstein. Luego rezaba también para que Dios salvara al Kid de los malos pasos. Al Kid que mató a Bernstein.

En las primeras semanas los clientes de La Arquita no sabían que detrás de Melba estaba el Kid y se le enamoraron varios jovenzuelos. Ella sonreía pensando en lo que podría pasarles a aquellos desgraciados si se enteraba Billy, y volviendo al rincón donde Maxwell hacía sus números le decía disimulando su complacencia:

—Otro que me ha ofrecido matrimonio.

Las cuestiones afectivas ciertamente pasan a segundo término cuando se tiene la mano en el puño del revólver y la muerte en los talones. Sin embargo, nunca volvía Billy de los valles del sur sin llevarle a Melba algún regalo. A veces regalos de valor.

Ella evitaba decir en La Arquita el nombre del Kid, pero poco después de su llegada a Fort Sumner comenzó, intencionadamente, Maxwell a cultivar los equívocos y si algunos creían que el amante era Turner otros pensaban en Folliard o Brown. Algunos acertaban y sospechaban que era Billy. En todo caso cualquiera de aquellos hombres era igualmente peligroso como rival. Y comenzaron a dejar a la niña en paz.

Fort Sumner era el lugar predilecto de Billy con el cielo más extenso y más azul del mundo.

Algunos amigos del Kid se casaron aquel otoño en Lincoln. Parecían haber esperado a verlo a él metido en intrigas de faldas antes de tomar aquella determinación y eran Bowdre y Skurlock. Las dos mujeres eran de habla española. Ellos las consideraban mexicanas. Más enamorados que Billy, o menos comprometidos con la justicia, los dos se quedaron algún tiempo con sus esposas.

El mejor *saloon* de Lincoln —con vinos, música, juego y comida— se llamaba El Arca de Noé y prudentemente los *gun-boys* recién casados se abstenían de aparecer por allí. No se encontraban seguros en Lincoln y querían subir con sus esposas a Fort Sumner para establecer allí el hogar.

Billy y los suyos se entregaban a veces a los placeres de la carne con el paroxismo con que solían entregarse al crimen, especialmente Billy, que solía ser en todos los grupos el más joven. En Fort Sumner La Arquita (referencia al Arca de Noé de Lincoln) renunciaba a los servicios de Melba cuando el Kid estaba en la plaza, porque entonces Melba se dedicaba exclusivamente a él.

Se quedaron Billy y su banda en Sumner desde el 18 de agosto hasta el 3 de septiembre, que decidieron bajar a Lincoln para ayudar a los dos jóvenes matrimonios a trasladar sus muebles y enseres a Fort Sumner.

El traslado se hizo silenciosamente y sin incidentes. Al conocer la presencia de Billy en la plaza el antiguo *sheriff,* en lugar de buscarlo, se atrincheró en su casa acompañado de las cohortes que pudo reunir con los bolsillos llenos de balas de plomo y de órdenes judiciales de arresto. Peppin ya no se hacía ilusiones con el Kid.

Hacia el diez de septiembre Billy, con tres de sus amigos, hizo una incursión en el rancho de un rico y antiguo amigo de Murphy, de origen galés, a quien, como se puede suponer, el Kid tenía mala voluntad. La hacienda estaba ocho millas al oeste de Lincoln en río Bonito. Billy y sus amigos asaltaron el rancho y se llevaron quince o veinte caballos que vendieron en Fort Sumner.

El dueño del rancho, que tenía papel timbrado con el *squire* detrás de su nombre, asistió impasible a la escena fumando su pipa detrás de una ventana y exclamando: *For heaven's sake!,* cuando le dijeron que el jefe de la banda era Billy. Aunque de origen galés, no había sido nunca amigo de Tunstall.

Había por entonces en Fort Sumner un cazador de búfalos llamado John Long, bastante conocido. Era hombre selvático y un poco fanfarrón. No le habría disgustado merecer la reputación de Billy o de alguno de sus secuaces.

Quería que la gente le tuviera miedo, es decir, que estaba dispuesto a ser quizá sanguinario por vanidad. De vez en cuando atropellaba a alguna persona pacífica. Los que se dejaban maltratar una vez se convertían en sus víctimas sin remedio y para siempre.

Un día o dos después de volver Billy de su excursión al rancho del *squire,* el cazador de búfalos, bastante borracho, iba por la calle disparando tiros a diestro y siniestro, y la gente se había encerrado en sus casas. Billy salió de una tienda y para evitar las balas se resguardó detrás de un árbol.

—Sal de ahí, compadre —dijo el borracho—. Anda, que no te haré nada.

No sabía que aquel era Billy y éste respondió:

—Ya sé que no me harás nada porque tú no matas a nadie sino por casualidad. Todo el mundo lo sabe en Texas.

El cazador se quedó perplejo porque dos meses antes había matado en Texas a un hombre y se produjo un motín en la calle, y la gente iba a linchar al asesino cuando éste juró, arrodillado, que lo había matado por casualidad y sin querer.

Pareció serenarse en el acto, el cazador:

—¿Quién eres tú? ¿Y por qué dices eso?

—Está dicho y es verdad.

—¿De dónde eres tú, compadre, para saber tanto? —preguntó el cazador con el ojo izquierdo entornado y el otro nadando en alcohol.

Luego, sin esperar la respuesta, se marchó murmurando, con el revólver en el cinto. Blasfemaba contra el Kid —diciendo su nombre— sin saber que había estado hablando con él.

Al día siguiente Long y algunos amigos estaban bebiendo otra vez en La Arquita. Como de costumbre, Long era el más borracho y el más lenguaraz. Entró Billy con un tal Charlie Paine, de Ruidoso, hombre prudente adicto al Kid. Pasaron los dos, sin hacer caso, en dirección a un cuarto que había en el fondo.

Long reconoció al que le había hablado el día anterior:

—¿Ah, eres tú? ¿Y adónde vas, *old bastard?*

Volvió Billy rápidamente sobre sus pasos:

—¿A quién le habla usted?

—A nadie. Estaba gastándole una broma a ese tipo que va con usted —dijo Long recogiendo velas.

—Tenga cuidado —replicó Billy— porque yo no soy bastante listo para apreciar la gracia de sus bromas, pero si se atreve a repetirlas le aplastaré la cabeza como a una culebra.

Algunos días después fue muerto Long por un mejicano llamado Trujillo en un rancho de los valles bajos. Y Trujillo, que era hombre pacífico, lo mató sólo por hacer algo «que sabía que le caería bien a Billy», según dijo después.

El Kid y sus amigos hicieron algunas excursiones provechosas y volvieron con buenos caballos, jóvenes y de sangre. Después de cada aventura importante Billy se encerraba tres días con Melba. Solía descalzarse y andar por la casa sin botas ni calcetines. Naturalmente se quitaba también el cinturón con todo su atalaje de hierros y balas, aunque lo dejaba más o menos al alcance de la mano.

Solía Melba enterarse de sus andanzas y decirle, en cuanto llegaba, dónde había estado y lo que había hecho. Billy preguntaba:

—¿Quién te lo ha contado?

Casi siempre era Maxwell, que tenía informadores espontáneos en todas partes, pero ella, para hacerse la intrigante, no se lo decía.

Billy y sus amigos habían encerrado en sus establos de Fort Sumner más de cincuenta caballos y con aquella manada, que representaba una verdadera fortuna, salieron poco después para Texas, donde pensaban venderla. Por el camino, Bowdre cedió su parte por una suma adecuada y volvió a la querencia de las faldas. Lo mismo hizo Skurlock.

Se burlaba Billy de los recién casados, a quienes, sin embargo, ayudaba.

Sucedió con la expedición que al pasar por una aldea habitada por rancheros y *cow-boys* mejicanos éstos se dieron cuenta de que se trataba de caballos robados y formaron una partida de ocho o diez hombres bien armados. Al saber, sin embargo, que se trataba de Billy the Kid desistieron un poco avergonzados y le dieron excusas.

En un pueblo de Texas, donde más tarde vendieron sus animales —una plaza grande llamada Dumas, como el novelista francés—, ocurrió algo imprevisto. Tres de los amigos de Billy, que eran Middleton, Brown y Wyat, decidieron cambiar de vida y hacerse buenos ciudadanos. Por el momento no querían volver a New México, donde tan sangriento recuerdo habían dejado. Trataron de convencer a Billy y a Folliard, sin conseguirlo. Brown les decía:

—Un día caerán ustedes de mala manera.

Bromeaba Billy:

—¿Hay alguna manera buena de acabar? Tú, Brown, morirás en tu cama con tu puerca suegra a un lado y tu mujer al otro, con una vela en la mano y rezando. Si eres pobre morirás rabiando y si eres rico también, porque la idea de que tus herederos se alegren contando el dinero no es muy consoladora que digamos. Yo moriré de un balazo aquí —señalaba su corazón— porque mis enemigos saben que si me dejan medio minuto de resuello estarán perdidos, pero un momento antes de que disparen habré sido un cabrón feliz. Moriré sin enterarme como el que dice. Tú sabrás que te mueres algunas semanas o meses antes y rabiarás pensando quién se va a acostar con tu hembra. ¿Es tan bueno, tu caso? Yo no lo cambio por el mío. ¿Qué dices tú, Folliard?

El aludido, hombre de pocas palabras, movía la cabeza asintiendo. ¿Asintiendo a qué? Trataron de convencer todavía los desertores a los otros:

—Puede que tengas razón, Billy, pero entretanto nosotros viviremos tranquilos.

—¿Es que no lo estamos ahora?

Y se dirigía a Folliard

—¿No estás tranquilo, tú?

—No puedo quejarme. Con mi parte de la venta de los caballos en el bolsillo no puedo quejarme, Billy.

—¿Pero no estás tranquilo?

—Aquí los pagan mejor que allá, porque hay más agricultura y son más necesarios. No puedo quejarme.

—¿No estás tranquilo, digo?

—No me duele nada a mí, por el momento. Nunca he tenido un mal dolor de dientes. No puedo quejarme y ya digo, Billy, que no me quejo.

A Folliard no se le ocurría siquiera que pudiera existir un problema como aquél. ¿Tranquilidad, quietud? ¿Y qué eran y qué importaban esas cosas?

Estuvo Billy ofreciendo el caso de Folliard como ejemplo. Brown lo miraba a Folliard con una mezcla de admiración y de sorna:

—Éste no es para ponerlo de modelo.

—¿Por qué no?

—Éste si no fuera un bandido sería un santo.

Seguía Folliard sin acabar de entender que hubiera problemas de aquella clase.

Incapaces de convencerse los unos a los otros dieron solemnidad a la despedida con una gran comida en un restaurante de gringos, donde no entendieran el idioma español porque así se sentirían a sus anchas y podrían expansionarse.

Jóvenes, hechos al esfuerzo muscular y a la silla del caballo, curtida la piel por los aires de altura, dieron cuenta de una docena de botellas y de dos pavos al horno, además de otros platos menores, postres y licores. Fue aquélla una comida memorable. Folliard no hablaba. No era su fuerte la elocuencia y cuando le preguntaban algo tardaba en responder y al final decía alguna cosa relacionada sólo remotamente con la pregunta.

De los otros, Brown, que tantas veces disparó su revólver contra el pecho o la cabeza de una víctima indefensa, comenzaba a reaccionar moralmente y hablaba de que a la larga el crimen era mal negocio. Se dirigía a Billy, persuasivo:

—De veras, Billy, retírate joven como nosotros, ahora que tienes dinero y mujer.

—¿Qué te parece? —preguntaba Billy a Folliard—. ¿Tienes tú dinero y mujer?

—Abre otra botella, Middleton. Yo tengo lo que tengo y si no lo tuviera lo buscaría dondequiera que estuviera. Por el momento no puedo quejarme.

—Eso es —reía el Kid—. Abre otra botella ya que todos hemos de acabar mal. Al menos nosotros no tendremos tiempo de aburrirnos. ¿Eh, qué dices?

Animado por el vino, Folliard dijo:

—Oye tú, Wyat. Cuando trabajes de sol a sol para otro y el cabra patrón te vea descansar un momento y te diga: eh, ¿qué haces? ¿No sabes que hay que partir leña para el invierno? Eso te dirá y entonces tú sí que tendrás motivos para quejarte. Ah, yo sé lo que pasa en esos casos.

Servía vino y Billy se dirigía a Middleton:

—El día tiene veinticuatro horas. No te habías dado cuenta, ¿verdad? A nosotros se nos pasa el día en un abrir y cerrar de ojos. Ahora la vida tendrá para ti muchos huecos y ¿qué vas a hacer en esos huecos? ¿Engrasar el rifle? ¿Para qué si no lo vas a emplear? Yo le voy a comprar a Middleton agujas y lana para hacer calceta. Y gafas.

Pasado un rato se dio cuenta Folliard de que la imagen de Middleton haciendo calceta era cómica y soltó a reír tardíamente.

Seguros los dos bandos de que la decisión era irrevocable se pusieron a recordar los buenos tiempos. Naturalmente evitaban expresiones que pudieran denunciarlos a los comensales vecinos, pero ni Brown ni los otros se consideraban inclinados a pensar que hubiera en su pasado nada reprochable.

Si dejaban la profesión del crimen era porque en aquel camino había más pérdidas que ganancias. Y como decía Brown: «Por el hormiguillo del bien parecer».

—Andar siempre a caballo —añadía— con la vida en vilo y el rifle montado es cosa solamente de juventud y la juventud se acaba un día.

—Cuando se acaba la juventud más vale que se acabe la chingada vida —opinó Folliard.

A veces la falta de inteligencia aparente de Folliard era desoladora, pero otras decía cosas justas y veraces. Y era hombre valiente, franco y fiel. Por eso había dicho Middleton que sería un santo si no fuera un criminal. Lo curioso es que las mujeres (que generalmente saben calibrar las cualidades secretas de un hombre) se iban con el lacónico Folliard mejor que con ningún otro, incluido el Kid.

Para aquellos hombres la preferencia de las mujeres por Folliard era un misterio que habían renunciado a entender. Tampoco el Kid lo comprendía. Parece que las hembras veían en Folliard un macho elemental con grandes reservas de honestidad.

En fin, llegado el caso se separaron con abrazos y Wyat, que era un poco sentimental, no pudo hablar por la emoción.

Al día siguiente Billy y Folliard emprendieron en sus caballos el viaje de regreso. Antes el Kid perdió al monte algunos cientos de dólares, pero Folliard ganó otros tantos más o menos, y comentándolo dijo por el camino:

—Lo uno por lo otro hemos salido igual. Ni perdemos ni ganamos.

No conocía Folliard lo tuyo ni lo mío y su dinero era de Billy o del primero que se lo pidiera. No había memoria de que hubiera Folliard reclamado a nadie una deuda. No había deudas. El dinero se recibía o se daba, según el bolsillo estuviera vacío o lleno, y eso era todo.

Al llegar a Sumner dijeron a Bowdre y a Skurlock lo sucedido y ellos se negaron a comprenderlo. Aunque Bowdre trabajaba en el rancho de Maxwell seguía con un pie en la aventura y dispuesto a secundar a Billy en todo. Skurlock en cambio parecía amaestrado y dulcificado por el matrimonio. «Pueden mucho unas faldas», solía repetir. Y Billy le contestaba medio en serio:

—Sí, ya veo. Más que unos pantalones.

Los otros reían. Billy fue también a ver a su Melba y ella se adelantó a decirle lo que había pasado en Texas con sus amigos. Trataba ella de intrigarlo, pero él no se dejaba prender en sus juegos como Bowdre y Skurlock en los de sus mujeres.

Por su apariencia exterior Bowdre y Skurlock engañaban a cualquiera, porque el primero tenía —como decía Billy— cara de fraile trapense y un fondo sanguinario, y en cambio Skurlock parecía un asesino nato y el encuentro con él a solas y en la noche podía cortarle el resuello al más valiente.

Y, sin embargo, era hombre bondadoso.

La situación social de Billy era despejada, pero distaba mucho de ser segura. Pasó Billy algunos días, como otras veces, descalzo y sin el cinto de las armas, gozando de la compañía de Melba. Solía decir que cuando se quitaba todos aquellos arneses y cartucheras tenía la impresión de flotar en el aire.

De vez en cuando Melba le decía:

—¿Por qué no nos casamos como Bowdre y su mujer?

Esto hacía reír a Billy y luego canturreaba una cancioncilla que se oía en un tendejón de Roswell con ironía contra el matrimonio.

Una noche estaba Billy recordando otros tiempos y hablando de ellos con Folliard, que fumaba tumbado en una cama próxima. «Tunstall no sólo era mi amigo —decía el Kid— sino mi banquero y mi hermano, y nunca tuvimos que hacer cuentas. Me daba lo que necesitaba y se acabó. Muerto está, pero su cuerpo puede descansar tranquilo porque no le faltó quien lo vengara. Después Mac Sween fue mi patrón. Una buena persona, aunque un poco tocado del coco. Y como dirías tú, a pesar de todo no puedo quejarme.»

—Lo mataron por su culpa a Mac Sween, por meterse en el corral —dijo Folliard—. No sabía los tientos de su propia casa. Se metió en el corral cuando en aquel momento el corral era el cementerio. Y además envuelto en un edredón como un cabrón aparecido. Lo mataron, Billy, pero algunos de aquellos balazos que recibió habrían sido para ti o para mí y tenemos que agradecérselo. No podemos quejarnos. Los patrones de tu bando eran Tunstall, Mac Sween y Chisun. Queda uno vivo. Eso es.

—Yo le he escrito tres cartas al honorable Chisun. La primera y la segunda sin respuesta. La tercera..

—A la tercera va la vencida.

—Eso dicen y es verdad o es mentira, según. Mira lo que me responde.

Billy desdoblaba una carta y leía: «Mr. William Bonney». Ni siquiera *dear Mr. Bonney,* como se dice en una carta comercial. No. Mr. Bonney a secas. Mira lo que responde el emperador de la pezuña: «Me extraña lo que dice usted en cuanto a remuneración, puesto que no existe entre nosotros contrato verbal ni escrito que me obligara a ninguna clase de subsidio ni pago. Por otra parte, si como dice usted ha pensado dedicarse al negocio de la ganadería y tiene algo que comprar o vender, mis agentes tratarán con usted, teniendo en cuenta mis recomendaciones sobre el particular con la amistosa consideración. Entretanto me es grato...». ¿Qué te parece?

—Como bien puesta lo está, la carta.

—Se las escribe el abogado. Esta carta es para mí como un zapatazo en el hocico.

—Motivos tienes para quejarte. ¿Y cómo es que le escribiste al viejo Chisun?

Había en su voz como un reproche. Billy decía:

—Pensé que podríamos tratar de hacer dinero por las buenas. Con su respaldo.

—No me digas que también tú querías retirarte.

—No, pero lo pensé por la chamaca. A la mujer le gusta la tranquilidad.

—En materia de faldas allá cada cual, pero si me preguntas mi parecer yo te diré que las viejitas no deben terciar en la vida de uno. El hombre es el hombre y la mujer es la mujer. Las viejitas en la cocina. ¿No te parece? El puchero, la calceta y la cama. Un mal necesario, es la mujer.

—¿Pero sabes lo que me han dicho? —preguntaba Billy—. Que Chisun me tiene miedo porque es supersticioso y cree que doy mala suerte, y que todo el que me pague un salario morirá como Tunstall y Mac Sween. Puercos barruntos. Lo que no sabe Chisun es que si entro en negocios será con su capital, digo con sus reses y novillas, quiera o no. Con sus caballos y sus toros, por las buenas o por las malas.

—Si es por las malas cuenta conmigo, Billy.

Estaba Billy muy a gusto en Fort Sumner, pero no aguantaba más de tres días con la hembra. Solía decir que si se quedaba cuatro días ya no saldría nunca de su lado.

Antes de acabar el año 1878 el Kid y Folliard bajaron a Lincoln. Habían nombrado un nuevo *sheriff* que se llamaba George Kimbreel y tenía las consabidas órdenes de arresto contra los dos. Aunque parezca increíble el nuevo *sheriff* logró sorprenderlos dormidos en su albergue. Por fortuna era un *sheriff* que no tenía sentimientos personales contra ellos y si hubiera sido Peppin tal vez los dos habrían despertado a tiros en el otro mundo.

En todo caso, Billy y su amigo estaban media hora después encerrados en la cárcel.

—Es una buena fregada —repetía Folliard taciturno.

—No es para ser creído, hermano. Aquí nos encerraron como a niños de la doctrina.

Mostraba sus manos esposadas. Pero ni él ni Folliard se sentían en peligro. Ignoraba el nuevo *sheriff* que entre los subalternos de la prisión tenía el Kid amigos devotos. Tres horas después los presos estaban en libertad y en sus mismos caballos y con sus misma armas galopaban hacia Fort Sumner riéndose del *sheriff*.

—En esta tierra no se hacen presos —decía Billy riendo—. La buena gente como tú y yo va de la silla del caballo a la huesita, pero no a la cárcel.

—¡Que lo digas, Billy! Pero el nuevo *sheriff* es de los que llevan el sello federal marcado en el trasero.

—Por fortuna.

—Eso, sí. No podemos quejarnos.

Desde aquella aventura Billy era todavía más franco y generoso con los hombres de tez oscura y habla hispana, lo que naturalmente aumentaba su popularidad, que era ya bastante grande.

Más de una vez, en los días siguientes a su escapada de la prisión, entró en la pequeña ciudad, cruzó la plaza al paso de su caballo gris y saludó con un jovial buenos días a las personas que representaban la autoridad, sin que le sucediera nada.

Volvía Billy al lado de Melba, quien esta vez no se había enterado de su arresto en Lincoln, y al darse cuenta, Billy pensó: «Maxwell sólo le dice las cosas que me favorecen y no las que me apendejan. Pero el arresto, seguido de la fuga, podría habérselo contado». Una fuga como aquella honraba a cualquiera.

Aquel día el Kid se detuvo a pensar en las reacciones de Maxwell, de cuya lealtad no tenía motivo alguno para dudar, pero la imaginación es libre y llegó a pensar si habría sido él quien dio al *sheriff* la noticia de su presencia en Lincoln el día que lo arrestaron. Recordó, por fin, que había ido con Folliard a dormir a una posada campesina, donde nunca había estado antes y de cuya existencia Maxwell no sabía nada.

Se avergonzó un poco de haber recelado de Maxwell y estuvo hablándole a Melba en los más altos términos de aquel hacendado rubio que hablaba mejicano como ellos.

IX

Llegó Billy a la plaza de Lincoln una vez más aquel día de febrero de 1879 y se dio de manos a boca con Jesse Evans que seguía, como siempre, al servicio de Murphy y Dolan. Respetaba Billy la fidelidad de su amigo, quien no había servido nunca sino a un patrón. Entre los criminales la honradez, por razones obvias, se estima más que entre las personas virtuosas.

Seguían siendo, pues, los *amigos mortales,* como siempre. No enemigos, sino amigos mortales.

Iba Dolan aquel día a entregar una fuerte partida de ganado a los agentes del comprador Thomas B. Catron que era aún el fiscal federal de Santa Fe. Dolan y sus dos auxiliares, Jesse y Campbell, habían llegado a las inmediaciones de Lincoln, y con objeto de descansar hicieron un alto y se acercaron a la plaza.

Billy iba con Folliard, que sin terciar en los diálogos de Billy era todo ojos y oídos, y con la mano en el cinto no perdía una sola de las miradas, las palabras ni los gestos de los que estaban con su jefe.

El grupo de Dolan era de tres personas, pero al entrar en la plaza encontraron a dos amigos más: el cuñado del comprador que era un tal Edgard A. Waltz y un antiguo conocido de Billy llamado Matthews.

Cada uno de aquellos hombres tenía en su carácter por lo menos cuatro maneras de ser que aplicaba a las circunstancias, según los casos. La del *cow-boy* cabalgador y jinete de llanuras capaz de caminar semanas y meses junto al rebaño, la del hombre de cantinas y reyertas limpias, la del galán o el esposo y la del asesino ocasional. Todas eran compatibles y ninguna estorbaba a la otra.

La abstinencia de amor durante largos períodos hacía de aquellos hombres, a veces, gente más dura todavía y esquinada. Sabido es que el comercio de la mujer suaviza, domestica y civiliza al macho y por eso los libertinos amorosos suelen ser gente amable en todas partes.

En los pasados siglos un hombre adamado no era un tipo de aire equívoco, sino suavizado por la demasiada frecuentación de la dama.

Jesse a lo largo de los años había ido adquiriendo autoridad en el bando de Dolan. Era éste un hombre de prudencia, capaz de dar un rodeo de cinco millas para evitar la sombra de un peligro. Pero no era cobarde. Se había jugado la vida muchas veces. Como él decía: «Vista larga, lengua quieta y revólver a mano».

Aunque estaban en el grupo de Billy y en el de Evans acostumbrados a toda clase de sorpresas, el encuentro de aquellos dos rivales pugnaces fue inquietante para los unos y los otros. Evans se conducía con Billy de un modo desenvuelto y le dijo al verlo:

—Billy, si yo fuera el hombre que dicen que soy debería matarte.

—¿Por qué?

—Asesinaste a mi amigo Bob.

—¿Robert Beck? Fue en defensa propia y si a eso vamos, yo tengo más motivos para matarte a ti, Jesse.

Iban resbalando al plano peligroso y dándose cuenta Dolan intervenía con su autoridad natural de patrono y con las palabras consagradas por centenares de ocasiones parecidas.

—Vamos, muchachos, seamos amigos de nuestros amigos. Vamos a celebrarlo con algunas botellas.

Entraron en un *saloon* y Billy se sentó al lado de Dolan:

—Yo no sigo jugándome la piel —le dijo— por la divisa de Chisun. Lo que quiere Chisun es tener a su lado un atajo de puercos adulones y yo no sirvo para eso.

—Con él estuviste, Billy —le decía Jesse.

—Con Tunstall estuve y no con Chisun.

—En el fortín de Chisun te encerraste hace poco, que la voz ha corrido.

—Por ser fiel al nombre de Tunstall. Y por lo que yo vi allí me he retirado de la divisa de Chisun. ¿Qué es lo que vi? No se dice en dos palabras, Jesse. Primero vi que quería echarme delante como carnaza para aplacar a su amigo traidor Turner y después me convencí de que no tiene por la memoria de Tunstall respeto ninguno. ¿Oyes? Nosotros tenemos algo aquí y aquí —señalaba su corazón y su sexo—, pero Tunstall tenía además algo aquí —ahora señalaba su frente—, y eso es lo que nos falta más o menos a todos en estas tierras. Especialmente a ti, Jesse, y perdona la indirecta.

Dolan soltó a reír, bondadoso. Cerca de ellos Folliard, de pie y recostado contra el bar, vigilaba.

—Es ya manía eso de Tunstall, para ti —se permitió decir Jesse.

—¿Tú lo conociste a Tunstall? ¿No? A aquel hombre se le podía matar, pero no atemorizar ni humillar. Lo mató Morton, y ya sabemos lo que pasó después. Morton ha quedado en la memoria de todos como un perro *mongrel,* que es como murió. Bien, pues yo fui a ver a Chisun y él me dijo: «Quédate aquí porque Turner anda buscándome la vuelta». Yo le respondí: «Me quedaré porque Tunstall fue su aliado, que por usted mismo y sus diferencias con Turner lo pensaría dos veces». Dos días después, y hablando como el que no quiere, yo llevé otra vez la conversación a Tunstall y Chisun sonreía como una rata y decía de vez en cuando: «Eso es agua pasada, Billy». Yo seguía hablando de Tunstall y él respondía, con su risita de conejo y diciendo: «La testamentaría de Tunstall está ya en orden». ¡La testamentaría! ¿Y qué importa en hombres como Tunstall la testamentaría? Es que Chisun no tiene de aquí —Billy se señalaba la frente—, y yo quería ver si veneraba la memoria de su amigo como merecía, pero no había manera de sacarlo de la testamentaría y del agua pasada. Bien, yo decidí que había dado un mal paso acercándome a él y dije que me iría al día siguiente, lo que a Chisun le pareció muy bien, porque quería sacarme al campo para ver como Turner nos masacraba a mí y a mi gente. Y ya saben ustedes lo que pasó, digo lo de Lincoln, donde por cierto murió Mac Sween envuelto en su edredón. Todo el mundo lo sabe. Y Turner no acabó conmigo y aquí estoy dispuesto a buscar a Chisun y hacerle arrodillarse delante del nombre de Tunstall.

Al reconocer a Billy la gente del *saloon* hubo un movimiento de alarma y algunos parroquianos querían marcharse, pero era sospechoso salir de una cantina cuando entraban hombres que tenían cuentas con la justicia, porque se podría sospechar que iban a ser denunciados. Así, pues, nadie se movió.

Desde el mostrador, Folliard, vigilaba con gesto indolente.

—Como buen amigo de Tunstall lo fuiste —concedía Jesse.

—Con Tunstall aprendí yo que un hombre no vale más que otro, y que todos los que han nacido dan cara a la muerte, quieran o no, y los mejores no hablan de eso ni lo capitalizan como nosotros. Nadie dio cara a la muerte con tantos riñones como él, pero el viejo cabra de Chisun quería ningunearlo, que yo lo vi. ¡Delante de mí! Te aseguro que todavía le falta que arreglar una cuenta conmigo a Chisun, y que la vamos a arreglar a solas.

—Tunstall lo era todo para ti, es verdad —dijo Jesse.

—Nadie es todo para nadie —comentó gravemente Dolan.

Todos se volvieron a mirar al Kid y él repitió las palabras de Jesse:

—Todo era Tunstall para mí y los que estaban presentes cuando lo mataron me han enseñado su hocico de animales salvajes antes de vomitar su sangre. Todos. Porque no sé si tú lo sabrás, Jesse, pero a mí cuando una persona me enseña su máscara de animal salvaje es que ha entrado ya en la cuenta secreta.

—¿Cuál es mi máscara, Billy, *son of a bitch*?

—Todavía no la tienes, chingado.

Todos rieron. Billy siguió:

—Te podría decir algo que te interesa, a ti. A ti y a Carlyle, el herrero.

Era Carlyle un herrero joven y jovial que llevaba sólo un año en el país, pero a quien todo el mundo quería sin distinción de bandos ni divisas.

Pareció Jesse despertar a la realidad, de pronto:

—Las cosas que se oyen por ahí hay que olvidarlas, Billy.

Cuando se irritaba Jesse tartamudeaba más de lo acostumbrado y por aquella manera de hablar sabían los otros sus cambios de humor.

—Lo único que quiero que sepas —le dijo Billy, también irritado— es que Carlyle no es hombre para sentarse a mi mesa ni para beber conmigo de pie en la barra. Como dicen en México, a mí me ha caído siempre gordo ese gringo del este.

—No sé por qué —decía Jesse, haciéndose el distraído.

—Lo sabes tan bien como yo y me extraña que me niegues de pronto la confianza.

—Para esas confianzas —dijo Jesse, mirando alrededor con una expresión momentánea, como de timidez— hay lugares y momentos más a propósito que éste.

Billy se calló con la impresión incómoda de que le habían pisado un pie. Se acordó de que el segundo hombre blanco a quién había matado tiempos atrás era también un herrero. No se llamaba Carlyle, pero era un hombre de delantal de cuero, de yunque y de martillo, en Fort Bowie. Murmuró entre dientes otro *son of a bitch* que no se sabía a quién iba destinado. Folliard, desde su lugar de vigilancia en la barra, hacía su inspección y decidía que no había bocas de fuego a la vista.

Un borracho en un extremo del bar contaba al empleado sus contrariedades de amor y nadie le hacía caso aunque el embriago llegaba a conmoverse hasta las lágrimas.

Billy, Jesse y los amigos de Dolan seguían juntos. Con el pretexto de beber de pie seguía Folliard vigilando las entradas y salidas.

—Yo tengo también mi palabra que decirte, Billy —repetía el patrón de Jesse—. Ven con nosotros. ¿Quieres volver con nosotros?

—Ésa es una buena palabra, Dolan. Te digo que lo es.

Parecía Jesse satisfecho también. Billy añadió:

—Con Folliard. Tendrá que venir Folliard.

—Comprendo —dijo Dolan— que has llegado a un extremo en que necesitas que alguno te guarde las espaldas.

—¿A mí? ¿Contra quién?

—Contra tus enemigos.

—No, Dolan. Contra mis amigos —y miraba a Jesse no se sabe si en serio o en broma.

—Hasta ahora has sabido madrugarles a tus enemigos —respondió Jesse con la mirada agria— y a tus amigos. A tus amigos también.

—Es posible —rió el Kid—, sólo que a los amigos les madrugo con un buen cigarro.

Sacó varios y los distribuyó. Jesse con el suyo en los dientes fijaba la vista en Billy, quien se lo encendía sin dejar de hablar:

—A ti te madrugué en San Patricio y te convidé a almorzar y no quisiste. Aquí estamos —añadió dirigiéndose a Dolan— los dos mejores amigos del mundo buscando una ocasión para rompernos la crisma.

—Bromas de poca gracia son ésas, Billy —dijo Evans.

—No son bromas, que yo sé lo que pasa por tu cabeza, Jesse. Vamos, Jesse, llámame hijo de la gran cerda y yo te llamaré *old bastard* y verán ustedes cómo no pasa nada. ¿O es que me equivoco?

Oyendo aquellas palabras duras, Folliard desde su puesto de observación miraba a los dos amigos y acercaba la mano al cinto por si acaso, pero la respuesta de Jesse lo tranquilizaba:

—Ni tú eres hijo de cerda ni yo soy un bastardo. Si tú lo fueras yo no tengo pelos en la lengua.

—Ésa es la pura verdad —intervino Dolan.

—No me hagas la lección, Jesse —arguyó Billy, nervioso—, que no me gustan los maestritos. Hay otras cosas que tampoco me caen bien.

—Bueno está, Billy. Ya sabemos qué es lo que te gusta y lo que no te gusta. Lo sabemos y yo me alegro de que vuelvas a nuestro lado. Será bueno para todos, pero si crees que vas a mandar puedes llevarte un chasco. Mandarás en tu caballo y en Folliard, que los demás hace tiempo que sabemos dónde nos aprieta el zapato y no hay más jefe aquí que el dueño de la divisa y el que paga la quincena.

—El que me paga a mí no es mi jefe —dijo Billy súbitamente serio.

—Ésa es la mejor palabra que se ha dicho hoy —comentó Dolan alzando el vaso—. No tu jefe, sino tu amigo.

No había duda de que Jesse estaba celoso de la alternativa de Billy con Dolan. Se admiraban aquellos dos amigos en muchas cosas y en otras se celaban.

En aquellos días Billy comenzaba a darse cuenta de la soledad que le amenazaba. A fuerza de mostrarse superior por una razón u otra y principalmente por su intransigente valentía y su sentido propio de las cosas se iba quedando solo. La superioridad cuando se hace excesiva es soledad y la soledad es peligrosa.

Si seguía Billy ignorado por Chisun y evitado y rehuido por Jesse y por los suyos tendría que encastillarse en Fort Sumner con Melba, Folliard y los dos compañeros casados. No bastaban aquellas fuerzas para ponerse a la defensiva.

Hablaron y bebieron y no hubo incidentes lamentables dentro del *saloon,* pero al salir se encontraron con alguien que entraba. Era un leguleyo de Las Vegas que estaba trabajando para la viuda de Mac Sween y ayudándole a recuperar sus bienes, incluso los destruidos por el fuego. Le había dicho que la gente de Turner le compraría otro piso de la misma marca y le pagaría sus muebles de lujo. Ella suspiraba, y decía que aunque consiguiera el piano le sería imposible recuperar su voz de cantante que había perdido cuando se enteró de la muerte de su esposo.

El leguleyo, que se llamaba Chapman, al ver salir aquel grupo de rufianes armados, enemigos de la familia de Mac Sween y por rara circunstancia en la amigable compañía de Billy, se detuvo confuso. Aquel momento de confusión lo perdió. Uno de los hombres de Dolan, el llamado Campbell le interceptó el paso.

—Me alegro —le dijo— de ver por aquí a su mercé.

—Sir... —decía el otro cada vez más pálido.

—Ahora me dice Sir —reía Campbell, borracho—, pero yo no quiero que me llame Sir. Lo que quiero es otra cosa.

—Déjame pasar.

—No sin escucharme antes dos palabras.

—Yo no discuto con borrachos.

—Ni yo con tinterillos.

Disparó. La bala le rompió los dientes a Chapman y le hizo una gran brecha en el occipucio. Murió el leguleyo como fulminado por el rayo.

Había en aquel momento bastantes fuerzas en Lincoln a las órdenes del nuevo *sheriff* para proceder al arresto del culpable y de toda la banda. Por eso Billy y Jesse salieron del pueblo al galope seguidos de Folliard.

Dolan y Matthews fueron arrestados con Campbell y más tarde los dos primeros absueltos. En cuanto a Campbell, condenado a muerte, pudo escapar de la cárcel no sin alguna clase de intervención de los amigos de Billy. Hoy por ti y mañana por mí.

Caminaron Jesse y Billy aquel día algunas millas juntos, luego se separaron con tristeza porque en el encuentro de Lincoln parecieron gustosos los dos de reanudar su amistad. El Kid, quizá por su extrema juventud, creía en la amistad lo mismo que en el amor. La mujer es necesaria —el amor—, pero la amistad es sólo un lujo y por eso en ocasiones puede ser más preciada.

El ideal sería que la mujer amada fuera al mismo tiempo la amiga ideal.

A veces Billy, recordando aquel incidente de Lincoln, se ponía sombrío y decía a Folliard:

—No me importa mucho la vida, pero no es fácil vivir sin una mujer y un amigo. Una verdadera mujer y un verdadero amigo. ¡Regalos del cielo, Folliard!

—Lo que es yo —replicaba Folliard—, la mujer donde la encuentro allí la tomo.

Y después de un silencio añadía como si rectificara o completara la frase anterior:

—Y de amigos, ni hablar. No he visto uno todavía. Salvo lo presente, es un decir.

Seguía Billy con su idea:

—Habría sido bueno para ti y para mí entrar en el bando de Jesse.

Ya en las llanuras de Fort Sumner lamentó el Kid la estúpida muerte de Chapman y sólo se quedó en casa de Melba veinticuatro horas, al cabo de las cuales se calzó de nuevo las botas, salió hacia el rancho de Maxwell donde incorporó a su banda a tres o cuatro partidarios nuevos y se dedicó a robar en las fincas de los ganaderos más fuertes, de tal modo que los dañados pronto se dieron cuenta de que lo mejor sería pagar un tributo a Billy y tenerlo de su parte.

Sabían que una vez hecha promesa de lealtad los amigos eran sagrados para el Kid. Igual que los nobles en la Edad Media, comenzaba el Kid a percibir tributos de algunos pecheros.

Siendo la ley débil o inexistente, Billy the Kid representaba para aquellos rancheros la justicia y el verdugo, todo junto, es decir, la seguridad. Y Billy se acordaba una vez más de Tunstall y de sus palabras, que habían dado a Billy por primera vez una idea de conjunto del orden de los pueblos y naciones y ayudaba a entender su propia vida.

No pasaban muchos días sin que el Kid bajara a Lincoln porque encontraba en aquella población un atractivo misterioso. Billy se presentó un día acompañado de Folliard y antes de entrar en la plaza dejaron los dos las armas en casa de un amigo. En realidad Billy hacía a veces aquellas cosas para quitarse la sensación de peligro en algunos lugares del condado.

Después de hacerlas se quedaba más tranquilo y más dueño de sí. Sin armas, y a cuerpo limpio, se presentaron en la plaza, pasearon haciéndose ostensibles y Billy saludó con bromas impertinentes a algún que otro policía:

—Hola, general Lee —le dijo al *sheriff* nuevo.

Nadie podía imaginar que aquellos hombres tan llenos de culpas fueran sin armas y algunos que los habrían arrestado de buena gana los miraban a distancia y se abstenían pensando que debían llevar el revólver en un pequeño arnés bajo la axila, dentro de la camisa. O quién sabe dónde.

Sin embargo, tanto fueron y vinieron, y provocaron, y alardearon, que llegó un momento en que se convencieron los de Lincoln de que iban realmente sin armas y el *sheriff* nuevo sacó sus mandamientos y los arrestó precisamente enfrente de sus oficinas. El hecho fue de veras sensacional. Se dejó arrestar Billy tan jovial como siempre y Folliard más silencioso que nunca.

Los dos fueron conducidos a casa de Juan Padrón, nuevo alcaide de la cárcel.

Como no faltaba nada en la vivienda de Padrón la cárcel resultaba cómoda. No echaban en falta ni la buena comida, con vinos caros, ni visitantes que jugaron al póquer, si eran gringos, o al monte, si hispanos.

Tenía Billy las muñecas gruesas y musculadas, y las manos casi de señorita. Así pues, cuando lo esposaban, hinchaba la muñeca lo más posible poniendo tensos los músculos y después, al llegar un conocido, sacaba la mano fácilmente de las esposas y la ofrecía diciendo: «Lo siento mucho, pero esta vez no le va a ser a usted posible robarme el reloj». O alguna otra broma. También decía: «No le doy la mano con las esposas puestas porque dicen que eso trae mala suerte, señor. Espere un poco».

Y se las quitaba.

Entretanto el *sheriff* que lo había arrestado no sabía qué hacer. Por un lado y por otro Maxwell, Dolan, incluso el hermano de Chisun, que andaba por allí, le pedían que lo soltara. Billy y Folliard estaban vigilados por el ayudante del *sheriff* Tom B. Longworth, a quien habían dado palabra los dos de no escaparse mientras vivieran bajo el mismo techo con Padrón. Y una vez más todos sabían que la palabra de Billy se cumplía.

Pero la alimentación y los demás gastos de los presos eran por cuenta del juzgado y un buen día, encontrando aquel sistema demasiado costoso, ya que Billy y Folliard estaban acostumbrados a tratarse bien, el *sheriff* dio orden de que los encerraran en el calabozo regular y los sometieran al régimen ordinario.

Cuando se lo dijeron a Billy, éste comentó: «Eso no está bien. Yo he jurado que no me dejaría llevar allí vivo».

—Ya lo sé, Billy —respondió el ayudante del *sheriff*—, pero no veo solución ninguna. Yo no querría encerrarte, pero no tengo más remedio que obedecer órdenes por el momento.

En realidad había sido el mismo Padrón el que recomendó aquella medida al *sheriff*, pensando que el calabozo no pertenecía a su casa y que una vez allí Billy estaba libre de cumplir su palabra y podría fugarse si le parecía bien. A regañadientes, Billy, se dejaba llevar y decía:

—Tom, no quiero crearte problemas, pero daría todo lo que tengo porque el que te ha dado la orden estuviera ahora en tu piel.

Aquella noche escribió Billy con lápiz en la puerta de la cárcel: «William Bonney fue encarcelado aquí por vez primera el 22 de diciembre de 1878. La segunda vez el 21 de marzo de 1879 y espero que ésta será la última. —*W. H. Bonney*».

Antes del amanecer los presos se escaparon —como quería Padrón— y ni siquiera se tomaron la molestia de salir de Lincoln. Recuperaron sus armas y sus caballos y con el revólver al cinto y el winchester en la rodilla pasearon la calle mayor arriba y abajo, y se detuvieron frente a la oficina del *sheriff.* Billy le dijo desde la calle que el calabozo no estaba en condiciones adecuadas para recibir personas de sus méritos.

Riendo y alardeando los dos fugitivos volvieron a Fort Sumner con el ánimo ligero. Todo había sido mejor de lo que Billy mismo esperaba en relación con su problema secreto —el de los resabios, como decía él—. Lo que hacía en realidad era jugar con la libertad y la muerte.

Aquel año fue fructífero para Billy. En varias expediciones él y los suyos robaron en Bosque Grande, veintiocho millas al norte de Roswell, ciento dieciocho cabezas de ganado mayor, propiedad de Chisun, pretextando que éste debía seiscientos dólares a cada uno de ellos.

Llevaron el ganado a Álamo Gordo y allí lo vendieron a compradores de carne de Colorado.

Como decía antes, para evitar depredaciones y perjuicios mayores, algunos rancheros de la comarca de Fort Sumner pagaban una cuota a Billy. Con ese motivo el Kid pasó algunas temporadas con Melba en la relativa tranquilidad de las nuevas circunstancias. Melba repetía, sin acabar de creerlo:

—Parecemos un matrimonio de la tierra baja. Sólo nos falta la bendición del cura. No la tendré nunca y la culpa es mía por haberme puesto en amores con un bandido.

Se llevó Billy una sorpresa desagradable:

—Esa palabra no vas a decirla y ni siquiera a pensarla debajo de nuestro techo.

Folliard, que se enteró, le dijo después a Billy:

—Lo que Melba busca es que le des un buen bandeo.

—No, yo no les pego a las mujeres. No soy como Brown.

—Es que ellas lo buscan a veces.

—Yo no les pego. No tienen las hembras importancia para tanto. Digo, para que un hombre como yo les pegue.

Tardó Folliard un momento en entenderlo y luego soltó a reír.

En enero de 1880 un individuo llamado Joe Grant llegó a Fort Sumner y desde el primer momento lo tuvieron entre cejas Billy y los suyos.

Billy sospechó si sería un provocador que les enviaba Chisun, pero averiguaron que Grant venía directamente de Texas. Era un enredador manso del tipo peligroso.

Una noche, visiblemente borracho, dijo que estaba harto de oír hablar del Kid y que le iba a meter una bala en los sesos y a hacerse el amo de Fort Sumner.

Acudía Billy a La Arquita como siempre, bebía con Joe Grant como si tal cosa y además solía llevarle el genio y darle la razón. Todo esto halagaba la vanidad de Joe y naturalmente confundía un poco a los amigos de Billy, que no acababan de comprender. De vez en cuando Billy le decía:

—Vienes de Texas, ¿eh? Los tejanos son gente muy superior a los hispanos y a todos nosotros los del New México.

Pero el Kid no perdía de vista sus movimientos. Aunque Melba no solía acudir a La Arquita cuando estaba el Kid en Fort Sumner, aquel día había ido y las manos de Grant volaban por el mostrador con cualquier pretexto, tratando de coger las de ella. Billy veía y callaba. Luego, a una señal suya, Melba dejó la cantina.

Aquella noche no pasó nada más.

James Chisun, el hermano pobre del rico Chisun, llegó con otros tres hombres al lugar llamado Cañón Cueva, al norte de Sumner, a rescatar algún ganado de su hermano, robado, según se decía, por el Kid.

Pero Billy, cuando robaba reses de Chisun, solía herrarlas al fuego con la marca XIX lo que era muy fácil porque las de Chisun sólo tenían dos XX. Billy les hacía marcar una I en medio y se quedaba con ellas. El hermano de Chisun recuperó el ganado y acampó a poca distancia de Fort Sumner. No había entre las reses recuperadas un solo animal marcado con aquella XIX. Tanto mejor. Billy se encontraba con James en buena amistad. Comieron y bebieron y al oscurecer decidieron ir juntos al tendejón de Sumner. Con James Chisun, a quien algunos llamaban *el pobre* para distinguirlo de su hermano, iban dos buenos mozos, Herbert y Jack Finan, y un tercero, cojo y con cicatrices en la cara, conocido entre los suyos como Búfalo Bill, aunque no lo era.

Decía Billy a James Chisun: «Tu hermano nació señalado y, por muy rico que sea, siempre se conducirá como un pordiosero porque no sabe gozar de la riqueza».

Acompañaban a Billy dos nuevos reclutas suyos: Barney Masson y Charley Thomas. Estuvieron todos bebiendo en La Arquita y después Chisun los invitó al salón de Hargrove, un lugar frecuentado por los gringos. Allí estaba el voceras de Joe Grant, bastante borracho. Al entrar el grupo se acercó a Chisun y como broma le dijo a su guardia de corps Finan:

—Te cambio el *six shooter,* hermano.

Efectivamente, le ofreció su propio revólver con guardas de nácar y tomó el que Finan llevaba en la funda. Observaba sus movimientos Billy de un modo aparentemente distraído.

—Guapo revólver, Joe —le dijo.

Tomó el arma en su mano, haciendo extremos de admiración, y con el pulgar abrió el barrilete y dejó caer las balas, que no eran más de tres, sin que Joe se diera cuenta. Luego se lo devolvió.

—Dandy es el fierro, Joe.

—En la vida hay que saber cubrirse, Billy —decía Grant—. Si estoy en un mal paso, pues ya se sabe. Empleo la herramienta de otro y doy el cabronazo y luego... anda y averigua. Porque yo mato a un hombre en menos que canta un gallo y en Texas los que me conocen lo saben.

A todo esto había pasado al otro lado del mostrador y desde allí iba rompiendo vasos y botellas con el cañón del revólver. Se sentía parapetado contra el resto del local y pensando quizá que podía elegir a salvo su víctima.

Billy le dijo:

—Quiero romper yo vasos y botellas lo mismo que tú, Joe, porque eres un gran tipo. Te apuesto a ver quién rompe más.

Y sacó su arma. Rompió también un vaso y soltó a reír, pero Grant se excitaba con los vidrios rotos.

—Yo quiero matar al rico John Chisun, hijo de la gran perra.

Y apuntaba con su revólver vacío a James. Sin dejar de reír Billy le decía:

—Te equivocas, porque ése no es John Chisun.

—Mientes.

—Te digo que no es Chisun y que has cogido por la oreja el puerco cambiado.

Dejando a Chisun, apuntó a Billy, apretó el gatillo y se oyó el percutor contra la cámara vacía.

Inmediatamente después disparó Billy y la bala del revólver entró por la parte alta de la nariz de Joe y le destrozó el cerebro. Cayó muerto el tejano en la parte interior del bar y Billy tiró la cápsula quemada.

Después añadió, dirigiéndose al que llamaban Búfalo Bill:

—Más valdrá que estés alerta con tu caballo y tu rifle porque no faltan por ahí descuideros y ladrones dispuestos a aprovecharse. Y los gringos de Texas tú ves que no tienen simpatía por la familia de Chisun ni por sus amigos. Yo tampoco la tengo, pero todos ustedes han venido a la plaza por invitación mía y no quiero que les pase un contratiempo. Andandito y agradezcan el consejo.

Chisun no comprendía:

—¿Quién eres tú que te conduces así?

—Mi madre —bromeó el Kid— me decía cuando era chamaco que yo era el Tautha de Danaan.

Miraban los otros sin entender y Billy añadía:

—Un irlandés de los viejos tiempos antes de Cristo, que venía de sangre española, según decían los antiguos. Y que no se detenía ante una buena pelea con flecha y espada. Y que sabe distinguir entre James y John.

No tardaron los de Chisun en levantar el campo. Siguieron su camino sin otra pérdida que la de un rifle robado de un carro. Algunos decían que lo habían robado los hombres de Billy por orden de su amo. Era un rifle con guarniciones de plata y el nombre de John Chisun escrito con vetas de oro incrustadas. Una pieza de museo que le había gustado al Kid.

Pensaba Chisun, el pobre, por el camino:

—Al lado de Billy pasan siempre las cosas que menos se esperan.

En aquellos días aprovechaba Billy cualquier oportunidad para acercarse al antiguo rancho de Tunstall y mirarlo desde lejos. Cuando lo veía ponía el caballo al paso y se quedaba mudo y pensativo por algunos minutos. Luego se alejaba al trote, seguido por los suyos.

Nadie le preguntaba por qué hacía aquello y tampoco Billy solía explicarlo. Tal vez si le hubieran preguntado no habría sabido qué responder.

X

Poco después Billy the Kid hizo un viaje al sur y llevó la Melba consigo. Fueron a la agencia india y el Kid la dejó allí, en Roswell. Luego se dirigió a Verando, que estaba a tres millas de la ciudad.

Una tarde estaba sentado en el porche exterior del *saloon* cantina, donde había una jaula grande con pájaros que saltaban y jugueteaban. Sacó el revólver y dijo: «Supongamos que el viejo Chisun es un pajarito y que ese pajarito es el que está ahora en el trapecio. Si disparo y le doy en cualquier parte del cuerpo menos en la cabeza con razón podrán decir que soy un asesino». Y disparó. El animalito cayó descabezado.

—No soy asesino —dijo el Kid y aquellas bromas recordaban las de Grant rompiendo botellas con el revólver— sino sólo un honesto cazador con buena puntería. Vamos a darle otra oportunidad al viejo Chisun, que como tiene dientes postizos y peluquín merece trato especial.

Disparó otra vez y le quitó la cabeza a otro pájaro. Mató dos o tres más de la misma manera y luego se levantó y fue a la barra acompañado de algunos amigos. Bebieron y Billy repetía infantil e irónico:

—¡Pobre pajarito Chisun!

¿Qué más hizo Billy aquellos días en Roswell? Lo que hizo fue asustar con su mera presencia al viejo monarca. Su alojamiento estaba a siete millas y media del rancho de Chisun, es decir, bastante lejos, y no acompañaba al Kid escolta alguna. A pesar de esas circunstancias Chisun no durmió mientras Billy estuvo en Verando y gastó en espionaje y nuevos guardias de corps una cantidad sustanciosa.

Todo lo que hizo Billy fue sacar a Melba de Fort Sumner y asustar a Chisun.

Se había dado cuenta Billy de que sus enemigos usaban a Melba en Fort Sumner como una señal indicadora, ya que cuando Billy estaba allí, la niña de Roswell, como algunos llamaban a Melba, no aparecía por La Arquita. Así pues, la ausencia de Melba señalaba la presencia del Kid en Fort Sumner y al revés. Quiso el Kid sacarla algunos días de aquel lugar y ver entretanto lo que sucedía. Había dejado observadores en Fort Sumner con ese fin.

El viaje a Roswell lo hicieron de noche y el Kid advirtió antes a Maxwell que no dijera nada. Quería ver Billy si entretanto iba alguien a Sumner y por qué iba. Tardarían cuatro días en enterarse de que estaba en Roswell, y como los enemigos de Billy solían actuar con gran celeridad, aquel plazo bastaría para la experiencia.

De todas esas cosas no dijo una palabra a Melba porque Billy sabía que el mundo de las mujeres no es el mismo que el de los hombres. Ella, viéndose en la agencia india, se acordaba de su tío Bernstein y preguntaba a Billy:

—¿Dónde estará ahora mi tío? ¿O es que después de morir no pasa nada?

—Sí, pasa algo. Después de morir lo entierran a uno, llueve y de nuestro corazón salen gusanos y hierbas. Eso es todo. No pienses en esas cosas porque te saldrán arrugas en la cara.

Ella quería averiguar más cosas

—¿Tú sabes las oraciones?

—El credo, para una emergencia.

Se refería al caso probable de ser ahorcado. Cuando ahorcaban hacían rezar el credo a la víctima.

A veces no estaba segura Melba de que Billy no hiciera con ella lo mismo que hacía con los pajaritos de la jaula. Pero su instinto femenino le decía que en la prisa febril que el Kid ponía en sus caricias había implícito alguna clase de respeto. No se mata lo que se acaricia cuando se acaricia *de cierta manera.*

No se aficionó nunca Billy demasiado a ninguna hembra, y ésa fue su única prueba de prudencia y también la cualidad por la cual ellas (las hembritas de los *saloons* al menos) lo estimaban tanto. En cuanto a Melba, la consideraba Billy, a pesar de todo, la más próxima a su corazón, sin estar muy seguro de que nunca llegara a entrar en él.

Durante las semanas que el Kid anduvo por aquellos alrededores de Roswell el viejo Chisun no salió de su rancho-fortaleza. Los mejicanos, que no querían mucho al rey de los ganados de New México, exclamaban, felices:

—Billy tiene a Chisun encamado en su madriguera.

No podía el Kid estar mucho tiempo inactivo y un día de febrero de 1880 reunió algunos partidarios (tres mejicanos y dos anglos) con el fin concreto de robar caballos a los indios apaches de Mexcalero, con quienes Billy tenía cuentas atrasadas. En la primera incursión les robaron cuarenta y cinco excelentes animales. Billy se reservó para sí treinta, cosa rara porque solía ser generoso en el reparto. Pero comenzaba a hacerse arbitrario y egoísta porque entraba en una clase curiosa de vejez: la vejez de su adolescencia.

Vendió Billy sus caballos en río Pecos, es decir, sólo vendió veintinueve porque uno desapareció sin saber cómo y era un rodado, careto, bastante nervioso.

Subió el Kid a Fort Sumner con el producto de la venta y acompañado por algunos colegas de la expedición. Había dejado a Melba en Roswell. Por el camino robaron todavía algunos ranchos y logró Billy una manada bastante lucida.

Era el mes de marzo y la primavera comenzaba a hinchar los nudos de los arbustos en el alto desierto. Antes de llegar a Fort Sumner desvalijó otro rancho, llevándose cincuenta y cuatro vacas que vendió un poco más lejos, en tierra de Colorado, por diez dólares cada una.

Hacia el mes de mayo llegaba de nuevo a Fort Sumner con otra lucida tropa de caballos. Le esperaba una sorpresa. Melba estaba en La Arquita y fue ella quien le sirvió el primer anisado. No quiso el Kid mostrarse sorprendido en aquel lugar y esperó la noche para hacerle preguntas. Resultó que Melba le había robado a él el caballo careto, y con él, y acompañada de dos hispanos —uno de ellos, Cedillo—, volvió a Fort Sumner celosa y amorosa.

—Yo les robo a los ladrones —decía jovial e infantil.

—¿Cuántas veces te voy a decir que yo no soy ladrón? El que pone limpiamente su vida en la aventura ése no es ladrón, sino guerrillero o conquistador. Tú eres la ladrona que te llevaste el caballo sin arriesgar nada.

Ya en el otoño una partida de jinetes no identificados atacó de noche el rancho de un hombre respetable y muy estimado: J. B. Bells, en las afueras de White Oaks. Se llevaron algunos caballos (seis o siete) que eran en todo caso menos de los que codiciaban.

Al día siguiente se extendió el rumor de que los ladrones habían sido de la partida de Billy y la gente, exasperada, decidió tomar medidas. Lo primero que hicieron fue enviar a La Arquita a ver si estaba la amante de Billy, porque su ausencia era un indicio de que el Kid pasaba la noche y lo más del día en Fort Sumner.

Como no había voluntarios para perseguir a Billy —todo el mundo le temía— el *sheriff* de White Oaks movilizó forzosamente a nueve rancheros armados y bien montados, y salieron hacía las tierras altas. Al llegar a Sumner se habían marchado ya Billy y los suyos, pero el *sheriff,* determinado a hacer un escarmiento, siguió sus huellas en la dirección de Coyote

Springs. A una distancia de quince millas de Oaks la expedición encontró dos jinetes que iban en dirección contraria.

—¿Adónde van? —preguntó el *sheriff*.

—A Oaks.

—¿Conocen a Billy?

Uno de los jinetes, que se llamaba Dedrick, respondió:

—Mi suegra tiene un sobrino con ese nombre.

—Pero no se dedica a robar caballos, supongo.

—No, la mayor parte del tiempo está chupando su biberón porque es muy chamaco, pero con el tiempo ¿quién sabe?

El grupo del *sheriff* había rodeado a los dos y no fue difícil quitarles las armas y arrestarlos.

—¿Se puede saber por qué nos arrestan?

—Por ser amigos de Billy the Kid.

—¿Desde cuándo está prohibido tener amigos?

—Desde que los amigos son criminales y ustedes toman parte en sus crímenes.

Pero el otro seguía hablando del sobrino de su suegra y juraba que era el único Billy que conocía.

Poniéndole el cañón del rifle en la espalda dijo el *sheriff:*

Basta de bromas, *you big mouth!*

Los dos jinetes presos, desarmados y esposados entre sí quedaron unidos al grupo. Siguieron caminando. Era un día gris con nubes altas y plomizas. Algunas millas más adelante llegaron a un campamento abandonado en donde el *sheriff* y los suyos fueron de pronto agredidos a tiros de rifle por una partida desconocida, emboscada y lejana.

Los agresores eran hombres de Billy que se acercaron y trataron de envolverlos, pero eran pocos y el fuego del *sheriff* y de su gente les mató dos caballos.

No pudiendo seguir peleando en condiciones de seguridad los agresores huyeron. El *sheriff* se apoderó de la silla de montar de Billy, que tenía remates de plata e incrustaciones de nácar. También perdió Billy su gabán con guarniciones de piel de oso.

En el lugar donde Billy solía acampar los expedicionarios encontraron gran cantidad de latas de conservas y con aquel botín y los dos presos la partida entera fue volviendo a White Oaks. Por el camino preguntaba el *sheriff* a uno de los prisioneros:

—¿De quién es esta silla?

—No lo sé.

—Aquí hay tres letras grabadas que dicen: W.H.B. ¿No sabes lo que quieren decir?

—Yo no sé leer. Éste sí que sabe.

El *sheriff* se dirigía al otro:

—¿Qué quieren decir estas letras?

—Mi cuñado me lo dijo un día, pero tengo la memoria floja.

—¿Y este gabán? ¿Quién es el dueño?

El preso lo miraba y hacía grandes extremos:

—Como bueno lo es, pero no lo he visto nunca encima de un ser humano.

Pensaba el *sheriff*: «Éste es el mismo estilo que usa Billy cuando quiere hacerse el gracioso». Los que andaban con él no tardaban en tomar su acento y manera, y a veces se denunciaban por sus bromas y sus rasgos de humor. Aquello ponía de mal temple al policía.

Se aproximaban a White Oaks.

Habiéndose reunido Billy con los suyos decidió contraatacar. Antes de entrar en el pueblo disparó contra la gente del *sheriff* algunas rociadas de balas. Montaba Billy ahora su famosa yegua gris.

En fin, Billy y los suyos, que eran menos que los del *sheriff,* entraron en el pueblo detrás de él, se exhibieron ostensiblemente en la plaza mayor y fueron a las afueras, donde estaba el rancho de sus amigos West y Dedrick. Allí se quedaron todos con excepción de Billy, que volvió imprudentemente a salir y con el sombrero echado sobre las cejas y la vista alerta se acercó al *saloon* principal. Era una decisión peligrosa, pero Billy gustaba de aquellas provocaciones con las cuales comprobaba a un tiempo su difusa popularidad y su concreta autoridad.

En la puerta del bar estaba un viejo amigo suyo que al verlo puso una expresión de asombro y fue a decir algo, pero Billy se le adelantó alarmado:

—Silencio, compadre.

Se quedó el amigo viendo visiones.

Billy entró en la taberna, se acercó a la barra como un cliente más y miró alrededor y detrás de él —esto último en el fondo del espejo—. Lo conocieron o no, pero nadie se movió ni dijo una palabra, tal vez por la reflexión prudente de que una contienda a balazos podría causar víctimas inocentes estando el local tan concurrido.

Debieron conocer a Billy a juzgar por el silencio que se hizo alrededor.

Estaban en el bar por lo menos la mitad de los que formaban la partida del *sheriff* y aunque no eran criminales de profesión la verdad es que tenían reputación de valientes e iban armados. La sorpresa los paralizó.

Cuando el *bartender* sirvió a Billy su whisky fue a decir algo, pero con el gesto Billy le ordenó que callara y que no saliera del campo de su vista. Aunque parece difícil decir tantas cosas con una sola mirada, en aquellos lugares todo el mundo tenía un entendimiento sutil para cierta clase de sobreentendidos.

—¿Busca a alguno, señor? —preguntó el *bartender.*

—Busco a alguno, pero no está aquí. ¿Hay gente en el club?

Era el club un cuarto reservado, con puerta cerrada.

—Demasiada gente.

Billy se acercó indolente al reservado. Abrió de par en par y entró con la mano apoyada en la cadera, no sólo por galantería sino porque allí estaba también el revólver. El *bartender* esperaba oír disparos, pero no sucedió nada y Billy volvió a salir y a medida que pasaba cerca de la gente se iba haciendo otra vez el silencio.

Aquella manera de conducirse paralizaba a veces a sus amigos y a sus enemigos. Por otra parte, la experiencia reiterada del peligro le había dado a Billy una sutil sensibilidad en relación con los imponderables de la violencia, y sabía presentir el riesgo desde lejos y calibrarlo, y distinguir las apariencias de las realidades.

En fin, Billy salió del bar que estaba lleno de enemigos suyos con esos andares aplomados que en las ciudades revelan al marinero y en el campo al jinete habitual. Y salió sin ser molestado. Los que habían disparado contra él desde lejos no se atrevieron a hacerlo desde cerca.

Cuando volvió al rancho donde estaban sus amigos y los encontró jugando a las cartas les dijo:

—Mala suerte. No pude dar con él.

—¿A quién buscabas? —le preguntaron los jugadores.

—A Jim Redmond. Se quedó con mi gabán. Seguramente lo lleva puesto y va presumiendo por ahí.

—¿Y por un gabán te metiste en la boca del lobo?

—Un gabán es un gabán y además... —añadió medio en broma— mañana es el veintitrés de noviembre. Es mi cumpleaños.

Billy lo decía en broma, pero con reservas de seriedad porque no podía tolerar que el día de su cumpleaños estuviera ensombrecido por alguna clase de frustración. Además de recuperar el gabán quería castigar a Redmond. Castigarlo no quería decir necesariamente matarlo, ya que —como decía Billy— no se mata a un hombre por un gabán y menos el día del cumpleaños. Explicaba que en caso de haber encontrado a Redmond en el bar le habría dicho sencillamente:

—Perdón, compadre; este gabán es mío.

Y se lo habría quitado, ni más ni menos. La idea de volver a Fort Sumner sin el gabán —¿qué contestaría a las preguntas de Melba? —se le hacía intolerable.

Los cumpleaños son días en que no se les quita nada a las personas sino que, por el contrario, se les dan regalos. Eso pensaba Billy.

Y a él le habían quitado el gabán.

Al día siguiente fue por la mañana a Fort Sumner sin gabán, a pesar de todo. Era un día soleado y de cielo azul, y la chamaca le había preparado un pastel con justas veinte velitas que Billy apagó de un soplo —ahí estaba la gracia—. Desayunó con ella, se entretuvieron con zalemas y retozos, y antes del mediodia volvió Billy a White Oaks sin que Melba le hubiera preguntado por su gabán.

Billy pensaba que había tenido suerte en eso.

Pasó al trote frente a la partida del *sheriff* que estaba en la plaza y le quitó el sombrero de la cabeza a Jim Redmond de un balazo. Efectivamente, Jim llevaba puesto el gabán del Kid —una especie de gabardina con forros de piel de un oso pequeño que abunda en el país y se llama *racoon.*

Cuando quisieron los otros sacar las armas ya había desaparecido Billy.

—Esta condenada chaleca —dijo Redmond— me ha costado un sombrero y me puede costar algo más.

Billy no pensaba matar a Jim porque la verdad era que siendo nuevo el gabán y llevándolo Redmond puesto no quería «deteriorarlo» con los agujeros de las balas. Todo había que considerarlo.

—El *sap* de Redmond —dijo Folliard— salva la vida por el amor de Billy a su gabán.

A media tarde fueron los de Billy con su jefe al *saloon* del día anterior a tomar unos vasos sin que nadie les molestara y al regresar, habiendo visto una vez más a Redmond con el famoso gabán junto a una pilastra de los porches, le hicieron dos o tres disparos. Jim recibió un balazo en un pie. Había dado Billy orden de que no dispararan contra su gabán nuevo.

Al sentirse herido, Jim se quitó el gabán indignado, lo dejó colgado en la barandilla y se metió en el bar cojeando penosamente.

Poco después pasaron los de Billy al trote y con el cañón de su winchester uno de ellos recogió el gabán y dijo que Jim no era lerdo y había entendido muy bien de qué se trataba.

El resto del cumpleaños se fue en tragos, risas y salvas de rifle al aire. Por la noche estaban todos discretamente borrachos. Al día siguiente, y todavía con la cruda del día anterior, Billy y los suyos salieron de White Oaks y marcharon a un rancho cuarenta millas al norte. Los dueños de aquel rancho, Greathouse y Kuck, no estaban, pero no se extrañaban de que a veces recalara por allí Billy con algunos partidarios.

Billy y los suyos dejaron los caballos en la cuadra que estaba separada del edificio y encendiendo fuego se acomodaron lo mejor posible. Una de las primeras cosas que hacía Billy en esos casos era, como en sus visitas a Melba, quitarse las botas. Descalzo, es decir, calzado únicamente con los gruesos calcetines de campo, se sentía cómodo y alegre. Lo que no se quitaba era el cinturón con el arma y las municiones. Folliard solía decir:

—Cuando me quito el cinto es como si me quedara en cueros.

La misma noche del día 23 otro policía llamado Longworth, hombre determinado y no muy inteligente, organizó una partida de trece voluntarios con el propósito de acorralar a Billy y arrestarlo. En la expedición había algunas personas conocidas, pero ninguna tan popular y simpática como James Carlyle quien era, como ya dije, un joven herrero servicial, alegre, fácil a la réplica, a quien sólo se le conocía un enemigo: Jesse Evans.

Cuando se hablaba de atrapar a Billy muerto o vivo Carlyle decía:

—Hay que atraparlo vivo al Kid porque de un valiente se puede hacer un hombre de bien. Si fuera un cobarde yo sería el primero en matarle.

Hablando así llegaron en la noche del día siguiente cerca del rancho donde estaban Billy y los suyos en medio de un descampado raso y sin árboles. Antes de que el Kid pudiera darse cuenta habían sacado sus perseguidores los caballos de los establos, lo que disminuía, o suprimía del todo, las posibilidades de fuga. Luego la gente de Longworth abrió trincheras desde las cuales dominaban todos los accesos de la casa.

Al clarear las primeras luces del alba salió de la casa un cocinero alemán llamado Steck con los brazos levantados y temblando de miedo se acercó a Longworth y dijo que Billy y los suyos estaban en la casa y se disponían a defenderse. Entonces el jefe de la expedición escribió una nota y se la envió a Billy con el cocinero. El alemán volvió en seguida con la respuesta: «Ya me conocen ustedes y pueden suponer que sólo me entregaré muerto». Firmaba Billy.

Llegó entonces galopando nada menos que Greathouse, el dueño del rancho, que se había enterado de lo que sucedía. Le habían dicho que su casa ardía por los cuatro costados y al ver que no era verdad se tranquilizó, pero dijo a Longworth: «Espero que no va a hacer usted en mi casa lo que hicieron en Lincoln con la de Mac Sween».

—No queremos tu casa —le respondió el jefe—. Sólo queremos arrestar a Billy y a dos más que están con él.

—¿Quiénes son?

—Dave Rudabaugh y Billy Wilson, que tienen cuentas atrasadas.

Greathouse meditó un momento y dijo:

—Yo no doy la cara por ellos. Si los quieren ahí los tienen.

—Pero no queremos arriesgar demasiado, porque esos sujetos no valen la vida de un hombre honrado y llevan buenas armas y están dispuestos a usarlas.

Intervino Carlyle:

—Wilson no ha matado a nadie. Tiene una historia limpia, Wilson.

El jefe llamó a voces a Wilson y éste respondió desde el interior:

—¿Quién me busca?

—Aquí está tu amigo Carlyle.

—¿Qué hace ahí ese *bastard*? —gritó Wilson amistosamente.

—Ven con nosotros —dijo Carlyle—, que tienes las manos limpias y no te pasará nada.

—Ven tú aquí y hablaremos.

Quería ir Carlyle, pero los otros lo consideraban arriesgado.

—Que venga Billy a parlamentar con la garantía de que lo dejaremos volver sano y salvo —gritó Longworth.

Billy se negó y entonces le propusieron lo mismo a Wilson, quien se negó también a salir. Billy dijo desde dentro con un tono un poco extraño: «Jesse me tiene hablado de ti, Carlyle». Esto dejó a Carlyle pensativo porque, como dije antes, era Jesse el único enemigo que tenía.

Al ver que nadie quería parlamentar, Carlyle, que no tenía malquerencias contra nadie, volvió a ofrecerse. Los otros vacilaban y Greathouse, queriendo evitar la violencia, como dueño de la casa, dijo:

—Déjenlo ir a Carlyle, que tal vez se entienda con Billy. Vaya y dígale usted que yo me quedo aquí como rehén y que respondo de la seguridad de usted con mi vida. Soy amigo de Billy y quedándome como rehén puede Carlyle ir sobre seguro.

Los otros recelaban todavía; alguien recordó la inquina entre Carlyle y Jesse, amigo de Billy, pero el mismo Carlyle se dispuso a salir de su parapeto preguntando: «¿Qué tiene que ver Jesse entre Billy y yo?». Se quitaba el correaje, el cinto, las cartucheras e inerme salió de la trinchera y gritó: «Ahí voy, Billy. Que no dispare nadie porque ahí voy. Wilson, soy yo, Carlyle, el que ha calzado los caballos de sus mercedes más de cien veces».

Se dirigió a la casa y entró en ella sin dificultad. Estando dentro Carlyle transcurrió más de una hora en silencio. Era como si no hubiera nadie en el rancho. Por la chimenea salía humo oscuro y a veces una chispa encendida que se apagaba un poco más arriba en el aire.

Las partidas de voluntarios poco expertos olvidan a veces cosas importantes y aquella expedición no llevaba consigo una sola gota de agua y tampoco alimentos. El hambre podían tolerarla, pero la sed era más apremiante y angustiosa.

Serían las dos de la tarde cuando se oyó el ruido de una ventana en la planta baja que se abría. Como era una ventana que no se había abierto en algunos años daba unos chasquidos secos como disparos. Disponían todos sus armas cuando de pronto vieron salir a Carlyle. Mientras avanzaba iba diciendo:

—Yo creo que Wilson se entregará. Los demás...

No había dado diez pasos cuando se oyó un disparo salido del interior y Carlyle cayó muerto.

La muerte de aquel muchacho causó una tremenda impresión. Después de su muerte los amigos de Billy hicieron varias descargas contra los parapetos y el mismo Greathouse recibió una herida superficial de rebote.

—¡Cobarde! —gritó a Billy—. Parece que ahora matas a los hombres desarmados y por la espalda.

Había un gran silencio en la casa y en los alrededores. Greathouse dijo luego pensándolo mejor:

—No puede ser Billy quien ha matado a Carlyle. Una muerte como ésa es la obra de un hombre que tiene miedo y Billy no lo tiene.

Allí estaba —veinte pasos delante— el pobre Carlyle caído hacia atrás y moviendo aún los dedos de una mano con la palma vuelta hacia arriba. Alguien quiso salir a darle ayuda, pero los otros se opusieron. ¿No veía que la mitad izquierda del cráneo de Carlyle había desaparecido? Estaba muerto y sin esperanza.

—Los cuerpos —dijo alguien— tienen después de morir algún movimiento mientras se enfrían.

La muerte de aquel hombre causó una venenosa indignación en los asaltantes. Vieron que se trataba sólo de matar o morir y que no habría términos medios.

La tarde avanzaba y tenían hambre y sed. Sin la angustia creciente de la sed habrían soportado mejor la presencia del cuerpo de Carlyle allí a pocos pasos. A aquel hecho ignominioso había sucedido un gran silencio que duró varias horas hasta que, comenzando a anochecer, el jefe de la expedición, Longworth, dijo en voz baja:

—Vamos a un lugar donde comamos y bebamos algo.

Esperaron que fuera noche cerrada para que no se dieran cuenta los otros y cuando decidieron salir en las sombras se llevaron los caballos propios y los de Billy. Abandonaron el campo no sólo por el hambre y la sed, sino porque el cadáver de Carlyle los había desmoralizado a todos, a pesar de haber salido al campo dispuestos a todo.

Y se fueron en silencio.

Poco después sospecharon los sitiados que el campo estaba libre. Podrían haber resistido porque tenían víveres y municiones, pero en un instante pasaron de la sombría condición de reos de muerte a una libertad que cada uno consideraba al mismo tiempo inmerecida e increíble.

Lo primero que hicieron fue alejarse de aquel lugar.

El taciturno Greathouse, dueño del rancho, no quiso dejar a los perseguidores la sospecha de que se entendía con Billy —menos aún después de la muerte de Carlyle— e invitó a los hambrientos a comer y beber en su casa de White Oaks que estaba cerca.

La puerta trasera del rancho abandonado quedó abierta y se golpeaba con el viento. El único que seguía en aquel lugar donde no llegó a combatirse era Carlyle, tendido en tierra cara a un cielo frío y estrellado, con un ojo abierto y el otro vacío.

Por el momento, los perseguidores de Billy abandonaron la empresa.

XI

Durante algunas semanas Billy no robó caballos ni vacas. Un día salió solo, al amanecer, y se acercó a San Patricio buscando el rancho del difunto Tunstall. Un hermano suyo había llegado desde Inglaterra y Billy tenía curiosidad. Solía pasar a veces cerca del rancho de San Patricio y mirar desde lejos aquellos ventanales y bardas claras. Entonces detenía el caballo y, descolgando los gemelos, estaba un rato contemplando las puertas, las azoteas blancas.

Finalmente suspiraba y se iba al trote largo.

Aquel día, al divisar el rancho, percibió en el caballo alguna querencia y le dejó las riendas flojas. El animal se fue directamente allí y entró en el establo con tan buen ánimo y diligencia que Billy tuvo que bajar la cabeza para no rompérsela contra una viga. Y desmontó.

Vio una puerta entreabierta que daba a la cocina y se acercó. No había nadie y entró procurando no hacer demasiado ruido sin saber por qué. La casa estaba habitada por el hermano de Tunstall, pero Billy entraba como si estuviera vacía, como si no esperara encontrar a nadie.

Subía las escaleras que conducían al segundo piso para acercarse a la sala de los libros y de las pipas colgadas en tableros brillantes. Sin anunciarse. A ver qué sucedía.

Llegó a la sala y miró receloso alrededor. Se acercó a la estantería y cuando iba a coger un libro que por la encuadernación le pareció el libro de memorias oyó pasos a su espalda. Aunque lo esperaba, la sorpresa fue tal que el libro se le cayó de las manos.

Tenía delante al hermano de Tunstall en traje de montar, medio grave, medio confiado.

—¿Es usted el hermano de Mr. Tunstall? —preguntó el Kid.

—Siéntese —dijo el otro en inglés.

Era también la misma voz de su hermano. La sala estaba a media luz y del fondo oscuro de algunas pinturas emergían los rostros rosados, las manos, las sedas brillantes de alguna dama. Billy miraba alrededor y se decía: «Es como las cosas que uno sueña. Es verdad y no es verdad al mismo tiempo». Porque el segundo Tunstall se parecía mucho al primero y para que aquel parecido fuera mayor vestía sus mismas ropas de montar y calzaba las mismas espuelas.

Y aquel hombre decía palabras convencionales y obligadas: «Le estoy agradecido, señor Billy the Kid, y me alegro de verlo aquí, en mi casa». Billy se puso a hablar como si no hubiera sucedido nada y aquel Tunstall fuera el primero —el muerto— y no su hermano.

—¿No ha venido por aquí Jesse Evans? —preguntó.

—No. ¿Por qué ha de venir?

Vacilaba Billy y por fin dijo indolente y como si hablara por hablar:

—Hace poco maté a un hombre sólo porque sabía que era enemigo de Jesse Evans.

—Ya lo sé. Jesse es su *amigo mortal* y en Lincoln se vieron la última vez cuando estuvo usted a punto de irse con Dolan.

Parecía de veras el mismo Tunstall asesinado por Morton y por eso Billy volvía a hablar como si tal cosa.

—Yo odio a Chisun porque habla de ustedes, digo de los Tunstall, sin respeto.

Hizo Tunstall un gesto vago como si quisiera disculpar a Chisun y Billy se dio cuenta en aquel momento de que aquel Tunstall lo coaccionaba con la sensación de alguna clase de superioridad que no era, sin embargo, incómoda.

—También odio a Chisun —añadió— porque no tiene más que dinero. Es decir, ni siquiera dinero, sino un bosque de cuerna que cubre más de treinta millas a lo largo y a lo ancho. Me ha querido echar al hocico de Turner como se le echa un pedazo de carne a un tigre.

—A una hiena —corrigió Tunstall.

Aquello le gustó a Billy.

Quedaron los dos callados y mirándose. En la expresión de Tunstall había cierta amistad, aunque distante.

—Después que a su hermano le sucedió lo de Morton... —dijo Billy.

—Yo he venido aquí —se apresuró a decir Tunstall cubriendo la voz de Billy— a pagar a los abogados y a hacerme cargo de lo que queda.

—¿Qué abogados? La justicia está hecha hace tiempo. Ah, ¿está hablando de la testamentaría? Ya veo. Los buitres acuden a la carnaza.

—Los abogados, Billy.

—Su hermano era un hombre de cuya memoria hay que hablar con el sombrero en la mano.

—Así estamos hablando.

Antes de seguir, Billy estuvo tratando de averiguar si había o no ironía en la mirada y en el acento del segundo Tunstall. No quedó muy satisfecho y recelaba, aunque no sabía de qué.

—Solía venir yo aquí como a mi casa —siguió hablando—. Y su hermano y yo hablábamos de cosas que no tenían nada que ver con los *gangs* ni los *sheriffs* ni los mandamientos de arresto.

—Comprendo —dijo vagamente el inglés.

Pensaba Billy que aquel hombre estaba con su mente en Nueva York o en Londres. El traje de montar era como un disfraz. Miraba una panoplia donde solía haber más de treinta revólveres y pistolas antiguas, pero ahora estaba vacía y Billy pensó: «Tal vez han enviado todas aquellas armas a Inglaterra».

Se quedaron otra vez en silencio.

Luego sucedió algo curioso. Tunstall se puso a referir con todos los detalles la muerte de su hermano, preguntando al mismo tiempo a Billy, con el gesto, si era verdad lo que estaba diciendo. Billy dijo al final:

—Yo no estaba presente, pero he oído a unos y a otros y las cosas fueron igual que usted las cuenta, más o menos.

Billy explicó después cómo persiguió a los culpables y los había castigado aunque no tanto como merecían. No los mató a traición, sino cuando ellos quisieron matarle a él o huir de la justicia. Es decir, que la violencia estaba legitimada por algo más que el deseo de venganza. Tunstall le interrumpió para decir:

—Billy, puede usted contar conmigo lo mismo que contaba antes con mi hermano si necesita alguna clase de ayuda.

Pero Billy negaba lentamente con la cabeza:

—Usted es distinto. Yo estaba y estoy solo y según mi entender lo estaba también su hermano cuando vivía. Él me ayudaba a mí y yo a él. Usted es su hermano, pero tiene la cabeza distraída en otros lugares del mundo. Su hermano estaba aquí en cuerpo y alma. La amistad en esos casos es algo importante. Porque él estaba solo y yo también. Usted no es de los que están solos en ninguna parte.

—Tiene razón y admiro su sagacidad. Yo no he estado solo nunca. En eso mi hermano y yo éramos diferentes.

—Su hermano —añadió Billy arrellanándose en el sillón— había pasado años en la India y conocido hombres y naciones. Y me dijo un día: «Billy, hay muchas clases de seres vivos. Y usted y yo pertenecemos a la misma casta. ¿Qué casta? La de una clase de elefantes que en la India llaman *rogues*». Yo me reí porque esa palabra tiene dos sentidos: el *rogue,* es decir, el sinvergüenza, y el elefante *rogue,* es decir, el que va solo. Su hermano lo sabía todo. Y me dijo: «Usted, Billy, es un *rogue* furioso.

Yo soy un *rogue* pacífico y tal vez un poco filósofo, aunque no tan valiente como usted». Ya ve usted lo que son las cosas. Él ponía mi valentía por encima de la suya. Prefería ser injusto a ser *unkind* con sus amigos. Y no era un hombre cualquiera porque tenía un temple de roca. Era tan fuerte que se podía permitir parecer débil alguna vez y tan valiente que...

Se detuvo a tiempo porque iba a decir «...que no tenía miedo de parecer cobarde», y la verdad era que Tunstall no pareció nunca cobarde. Al llegar aquí, Billy se calló y Tunstall, dándose cuenta, sonrió «hacia dentro» como hacía su hermano:

—Billy, yo también estuve en la India y sé lo que es el *rogue.* Es el elefante solitario que crea escuela y hace costumbre nueva y por eso a un tiempo es amado y temido. Ése es el elefante que se niega a aceptar la rutina y a veces alza la cabeza y la trompa al cielo y grita en el bosque y se callan los demás animales al oírlo. Todos, pequeños o grandes, elefantes o ratas. Es verdad que mi hermano era un *rogue...* amable. Y usted es un *rogue* peligroso. No me negará usted que la gente le tiene miedo.

Vio Tunstall que aquellas palabras no hacían impresión alguna en Billy y siguió:

—El *rogue* es insociable, pero gracias a él los otros elefantes descubren medios nuevos de defensa, es decir, de supervivencia. El *rogue* es un elefante superior. Yo no soy hombre superior en absoluto. Sólo soy hombre de rebaño y repito que mi hermano valía más que yo. No hay que confundirme con él porque no lo merezco.

En la ventana abierta había un horizonte gris de colinas bajas. Creyó Billy oír el caballo que relinchaba, pero podía ser alguno de los de Tunstall. Luego pensó que era el suyo realmente, la yegua gris que por una extraña casualidad se salvaba de los peores incidentes y estaba allí donde su amo corría algún peligro grave.

—Yo tengo un amigo que sería también un *rogue,* pero es un albino *son of a bitch.* Estoy hablando de Evans.

Y reía Billy.

—Hay elefantes albinos, elefantes blancos —dijo Tunstall con un gesto de benevolencia adulta—. Y entre ellos también hay *rogues.* Yo los he visto. El primero lo vi estando una tarde con mi hermano cerca de Bombay. Los elefantes negros trabajaban arrastrando maderos, esto es, troncos de árbol a un río donde se formaban almadías y luego iban siendo transportados por la corriente hasta las serradurías y los almacenes de *timber.* Mi hermano vigilaba a los elefantes negros y veía que de pronto todos se quedaban paralizados con la cabeza alta y escuchando. Tienen un oído más fino que el del hombre, los elefantes, y estaban percibiendo algo que no podíamos percibir nosotros. Entonces uno de los trabajadores hindúes dijo: «Es el *rogue* blanco, señor».

—¿Y qué pasó con él?
—Hubo que matarlo porque obligaba a los otros a sublevarse y desertar. Perturbaba demasiado.
—¿Quién lo mató?
—No fue mi hermano, desde luego. Como puede usted suponer lo maté yo. Mi hermano se enfadó y fue ésa una de las pocas ocasiones que discutimos y nos peleamos. Es cierto que después yo tuve remordimientos porque realmente el elefante es un animal muy cerca del hombre por sus costumbres, su memoria, sus reacciones ante el peligro y su... amor propio. Son monógamos, se ocultan para hacer el amor, tienen sentido de la dignidad y tienen sus religiones.
Hizo el Kid un gesto de incredulidad y Tunstall añadió:
—Tienen su sentido del misterio, a su manera.
Billy se decía otra vez: «Éste es Tunstall y así habría hablado su hermano». Y dijo indolente:
—Yo también ando solo.
—¿Y Folliard? ¿Y Wilson?
Se extrañó Billy de que aquel extranjero supiera los nombres de sus compañeros de bando. Y dijo después de un bostezo de aburrimiento:
—Ésos son cómplices nada más y se arriman a mí porque dos rifles valen más que uno.
Tunstall ofrecía whisky y preguntaba en qué consistía para Billy la noción de la verdadera amistad. No había nunca pensado Billy en aquello y la pregunta le creaba un problema:
—No hay razones para ser más amigo de uno que de otro. Eso pasa sin saber por qué.
Dijo Tunstall como hablándose a sí mismo y mirando al suelo:
—El amigo verdadero no se puede definir ni explicar, como tampoco se puede definir a Dios, ¿no es eso?
—Yo no diría tanto.
Recordó Billy que Tunstall le dijo un día que tenía un hermano dedicado a estudios religiosos. ¿Sería aquél? Pensó Billy que en tal caso el carácter del segundo Tunstall debía ser resultado de alguna clase de hipocresía clerical protestante. Como siempre que creemos resolver una incógnita aunque sea de poco fuste, Billy se sintió más a gusto.
Seguían tomando whisky, pero se había acabado la soda y Tunstall llamó tirando de un cordón y haciendo sonar lejos una campanilla.
Apareció la sirvienta india que era tía de Cedillo, el de San Patricio, y conocía a Billy. Al hallarlo allí se quedó congelada como solía suceder a casi todos en presencia del Kid, unas veces por amistad, otras por miedo y otras todavía por simple y neutra sorpresa. Esta vez la sorpresa fue tan grande que la india rompió a llorar.

Seguía llorando y entre los sollozos intercalaba apelaciones a la Virgen Conquistadora. Escuchaba Billy divertido y Tunstall impaciente. La sirvienta tenía los ojos extraviados y húmedos. Decía que la presencia del Kid en la casa le recordaba los días en que iba allí y pasaba las horas fumando, bebiendo y charlando con Mr. Tunstall. Todo eso decía la cocinera con altibajos en la voz y los brazos inmóviles colgando.

El segundo Tunstall hablaba con respeto de su hermano muerto, pero no había hecho nada según la cocinera para honrar su memoria. Ni siquiera le llevó un ramo de flores ni encargó una lápida decente para la tumba. Eso decía la cocinera en español —no la entendía Tunstall— y añadía que la herencia era de un millón y medio de pesos duros gringos y ella se había enterado porque los señores hablaban delante de ella como si fuera sorda. Aunque ella sólo podía hablar en cristiano, la verdad era que entendía el habla gringa muy bien.

Le mandó Tunstall que volviera a la cocina.

El nuevo Tunstall había dicho dos veces sin vacilar el nombre de Jesse Evans, lo que no dejó de extrañar a Billy. Y la cocinera asomó otra vez a la puerta y dijo al Kid:

—Usted lo que tiene que hacer es escucharme a mí.

—¿Por qué?

—No es para creer, pero sí para pensar las cosas de otra manera, que la muerte del verdadero Mr. Tunstall no está razonada por los líos del malquerer en este condado y que a todos les pareció cosa loca y sin fundamento. Usted lo que tiene que hacer es escucharme a mí porque no sería raro que este Tunstall pueda decir algo sobre eso. Usted es, Billy, el hombre que sabe hacer las justicias, el que mató a Morton, a Baker, a Robert y a los otros. Yo no digo que sea para creer, pero sí para entrar en cavilación y pararse a ver el derecho y el revés.

La mujer, evidentemente ebria (cuando estaba sobria no hablaba nunca), suspiraba invocando la justicia de Dios, por lo cual Billy estaba tentado de no creer una palabra. Pero le quedó algún resquemor y se propuso ver a Jesse cuanto antes. Tardaba Billy en desconfiar de una persona, pero cuando encontraba un punto de partida su imaginación iba a los últimos extremos y no había quien la contuviera. Así, pues, dijo a la mujer que saliera de allí y cuando la vio desaparecer le dijo a Tunstall:

—¿Cuál es el nombre de usted?

—Peter.

—Es que no quiero usar el nombre de mi amigo Tunstall. Así, pues, desde ahora puede usted llamarme si quiere Billy a secas porque yo lo llamaré Peter. ¿Entendido?

Alzó Tunstall las cejas más todavía y Billy, después de comprobar que estaban solos, se levantó y preguntó:

—¿Qué personas de New México conocía usted antes de venir a esta tierra? ¿A nadie? ¿Está usted seguro? Lo digo porque el asesinato de mi amigo le ha valido a usted trescientas cincuenta mil libras esterlinas.

Diciéndolo se llevó maquinalmente la mano derecha al cinto, cerca del revólver. Los ojos del inglés parecieron estrábicos un momento. El inglés se ruborizaba a veces, aunque no se turbaba. El sistema vascular le denunciaba, pero no los nervios.

—Usted —dijo con una calma que en aquel momento parecía impertinente, pero no pretendía serlo—, usted ama a sus amigos demasiado y cae en hipótesis imprudentes. Está bien que piense lo que quiera, pero no me ofenda a mí con ellas. ¿Cree usted que yo puedo asesinar a mi hermano por dinero aunque sean trescientas mil libras? En primer lugar no son tantas, pero aunque fueran diez veces más si usted piensa que yo he podido andar en intrigas con la gente de Dolan para que asesinaran a mi hermano, le digo a usted que su sospecha es ominosa y que no sólo es usted un criminal, sino un loco. Así y todo no puedo menos de respetarlo porque veo que fue el único verdadero amigo que tuvo mi hermano en los últimos meses de su vida. Pero no tiene usted derecho a insultarme. Ayer quedó esclarecida la testamentaría y mañana van a darme un cheque del banco de Morgan por un total de... bien, no recuerdo. Ese cheque yo lo recibo con alegría porque, del mal, el menos. Pero si usted sospecha que he podido desear la muerte de mi hermano para heredarlo estoy dispuesto a todo para desengañarlo. Mañana mismo daré ese dinero a una institución pública de caridad. ¿Me oye?

Billy se llevó una gran sorpresa. Aquel ofrecimiento parecía representar un sentimiento de culpa y alguna clase de súbito temor.

—¿Cuándo piensa salir de aquí? —preguntó secamente.

—Debo tomar un barco de la Cunard Line —respondió Tunstall— dentro de mes y medio, pero antes tengo algunas diligencias bancarias en Nueva York. Pensaba salir en una semana o algo más.

—¿No tiene usted aún el cheque?

—Me he expresado mal. No se trata en realidad de un cheque, sino de una carta de crédito sobre el Lloyd de Nueva York y el de Londres. Pero también la carta de crédito es endosable.

Sacó Billy un cigarro y lo encendió. El aroma iba expandiéndose por el cuarto. Vio que Peter se cruzaba de piernas y que el pantalón de montar —uno de los que usaba su hermano— estaba desgastado en la parte inferior de las rodillas. El inglés se levantó y se puso a pasear por la sala:

—Yo sé —dijo— que los hombres que viven en las condiciones de usted suelen amar la verdad por peligrosa que sea. Comprendo su reverencia por la memoria de mi hermano. Bien, lo único que puedo decirle es que podemos llamar aquí a las personas que usted quiera y hacerles hablar.

—La gente que podría hablar no hablará.
—¿Por qué?
—Está muerta. La he matado yo.
—Jesse Evans no está muerto, que yo sepa.
—Todavía no. Tampoco yo estoy muerto.

Peter se puso otra vez rojo y Billy no le dio importancia, ya que él mismo se había puesto rojo alguna vez con los motivos más contradictorios y aun sin motivo alguno, aunque no desde que tenía relación asidua con Melba. Cuando su turbación pasó, Peter dijo:

—Yo no sabía nada en Londres, pero aquí traté de enterarme de las circunstancias de la vida de mi hermano. Me dirigí al más conocido de los *gun boys* de Dolan: sí, a Jesse Evans, y fue ese hombre el primero que me habló de usted. Me habló de usted como de un hombre honrado y difícil y yo comencé a ver en usted el *rogue* del que hablaba antes. Eso es. El hombre solitario y superior. No, no vaya usted a creer que estoy tratando de adularle. No es ése mi estilo.

—No sé qué quiere decir.

—Usted piensa que yo soy un hombre de ciudad que acude al provecho de una desgracia de familia. Y también cree que soy un tipo refinado que se asusta del peligro.

—Tanto como eso...

—Se equivoca. Y yo también me equivoco, quizá, porque pienso que usted tuvo la culpa de la muerte de mi hermano. Es posible que los dos estemos equivocados, pero ésa es la verdad. Los de Morton mataron a mi hermano, pero a quien odiaban no era a él sino a usted. Mi hermano lo sabía y quiso alejarlo a usted de su lado. Al fin Morton y los suyos lo mataron a él pensando en usted.

—El hecho es que si lo mataron pagaron también con su vida.
—Nunca una vida paga por otra.
—Seis vidas pagaron por la de su hermano.
—Ni seiscientas pagarían por la vida de un hombre justo.
—En eso de acuerdo.

El inglés volvió a sus opiniones anteriores

—Al ponerse usted al lado de mi hermano lo sentenció a muerte. Sin pretenderlo, claro. Llevó a su lado la violencia.

—La violencia está aquí en todas partes. Nadie la lleva a ninguna parte porque está en todas.

Mr. Tunstall le sirvió más licor.

—¿Quién sabe? —dijo—. La justicia tiene muchos caminos. La culpa la tenía mi hermano, es verdad. Yo en su caso no habría venido nunca aquí. No hay que ponerse innecesariamente al alcance de la bestia.

—¿Quién es la bestia?

—La bestia no es nadie y son todos. Mi hermano siempre tuvo curiosidades peligrosas. Y un día u otro, aquí o en alguna otra parte, tenía que suceder. Usted tuvo la culpa, Morton tuvo la culpa, y Dolan y mi propio hermano tuvieron la culpa. La culpa está en el aire, en las cosas. Ya sé que al principio desconfiaba usted de mí. Si insiste en desconfiar y en insultarme con su recelo yo lo invitaré a matarse conmigo en las condiciones que quiera, abajo en el porche, o aquí mismo y antes quemaré en el cenicero ese cheque o esa carta de crédito. Quiero decir que no me duelen prendas. Mi hermano era para mí lo único digno de respeto en la vida.

Seguía Billy negando con la cabeza y pensando: «Es el miedo lo que le hace hablar así. El miedo. Pero ¿a qué?». Seguía hablando Tunstall:

—Mi hermano quería vivir aquí como quiso vivir antes en la costa Malabar y en Ceilán investigando sobre el terreno, en las formas de las sociedades primitivas, donde están las raíces de la sociedad de hoy. Había trabajado sobre eso y murió al fin víctima de su curiosidad de hombre de estudio. Era amigo de hombres importantes en diferentes lugares del mundo. Amigo de Marx y de Engels, en Londres dedicó lo mejor de su vida a hacerles ver que estaban equivocados en su idea del origen del Estado. Algunos creen que el Estado es simplemente un arma creada por la clase dominadora para someter a la otra. Pero las clases no se crean antes que el Estado, sino que nacen al mismo tiempo y se consolidan después de él. Ésa era la teoría de mi hermano, que tengo ahí en cuadernos y notas —señalaba una caja de cuero atada con correas— y que yo publicaré cuando vuelva a Inglaterra.

—¿En su nombre?

—No, no. Nada de «en su nombre» sino «con su nombre». Mi hermano hacía algo importante en la vida y los papeles que deja son sagrados para mí.

Seguía hablando Peter Tunstall y fumando su pipa con una calma completa y en cambio Billy escuchaba con sus cinco sentidos, y parecía querer ir más allá de las palabras y las emociones.

—Yo comprendo —insistía Peter— la confusión de usted cuando me oye decir que ha tenido usted la culpa de la muerte de mi hermano.

—Eso no tiene importancia. Lo mismo podría decir que tuvo la culpa su madre por haberlo dado a luz. En todo caso, yo maté a Morton. ¿Habría sido usted capaz de matarlo, también?

—No, yo no puedo contar con la muerte de nadie bajo ningún pretexto.

—Era más que un pretexto.

—Sencillamente, no puedo. Mis convicciones me lo impiden.

Billy no lo escuchaba. Llamó a la cocinera. Sin disculparse con Peter por el hecho de disponer de la sirvienta le ordenó que fuera a San Patricio y tratara de averiguar si Jesse estaba aún en Lincoln.

—¿Y yo cómo voy a saber eso?

—Preguntando a Nazario.

—Nazario está medio lelo con los años y la tos. Le pregunto algo y tose y le vuelvo a preguntar y vuelve a toser.

Se oyeron cascos de caballo. Sus pisadas eran las de un animal que estaba siendo frenado violentamente. El jinete era joven y el caballo también. Billy se levantó cauteloso y Peter lo vio acercarse a la ventana hurtando el cuerpo.

Lo miraba el inglés como si las precauciones y las curiosidades de Billy fueran un espectáculo. Echó el humo al aire y dijo:

—Es un enviado del *attorney* de Santa Fe. Un correo. Un *special delivery.*

Pasó Billy a un cuarto inmediato.

El mensajero entregó un pliego sellado y mientras Peter firmaba preguntó al azar:

—¿Sabe usted si está Mr. Dolan en Lincoln? ¿Sí? ¿Y Evans? Digo, Jesse Evans.

—En la calle lo crucé, no más. En la calle mayor de Lincoln hace media hora.

Dijo el inglés entre dientes: «Está bien». Y le entregó el recibo firmado.

Hubo un incidente incómodo. Cuando el mensajero se disponía a salir apareció la cocinera con la misma expresión asombrada:

—No vaya usted a creer —le dijo— que Billy the Kid está aquí. Y si acaso estuviera no vaya usted por ahí con el soplo.

Comprendió el mensajero que aquella mujer estaba fuera de sus cabales, pero se advirtió en sus ojos un súbito temor. Fulminó el inglés con una mirada a la cocinera, que se alejó murmurando, y en aquel momento salía Billy lentamente y se dirigía al mensajero.

—Es igual, muchacho. Tú lo sabías, ¿verdad?

—Sí, señor.

—Has visto abajo la yegua y sabes que es la mía.

—Sí, señor.

—Bueno, márchate y busca a Evans. Dile de mi parte que a las nueve y media lo esperaré en la cantonera.

Billy le dio una moneda de oro haciéndola antes saltar en la palma de la mano por ostentación y le advirtió que no era necesario que nadie más que Evans supiera aquello.

Acudía otra vez la cocinera y preguntaba si tenía que ir a San Patricio y Billy le dijo que lo que tenía que hacer era irse a dormir la mona.

Se le veía a Billy convencido ya de la honestidad de Peter.

Su conversación tomó, pues, derroteros más confiados y simples. Billy, invitado a comer, aceptó y el inglés mismo sirvió un *roastbeef* exquisito en dos platos sobre un trinchero y llenó dos copas de vino rojo.

Aunque Billy ignoraba quiénes eran Marx y Engels suponía que se trataba de profesores y hombres de ciencia y quiso saber más de todo aquello. Complacido, Peter le dijo, como si Billy pudiera realmente interesarse:

—¿Usted sabe? Un americano distinguido, Lewis H. Morgan, publicó hace dos años un libro titulado *Ancient Society* y mi hermano lo leyó y se lo envió a Engels a Londres. Engels ha copiado la mayor parte de los datos y los argumentos de Morgan para incorporarlos a una obra que prepara sobre el origen de la familia, de la propiedad privada y del Estado. Pero mi hermano no creía en las teorías de Morgan según las cuales el Estado sale espontáneamente del mismo seno de la sociedad por la necesidad que tienen los fuertes de ser más fuertes. Ésa es la misma teoría de Adam Smith. Mi hermano creía que los dos se equivocaban y que el Estado nace de la violencia, se basa en la esclavitud del vencido y prospera con esa esclavitud mantenida sangrientamente. Nace antes que las clases, el Estado, y es por decirlo así el padre de ellas.

Seguía Peter hablando, pero Billy, que creía estar oyendo a Tunstall —su misma voz, sus inflexiones—, no ponía atención en unas ideas que le parecían sin relación con los problemas inmediatos de su propia vida. «Es el miedo lo que al hermano de Tunstall le hace hablar tanto», volvió a decirse otra vez.

Como Peter vio a Billy un poco impaciente —miraba el reloj de vez en cuando y cambiaba de postura en su sillón—, le preguntó:

—¿No es la cita de usted a las nueve y media?

—No.

—Perdón, yo creí haber oído...

—Entre Evans y yo cuando decimos las nueve y media son las siete y media. Dos horas antes.

Añadió sonriendo y bajando la voz: «La vida es conplicada. Figúrese usted que ese mensajero se va de la boca por alguna razón. Un *sheriff* avisado acudiría a las nueve y media a la cantonera. Pero nosotros nos habremos reunido dos horas antes y estaremos ya lejos».

Al ver aquella prueba de confianza de Billy, el inglés pareció advertir de pronto que podrían llegar a ser verdaderos amigos.

Billy pensaba: «Este Tunstall es tan buena persona como el otro y he hecho mal dudando de él».

A las siete salió despidiéndose efusivamente de Peter y era ya casi de noche cerrada cuando llegó a la cantonera.

Cuando llegó estaba ya Jesse esperándole, montado en su jaca y con el sombrero sobre las cejas. Sin decir ellos nada sus caballos avivaron el paso por el campo abierto. Para impedir que los animales corrieran tenían que frenarlos.

Caminaron en silencio.

—¿Tú conoces a Peter Tunstall? —preguntó por fin Billy.

—Sí. Es uno de esos ingleses amariconados que hablan con finura de cosas que no le interesan a nadie.

—¿Desde cuándo lo conoces?

—Oh, él me llamó y me convidó a comer hace tres semanas más o menos. Buena mesa, Billy. Y mejor bar.

—¿Para qué te llamó?

—Pues mira, si hay que decirlo todo, para preguntarme quién eras tú y qué clase de relaciones tenías con su hermano. Si eras su empleado o si tenías intereses en su firma. Antes les había preguntado a otros amigos tuyos. Luego a tus enemigos. Es decir, a mí. ¿No soy enemigo tuyo?

Y soltó la carcajada. Luego dijo que lamentaba que la vez anterior, cuando se encontraron en el tendejón del Arca de Noé, no se hubieran puesto de acuerdo para siempre Dolan y él. Es decir, de acuerdo estaban ya, pero tenía que interferir aquel borracho de Campbell que mató al leguleyo de Las Vegas y todo lo fregó.

Sacó Evans del bolsillo trasero un frasco de whisky y bebieron largos tragos con el pretexto del frío.

Estaba Billy convencido de la honestidad de Peter y de la amistad de Evans.

—Tú también eres un *rogue* —le dijo—. Un *rogue* albino.

Le explicó lo que aquello quería decir y cuando terminó se quedaron callados los dos. Sólo se oían los cascos de los caballos sobre la tierra endurecida y seca. Evans volvió a beber y dijo:

—Tú andas más solo que yo, Billy.

—Ya lo sé.

—Y eso no puede ser cosa buena.

—También lo sé. Más de una vez he pensado por qué no habríamos de vivir en paz un grupo de buenos amigos como tú y Folliard y Dolan y Tunstall y yo, las casas juntas y todos sin cuidados y trago va y trago viene.

—¿Tunstall también? —preguntó Evans extrañado.

—Sí, hombre. Aunque no tanto como su hermano, es también hombre de luces.

Seguían caminando en silencio. Billy repitió:

—Más de una vez he soñado que estábamos viviendo juntos un grupo de amigos en buena confianza.

—No es tan fácil eso.

—¿Por qué?

—Los hombres, hombres somos y palabra va y palabra viene, nadie ofende a nadie y se vive en paz, pero las mujeres hablan luego de portal a portal o de terraza a terraza y todo lo revuelven.

Pensaba Billy si los *rogues* tenían su hembra y vivían con ella. Se veía a sí mismo y veía al otro como dos elefantes perdidos en la noche y haciéndose confidencias no muy alegres porque los elefantes son animales tristes aunque hay quienes dicen que los han visto bailar a la luz de la luna.

Volvió Billy a beber y preguntó:

—¿En qué términos estás con Pat Garrett? Me han dicho que anda por Roswell y que se preocupa demasiado de mí.

—Él va a lo suyo y yo a lo mío. Nos vemos y nos saludamos.

—Pero lo suyo, digo, lo que interesa a Pat soy yo. ¿Qué dices?

Tardaba en responder Jesse. Por fin y sin tartamudear, dijo:

—Ya lo sabía yo eso.

—Dile de mi parte a Pat Garrett un par de palabras.

—¿Qué quieres que le diga?

—Que podríamos firmar paces por el tiempo que viene y yo dejaría estas tierras y me iría lejos, digo, antes de que él se emplee a fondo. Ese Pat es un hurón rastreador con sangre en los ojos.

Callaba Evans. Los caballos seguían caminando.

—¿Qué respondes, Jesse? —preguntaba Billy.

Pero el otro seguía caminando en silencio. Preguntó Billy otra vez y al fin oyó a Evans balbuceando más que nunca:

—Me extraña que me pidas eso a mí. Pídeme otra cosa, Billy, otra cosa más según tu estilo. Si me pidieras que le saltara los sesos a Pat me parecería más puesto en razón.

Luego con acento ligero recordaron algunas hazañas en las que se jugaron la piel a un lado y al otro de la frontera.

—Jesse —dijo Billy—. Si tú le saltaras los sesos a Pat Garrett te verías en un puerco trance, que es *marshall* de la policía de Washington. Y no es ningún pendejo.

—Ya lo sé.

—Por eso no te lo pido. Déjalo que se ponga a tiro de mi pistola. *Rogue* por *rogue* tú tienes tu senda y yo la mía. No le digas nada a Pat. Yo tengo echada la suerte desde que maté al herrero Carlyle. ¿Oyes?

—Sí, a Carlyle.

Caminaron aún más de media hora por despoblado. No hablaban más de Carlyle por una especie de pudor masculino. Pero recordaron antiguas bromas y poco antes de separarse Billy le dijo:

—Tu gente y la mía no se encontrarán ya. Ni para bien ni para mal.

—¿Por qué no para bien? —preguntaba Jesse.

—Dicho está. Ni para bien ni para mal.

—Pero ya sabes lo que te he dicho sobre Pat y eso quiere decir que entiendo lo que dices y lo que callas.

—Mucho entiendes si sabes también lo que callo.

Despidiéndose con una mirada se apartaron luego y cada cual tomó su camino en direcciones contrarias.

XII

Aquella misma noche Billy volvió a las tierras altas pensando en lo que había hablado con Peter Tunstall y después con Jesse. Sobre todo con Jesse, que le ofrecía matar a Pat.

Tenía Tunstall en Lincoln un auxiliar que le servía de intérprete cuando era necesario, sobre todo en materias legales. Se llamaba Barney Mason y era hombre calmo y gris que no había intervenido en las contiendas de bandos aunque era de carácter decidido y valiente.

Mr. Tunstall lo llamó dos o tres días después de la visita de Billy y repitió la pregunta que había hecho a otras personas:

—¿Quién es el mayor enemigo que tiene Billy?

No sabía Mason quién podría ser y cavilaba en vano.

—¿Pat Garrett? —sugirió el inglés.

—Es posible que sea él.

Pero era una ocurrencia del diablo hablar del *marshall* Pat Garrett.

—¿Y Chisun?

—No creo que Chisun haga nada contra Billy. Le tiene miedo. Es verdad que Garrett y Chisun juntos, si quisieran, podrían acabar con el Kid como hay Dios y con usted y conmigo y con cualquier otro. Pero Chisun está mal con la ley. Es lo que él dice.

—¿Qué dice?

—Que Washington no tiene nada que ver con New México. Y que aquí todo es cuestión de dinero y de *guts*. En cierto modo tiene razón.

—Lástima de Billy —dijo Tunstall—. Es un hombre respetable a su manera. Pero ni a él ni a mí nos sirve ya su honradez.

No hablaron más aquel día.

El siguiente, Mason le dijo a Tunstall —a quien fue a ver tomando algunas precauciones para no ser visto— que un amigo suyo de White

Oaks, un tal West, aventurero pero no criminal de sangre, le había ofrecido un empleo para ir con él a México a comprar ganado. No sabía qué decidir y le gustaría saber por cuánto tiempo seguiría Mr. Tunstall teniéndolo empleado.

—Acepte usted el ofrecimiento de West —dijo el inglés— y yo seguiré pagándole su salario mientras esté en territorio neomexicano, es decir, al norte de la frontera. Digo, si se aviene a mis condiciones.

—¿Sin trabajar?

—Usted trabajará, Mason. Por ejemplo, si en sus andanzas con West se encuentra con Billy o con alguno que sabe dónde está Billy, deberá ir en secreto a decírselo a Garrett. ¿Oye? Si Garret le paga también por sus servicios, lo cual es muy probable, yo no dejaré de darle a usted su salario.

—¿Puedo preguntar para qué debo informar a Garrett?

—Yo mismo no sabría decírselo. Pero ¿no representa Garrett la justicia federal?

—Sí, señor —dijo Mason entre confuso e intrigado.

—Yo soy amigo de Billy —concluyó Tunstall—, pero mi mundo es más bien el de la ley.

Luego le preguntó si quería un revólver, pero Mason dijo que tenía el suyo y que por otra parte para ciertas tareas tal vez era mejor andar sin armas.

Le habría gustado hacer alguna pregunta más, pero se calló. En su silencio se sobreentendía que había aceptado. Por si acaso Mr. Tunstall añadió:

—Mi hermano era rico y era mi hermano. Ahora el rico soy yo y mi dinero no es una fuerza rebelde ni subversiva. Ya le he dicho que haré algo si puedo por el Kid, pero que mi mundo es el de la ley.

Mason fue dos días después a White Oaks a ver a West. Al entrar en su rancho se dio de manos a boca con Billy, que estaba con sus dos mejores hombres después de Folliard: eran Rudabaugh y Wilson. El primero había sido reclamado por el juzgado de Las Vegas y se había acercado a Billy, según le confesó, porque si lo atrapaban lo ahorcarían.

Como Mason, el auxiliar de Tunstall, había estado aquellos días pensando constantemente en Billy, cuando lo vio se turbó un momento. El Kid le preguntó qué hacía en White Oaks, y no sabiendo si debía o no confesar Mason que iba a aceptar un empleo con West, vaciló para decir por fin que sabía que había una manada de caballos sueltos por aquellas inmediaciones y había pensado apropiárselos si no los defendía nadie.

—¿Tú solo? —preguntaba con sorna Billy.

—Si no hay quien lo impida...

El Kid se apartó golpeándose la pierna con el rebenque y repitiendo en inglés:

—*I smell a rat.*

Es decir, que sospechaba una intriga peligrosa. Llevando a West a otra habitación, le dijo:

—No te fíes de Mason, que es un traidor. Yo lo tenía por hombre honrado, pero cuando me vio se quedó blanco.

Billy estaba dispuesto a matar a Mason allí mismo, pero West le reveló que lo había contratado como ayudante en un viaje que iba a hacer a México para comprar ganado.

No le dijo que haría la compra con dinero falso. Eso no.

Billy se calmó a medias.

Habiéndose dado cuenta de los recelos de Billy, tuvo Mason la impresión de que había que actuar de prisa si quería salvarse y cumplir con Tunstall y dirigiéndose a la casa de Bell, amigo íntimo de Garrett, le dijo dónde estaba el Kid y le pidió que enviara la noticia al *marshall.*

—¿Pero no es Billy amigo de Tunstall? —preguntó Bell, extrañado.

—En eso yo no entro ni salgo. Cumplo las órdenes que me dan y eso es todo.

Bell se quedó un tanto absorto y acabó por encogerse de hombros:

—Vivir para ver.

Había sido víctima de asaltos y depredaciones de Billy y en lugar de avisar a Garrett lo que hizo fue reunir en seguida un grupo de incondicionales e ir aquella misma noche al rancho de West, donde entró solo:

—¿No está aquí el Kid? —preguntó.

—No, señor, no está —respondió West con su acento más veraz y honrado.

—¿Y esos caballos?

—No hay más caballos que los míos, Bell.

No pudo averiguar nada, pero salió al campo y recorrió con su gente los alrededores. Al comprender Mason que la situación había cambiado y que era peligroso acercarse a West, fue al rancho de Tunstall, pero el inglés no estaba. La cocinera lo recibió histéricamente:

—Avisa a Billy que se vaya lejos —decía— porque he tenido un mal sueño.

Mason fue después a ver a Garret, a Roswell, y le transmitió la información sobre el Kid. El *marshall* era hombre de secretas pero obstinadas decisiones y su figura física lo sugería: ancha osamenta, bigotes de largas guías estólidas, paso firme y oído fino. Corto de palabras y testarudamente legalista.

Aficionado a la poesía que rima amor con dolor y canción con corazón.

Aquella misma noche fue Garrett con Mason a ver a Chisun y entre los tres se produjo uno de los diálogos más absurdos que Mason había oído en su vida.

—¿Hace mucho que Billy fue a ver al inglés Tunstall? —preguntaba Chisun.

—Hará como dos semanas —respondió Mason.

—Vaya.

Carraspeaba Garrett antes de hablar.

—Voy a ir a buscarle la vuelta a Billy y querría saber antes la opinión de usted, Chisun. Bell se me ha adelantado con su gente pero yo voy a cortarle el camino y caeré sobre Billy solo o con la gente mía y la de Bell antes de ocho días.

—Tenga cuidado, Pat.

—Soy *marshall* y ése es mi oficio. Por cierto que alguno de los mayores enemigos de Billy debían ofrecer algo por su cabeza porque de eso viven los hijos de los *marshall* y no digo más.

Chisun se hacía el sordo, cosa en la que ponía una rara maestría. Por fin, sin duda para cambiar de tema, preguntó a Mason:

—¿Qué dice Tunstall de Billy?

Se veía que tenía una curiosidad verdadera.

—Ah, eso, yo... —respondía Mason evasivo.

—¿Salió bien el Kid de la visita de Mr. Peter?

—¿Por qué iba a salir mal?

—Entonces..., ¿están de acuerdo?

—Tanto como eso...

—La verdad —decía Chisun—, es que Billy vengó a Tunstall exterminando a la banda de Morton y no me extrañaría que fueran amigos. Motivos hay para que lo sean.

Sonreía Chisun sólo con los labios. Sus ojos eran de ave de presa asustada.

Pat Garrett volvía a lo suyo:

—El agradecimiento por el vengador de su hermano se comprende, pero la justicia es otra cosa. Otra cosa muy diferente, Chisun. Y a Mr. Tunstall le conviene estar del lado de la ley para conservar lo que tiene.

Chisun, como si no hubiera oído, se dirigió a Mason:

—¿Vas a ir tú con el *marshall* a la tierra alta?

—¿A qué tierra?

—Digo, detrás del Kid.

Miraba Mason al uno y al otro dudando:

—No lo sé todavía. Depende.

Por su parte Pat tampoco aclaraba nada:

—Puedes venir y puedes quedarte, porque yo a nadie obligo. Cierto es que siendo un empleado de Tunstall no parecería sensato que salieras detrás de Billy, el vengador de su hermano. ¿Qué dicen ustedes?

—Eso mismo estaba pensando —habló Chisun.

Mason no sabía qué decir cuando Chisun le preguntó:

—¿Le ha mandado Mr. Tunstall que vaya usted con Garrett a la tierra alta?

—Pues, quién sabe.

Los tres volvieron a callarse. Chisun no renunciaba a obtener noticias:

—¿Tampoco usted, Pat, se lo ha mandado?

—Yo no soy quién para imponer ciertas cosas a nadie.

Sonreía Chisun como uno de esos chinos de porcelana que se ven en las consolas y parecía encontrar divertido todo aquello por razones que sólo él conocía.

—¿Sabe usted —preguntó a Pat— cuál es ahora la posición de Mr. Tunstall con los de Dolan?

Tampoco respondía nadie. Por fin el *marshall* preguntó a su vez:

—¿No ha hablado usted con él, Chisun? ¿No está usted mismo al habla con el inglés?

Tampoco respondía Chisun y la cosa comenzaba a ser cómica. Dándose cuenta, Mason comentó:

—Todos hacemos preguntas y nadie responde.

Con su sólido buen sentido, Pat creyó ponerse en lo justo:

—Yo voy a ir en busca de Billy con órdenes de arresto y con gente armada. La orden de arresto es para cogerlo vivo y entregarlo al juez, pero las armas intervienen cuando hay resistencia y nunca se sabe lo que va a pasar. Ahora yo espero una palabra, una sola palabra de Chisun para sacar mi consecuencia.

—¿Qué consecuencia?

—Yo sólo digo eso: una consecuencia. Yo he de cumplir mi deber con la ley y con aquellos hombres que por su poderío y por su ejemplo son tan fuertes como la ley. Unos y otros saldrán beneficiados. Los hijos de un *marshall* viven de lo que produce la defensa de la ley, pero otros se benefician con esa defensa sin aportar nada. Yo espero sólo una palabra para sacar mi consecuencia.

En lugar de hablar Chisun llenó tres vasos de brandy y dijo:

—Licor como éste no lo encontrarían ni siquiera en Kansas City.

Ni Mason ni Garrett pudieron averiguar lo que pensaba Chisun en relación con Billy. Es cierto que tampoco Chisun pudo averiguar si Garrett trabajaba por su cuenta o con el respaldo de alguien. Demasiado prudentes todos. Lo único que sacó Garrett en claro de aquella entrevista fue que Chisun no quería ofrecer nada por la cabeza del Kid. No por tacañería, sino por prudencia. Las noticias corren más cuanto más comprometedoras.

Salieron Garrett y Mason de casa de Chisun igual que habían entrado dos horas antes, es decir, con un poco más de alcohol en las venas. Aunque ninguno de los dos era hombre de excesos en esa materia.

Citó Garrett aquella misma noche a sus agentes en el campo a cinco millas de la ciudad después de la puesta del sol. Mason, al saber que Garrett había decidido ir en busca de Billy por su cuenta, se ofreció a acompañarlo con la sospecha de que aquello era lo que quería Mr. Tunstall. Esta vez la suerte de Billy parecía decidida. Dos bandos lo buscaban —Garrett y Bell— cada uno con buenos rifles y bastante información para ir sobre seguro. Billy entretanto se acorralaba en Fort Sumner.

Pero Bell, al saber que Garrett iba sobre Billy, se retiró con los suyos.

Cabalgando toda la noche llegó Garrett al amanecer a Fort Sumner, donde supo que Melba había estado el día anterior en La Arquita desde las once del día hasta las tres de la mañana y dedujo que el Kid no debía estar en la plaza. No tardó en saber que Billy andaba en White Oaks y que tres de sus hombres estaban cerca de Fort Sumner, veinte millas al norte: Folliard, Bowdre y Pickett. Los tres alerta y bien armados.

Garrett y los suyos salieron hacia Cañaditas, donde estaban al parecer los amigos de Billy. Garrett, que llevaba en el sombrero el distintivo de la policía federal, iba casi siempre delante porque montaba un caballo nervioso y joven. No era Garrett hombre de alardes, pero tampoco de prudencias excesivas, y mucho menos de miedos. Tenía esa seguridad en sí que sólo puede tener un mal poeta. (Porque, como dije antes, Garrett escribía versos.)

Conocía Garrett el terreno entre Fort Sumner y Las Cañaditas y en lugar de acercarse a este rancho por el camino directo se desviaron para ir a monte traviesa y observar desde las colinas. Vieron a lo lejos un jinete que iba en dirección contraria. Con los gemelos reconoció Garrett nada menos que a Folliard, el silencioso y valiente compañero del Kid.

Se emboscaron en un lugar por donde Folliard (que no los había visto aún) tenía que pasar y esperaron con el arma al puño.

Cuando Folliard se hallaba a unos trescientos pasos, uno de los caballos de la partida de Garrett relinchó y Folliard se detuvo alarmado y retrocedió. Viendo Garrett que la emboscada había fracasado salió en su persecución, pero Folliard llevaba un caballo excelente y corriendo y disparando su winchester (hizo exactamente 27 disparos) pudo ponerse fuera de alcance. Los de Garrett hicieron sólo tres disparos y una de las balas hirió al caballo de Folliard en un anca. Nada grave. El fugitivo pudo seguir huyendo.

El caballo de Garrett había salvado con su relincho la vida de Folliard.

Sufrieron los de Garrett otro accidente desafortunado. La mayor parte de los caballos resbalaron por la vertiente movediza de un barranco hasta el fondo húmedo del cual no se podía salir sino con tiempo y habilidad.

Abandonada la persecución de Folliard decidieron esperar que se les uniera el resto de la partida antes de atacar el rancho de Las Cañaditas. Pero con la demora, sus habitantes tuvieron tiempo de ponerse a salvo y cuando llegaron los de Garrett, después de mil precauciones, sólo encontraron a la mujer de Bowdre y a otra mejicana que los recibieron llorosas y asustadas. «A nosotras no tienen que hacernos nada —decían— porque somos las esposas legítimas.» Lo decían pensando en Melba, la de Billy, que no estaba casada.

Comprendió Garrett que la expedición había sido un fracaso hasta entonces. Pero no había terminado aún y continuó en dirección al lugar donde, según indicios, el Kid tenía escondido su ganado. Era a sesenta millas de Fort Sumner, en un pequeño valle llamado Los Portales.

En aquellos días los periódicos hablaban mucho de Billy y decían que en Los Portales tenía un palacio fortificado donde vivía con sus mujeres y su cuartel general. Hablaban de lujosos dormitorios y de defensas modernas que lo hacían inexpugnable. Allí Billy se vestía de seda y oro y celebraba sus bacanales. También decían otras inexactitudes, como la de que había entrado en negocios bancarios con Peter Tunstall, hermano del difunto. Al leer esta última mentira, Pat Garrett sonrió mefistofélico bajo sus bigotes.

Los Portales, a pesar de lo que decían los periódicos, no era más que una cueva natural bastante grande abierta en la roca arenisca por la erosión de la lluvia y el viento. Desde allí se dominaba un vasto llano cubierto en verano por verdes prados. Había también cerca de la cueva, entre las rocas, dos fuentes de agua cristalina que podían abastecer, si era preciso, a un rebaño no menor de mil cabezas bovinas.

Pero no había un solo edificio, ni siquiera un corral, ni siquiera una tapia de adobe.

En la cueva los previsores bandidos tenían mantas de abrigo bien dobladas (la de arriba cubierta de polvo), cajas de municiones, algunas herramientas toscas y pare usted de contar.

Tuvieron noticia Billy y los suyos de que los perseguían y se retiraron llevándose el ganado que no era más de unas sesenta cabezas. Quedaron por los alrededores un par de vacas y una ternera que mataron Garrett y los suyos para comer.

En cuanto a Tunstall, había salido para New México con su carta de crédito, según decían, y al saberlo Billy se sintió defraudado un momento como si le hubieran jugado una mala broma.

Hizo la gente de Garrett una descubierta de varias millas alrededor, pero sin encontrar nada, y decidieron todos volver a Fort Sumner bastante decepcionados. Mason, que había esperado la inmediata captura de Billy, se sentía inquieto y en evidencia —demasiada evidencia— con las gentes del Kid. No creía que Tunstall se hubiera ido a New York y preguntaba a veces a Pat:

—¿Usted lo conoció personalmente a Tunstall?

Garrett no le respondía.

Poco antes de llegar al poblado se detuvieron a comer en un rancho de gente amiga que dijo a Garrett que Bowdre se conducía de un modo que despertaba respeto entre las personas de orden. Al menos era un esposo y un padre ejemplar. Por otra parte, Bowdre quería entrevistarse con Garrett y éste lo citó en un cruce de caminos a dos millas de la población y a las tres de la tarde del día siguiente.

Apareció Bowdre a la hora indicada. El antiguo amigo de Billy le preguntó si lo dejarían en paz y en libertad provisional en caso de que se entregara voluntariamente. Garrett, que era hombre burocrático (*burrocrático*, decían algunos hispanos de Lincoln), se rascó la oreja y respondió en los siguientes términos:

—Yo, sí. Pero la ley es la ley. Aquí tengo una carta del capitán Lea, de Roswell —y la mostró a Bowdre—, donde dice que si usted cambia de vida y olvida a sus antiguos amigos, los mejores ciudadanos de Lincoln y de Roswell harán lo necesario para que cuando se entregue usted lo dejen en libertad bajo fianza y además se comprometen a darle una oportunidad para rehabilitarse. Esto es todo lo que puedo decirle, aunque la verdad es que yo no soy juez.

Pensaba Bowdre que aquellas palabras no le daban mucha seguridad y tal vez no eran más que el sabido repertorio de trucos para atraparlo. Prometió, sin embargo, desde entonces, cortar toda relación con el Kid y su banda. «No puedo —dijo con acento de lamentarlo— negarme a darles de comer si caen por mi casa, usted comprende, pero nadie podrá decir que me haya visto con ellos en un mal paso.» Añadió que no había visto bien la muerte de Carlyle aunque conocía los secretos motivos que había tenido Billy para disparar contra él.

Le dijo Garrett solemnemente atusándose el bigote:

—Si usted no se aparta de ellos en las cosas pequeñas lo mismo que en las grandes, seguro, como hay Dios, que correrá la misma suerte que Billy y lo sentiré por su esposa y los chamacos. Billy no es el que era. No es leal a ustedes y anda en componendas con Jesse Evans a espaldas de su gente.

Con estas palabras hábiles y falsas en los labios, el *marshall* dio la vuelta a su caballo y se dirigió al encuentro de sus compañeros que lo aguardaban dos millas más lejos en las puertas mismas de Fort Sumner. Pensando en Bowdre decía a los otros:

—Algo va a cavilar esta noche ese mejicano.

—No es mejicano —dijo alguien.

—Pero lo parece. Por su color y por su mirada.

Después de un largo silencio en el que sólo se oían los cascos de los caballos, entraron al paso en Sumner. Aquel mismo día y en aquel lugar el *marshall* licenció su partida quedándose sólo con Mason y regresó despacio a Roswell.*

Cuando la gente comenzó a enterarse de que el *marshall* Garrett andaba por aquellos territorios con gente armada sucedieron cosas pintorescas. Por ejemplo, estaba Garrett en Puerto de Luna solo y sentado en la tienda del polaco Grzelachowsky cuando un matón llamado Juanito Maes se le acercó y levantando los brazos le dijo que se entregaba.

—¿Usted?

—Sí, Juanito Maes, yo mero. Criado antiguo de Dolan.

Conocía Garrett su nombre, pero no podía comprender aquello y mirándolo de arriba abajo respondió:

—Yo no puedo arrestarlo a usted. No tengo mandamiento judicial ni acusación alguna contra usted.

Maes dejó la tienda disgustado y poco después entró un mejicano llamado Mariano Leiva, se acercó a Garrett con la mano en la culata del revólver y le dijo:

* Roswell es una ciudad donde me enseñaron hacia 1948 una calavera diciendo que era de Billy the Kid. Era braquicéfala y un poco lerda de líneas.

Pensaba yo en aquel versículo de la Biblia (libro de los Reyes) donde se dice: *«No encontraron más que la calavera y los pies y las palmas de las manos.»*

Y pregunté con la mayor inocencia:

—¿Es esto todo lo que tienen?

—Hombre...

—Digo, del Kid. ¿No tienen los pies?

—No. Los pies no tendrían importancia porque el Kid iba siempre a caballo. ¿Qué importancia pueden tener los pies?

—¿Ni la palma de las manos?

—¿Para qué, las manos? ¿Qué diferencia hay entre las de un juez y las de un bandido?

—Sería interesante averiguarlo.

Me miraban como si no estuviera del todo en mis cabales y no insistieron en hablarme del cráneo de Billy the Kid pensando que no me daba cuenta de su importancia y que estaban perdiendo el tiempo. Más tarde, y en lugares distantes, me mostraron otras personas calaveras diferentes diciendo siempre que eran del Kid. A su hora lo diré.

El cráneo que vi en Roswell en 1948 no podía haber sido de nuestro héroe adolescente. Era un cráneo adulto, aquél. *(N. del A.)*

—¿Quién es usted?

—*Marshall* Garrett.

—Usted no ha querido arrestar a Maes, pero me gustaría saber si un puerco gringo es capaz de arrestarme a mí.

—¡Váyase y déjeme en paz! —gritó Garrett.

Se fue Leiva riendo y diciendo a voces que acababa de llamar puerco al *marshall* gringo y que no era capaz siquiera de responder.

Garrett salió al porche y le dijo:

—Está usted mintiendo. Le he respondido razonablemente.

—Ni se atreve a arrestarme, el pendejo —insistió Leiva dirigiéndose a la gente que se acercaba—. Tampoco se atrevió contra Maes.

—No tengo papeles contra ustedes. Si un día los tengo yo los buscaré y los encontraré aunque se escondan debajo de la tierra.

En aquel momento Leiva, con la mano derecha en la culata del revólver, alzó la izquierda para pegarle a Garrett, pero el *marshall* se adelantó y le dio un puñetazo con toda su fuerza. Leiva cayó por encima de la barandilla dando una vuelta de campana y quedando —cosa extraña— en la calle de pie. Al mismo tiempo sacó el revólver y disparó sin hacer blanco.

Garrett disparó también, pero el tiro salió prematuramente e hirió a Leiva solamente en la pierna. El herido salió cojeando, blasfemando y disparando. Garrett volvió a disparar y lo hirió en el hombro. Luego entró en la tienda a buscar su rifle, pero cuando salía se presentó el policía Romero y le dijo que se diera preso.

—¿Yo? ¿Por qué? —preguntó Garrett.

—Lo he visto disparar contra Leiva y herirlo. Y dicen que usted anda en la partida de Chisun contra Dolan.

Quiso el policía apoderarse del rifle de Garrett, pero éste se negó a entregarlo y explicó:

—No ando en partida ninguna. Soy *marshall*, he venido a un pueblo donde no hay garantías para la vida humana, un individuo me ha provocado y ha disparado contra mí y necesito el rifle para defenderme.

En aquel momento llegó Mason, quien alzó su revólver contra Romero y preguntó a Garrett:

—¿Le vuelo la cabeza, Pat?

El *marshall* le dijo que no y entonces salió de la tienda el comerciante polaco diciendo lo que había sucedido y el policía se retiró. Garrett fue poco después a presentarse ante el alcalde, hizo una declaración en regla y quedó en libertad y sin cargos. El alcalde, entre otras preguntas, le hizo la siguiente:

—¿Es verdad que Mr. Tunstall se ha marchado ya?

Dijo Garrett que no sabía nada ni le importaba.

En la ciudad se hablaba de Garrett y, como suele suceder, unos se ponían de su parte y otros en contra. Había oído Garrett que un comprador de ganado llamado Steward, a quien la partida de Billy había robado algunas reses, quería formar un grupo para recapturarlas y matar a Billy si podía. Frank era hombre decidido, no tenía antecedentes penales y solía repetir que lo que sucedía en el condado de Lincoln era una vergüenza y que él y sus amigos iban a ponerle remedio. Se había negado varias veces a pagar tributo —como hacían otros— a Billy.

Le envió un recado Garrett al rancho de Antón Chico, donde estaba, diciéndole que le gustaría verlo antes de que emprendiera la persecución del Kid. El recado se lo llevó Mason, quien convenció a Steward de que fuera con él a Las Vegas, donde estaba Garrett. Consistía el plan en ir a White Oaks y si allí no encontraban a Billy cruzar las montañas, caer sobre río Pecos y seguir valle arriba. Garrett no estaba de acuerdo y después de exponer cada cual sus planes, convencido Steward de que Garrett tenía razón decidieron salir los dos con Mason en busca de la vanguardia de Steward que estaba ya en marcha para detenerla. Steward tenía una preocupación:

—¿Es verdad que Jesse Evans y su gente andan con Billy?

Garrett no lo creía. Amigos eran, Billy y Jesse, pero no aliados de combate.

—Sería —dijo Garrett— lo último que me quedaría por ver en el mundo.

El 14 de diciembre de 1880 hicieron alto en un rancho a dieciocho millas de Las Vegas, comieron y siguieron caminando en la noche. Hacía frío. A la una de la madrugada encontraron una caravana de mejicanos que transportaban mercancías. Acamparon con ellos y envueltos en mantas cerca del fuego durmieron hasta el amanecer.

Serían las nueve de la mañana cuando alcanzaron la partida de Steward que era numerosa y presentaba buen aspecto. Pero Steward quería estar seguro de la moral de su gente, ya que la mayoría ignoraban hasta aquel momento que se trataba de combatir contra el Kid.

—Muchachos —dijo como el que no quiere la cosa—, vamos a cambiar de plan porque he oído que hay hacia la parte de Fort Sumner un rebaño de terneras y sería bueno traerlas hacia acá.

—¿Qué gente las guarda?

—Gente de pelo en pecho.

—Pero, ¿qué gente?

—Quizá la banda de Billy the Kid.

Hubo un largo silencio, algunas vacilaciones y Steward añadió como al azar:

—Hagan lo que quieran y cada cual lo piense antes de seguir adelante.

No hay tiempo para vacilar. Los que quieran venir conmigo que me sigan, pero deben saber que se juegan la piel.

Seis de ellos siguieron, alguno vaciló y se quedó atrás. El grupo, con Garrett y Mason, marchó en la dirección sureste ya más seguro de sí y anduvieron cuarenta y cinco millas para llegar de noche a un rancho de mejicanos cerca de Puerto de Luna. No hallaron allí comida para los animales ni para las personas porque estaba desierto. En todo caso durmieron a cubierto y al rayar el día volvieron decididos al camino. Hacía tanto frío que algunos que iban mal calzados tuvieron que desmontar y caminar para evitar que se les helaran los pies.

Hacia las nueve llegaron a Puerto de Luna y pudieron comer y beber a su gusto en casa de Grzelachowsky. Para que descansaran los caballos acordaron quedarse allí hasta la mañana del día siguiente.

Pasaron el día mejorando su equipo y calentándose al fuego. Corrió por el pueblo el rumor de que una fuerte partida iba en busca de Billy the Kid y apareció una especie de don Quijote alto y flaco, retórico y ampuloso, que se llamaba nada menos que Francisco de Aragón. Uno de los documentos que he leído para reconstruir la escena dice: «Francisco de Aragón era un verdadero don Quijote... con la boca». ¡Ah, vamos! Porque un verdadero don Quijote no puede conducirse como se condujo el señor de Aragón, quien buscó a Garrett y le dijo más o menos:

—Si yo saliera al campo con algunos valientes de esta población tendría en el cepo a Billy the Kid antes de veinticuatro horas. Desde luego, *marshall*, puede usted contar conmigo y con mi gente.

—¿Qué gente? Quiero decir: ¿cuántos?

Don Francisco meditó un momento y alzando las cejas respondió:

—Francamente, y puesto que usted me inspira confianza, dígame los hombres que necesita y yo se los traeré bien montados y armados. Conozco al señor Steward, aquí presente, y a Mason, hombres de valor y buena reputación. Yo, la verdad, vacilaría antes de darle mi apoyo y no lo daría nunca a ciegas y sin previa información, pero Mason y Steward me inspiran confianza. Tres veces me he batido yo con el Kid. Él tenía diez hombres en el último encuentro y yo sólo cuatro, señores. En estas materias la arrogancia parece mal, pero hicimos correr al Kid. A él y a sus diez valientes. Y malherimos a uno y les quitamos los caballos.

—¿Dónde están?

—En el establo.

Comenzaba Garrett a mirarlo con ironía:

—¿Cuántos hombres dice que puede traer ahora?

—Los que quiera usted, *marshall*. Pongamos doce. Todos bravos y bien armados. Deseando como yo mismo echarle mano al Kid. Pero me veo obligado a poner una condición: los hombres no creo que vengan si no voy yo como jefe.

—Lo siento, pero aquí hay jefe ya.

—Quiero decir como jefe de ellos. Las órdenes me las dará usted a mí y yo las transmitiré a mi tropa. Confían en mí más que en ustedes y es natural porque a ustedes no los conocen todavía.

—Ya veo —dijo Garrett con sorna.

—¿Pero acepta usted la condición?

—Aceptada.

Invitó don Francisco a la partida a su casa, donde tenía licores mejores que los de las tiendas. «Háganme —dijo— el honor a aceptar mi hospitalidad.»

Garrett y los suyos entraron y el hidalgo les dio de beber y siguió hablando:

—Si siguen mis consejos ustedes caerán sobre Billy mañana al oscurecer y si aceptan mi ayuda podrán cazarlo vivo como a un conejo. A no ser que esté con él la partida de Evans.

—Eso es imposible —repitió una vez más Garrett.

—En ese caso reitero mi ayuda.

En aquel preciso momento intervino la esposa del hidalgo:

—Por Dios, Paco, mira bien lo que haces. Tienes madre y esposa. Ustedes —añadió dirigiéndose a Garrett— deben hacerle desistir, porque es demasiado valiente y se expone siempre más que los otros. Hombres como Paco no deben ponerse en riesgo por personas de tan poca monta como Billy the Kid.

—Precisamente —dijo Steward bebiendo el último sorbo y limpiándose con el reverso de la mano— estas empresas son para hombres valientes como su esposo. Déjelo usted que venga.

Se dio cuenta Garrett de que don Francisco desplegaba sus virtudes varoniles para impresionar a la mujer:

—En cuanto hayamos localizado al Kid quiero ser el primero que ataque, señores. Billy conoce mi nombre. Si famoso es el suyo en Fort Sumner no menos famoso es el mío en el llano, con la única diferencia de que yo soy conocido como hombre de bien. Yo me adelantaré, señores. No es necesario que arriesguen ustedes sus vidas. Al fin son americanos y no saben cómo se hacen estas cosas, digo, en mi país. A cuerpo descubierto y con el prestigio de mi nombre llegaré al Kid y le diré: muchacho, la verdadera valentía está en rendirse y entregarse cuando el que ataca se llama don Francisco de Aragón. Y se rendirá. Hay que ahorrar sangre. Si por acaso mi diligencia fallara y la resonancia del nombre de don Francisco de Aragón no fuera suficiente...

—Por Dios —gemía la esposa—. ¿Lo ven ustedes? No le permitan ir porque ha sido siempre una fiera para el peligro.

—Pues eso necesitamos —insistía Steward, ya de mala fe—. Fieras para el peligro. ¿Y cuántos hombres dice que traerá?

—Los mejores de la población. Esta noche iré a apalabrarlos. Yo sé que cuando me vean llegar algunos pusilánimes se esconderán, pero los mejores harán lo que les diga y al amanecer saldremos todos.

—¿Y qué piensa usted hacer con Billy?

—A Billy lo traeré vivo. A los otros es posible que haya que matarlos si, como espero, hacen resistencia porque son una gavilla de desesperados.

La esposa pedía que les dejara a los vencidos algunos minutos de vida para confesarse, y si no era posible por falta de cura para arrepentirse antes de morir. Don Francisco miraba a Garrett y le preguntaba si era casado. El *marshall* no respondía, atento a las rarezas de aquel personaje que era un espectáculo en sí mismo.

Al día siguiente muy temprano, don Francisco, armado con un rifle y dos revólveres, salió a la calle y comenzó a galopar en todas direcciones dando voces aquí y allá y haciendo como que reclutaba gente. Garrett y Steward habían decidido salir a las ocho, pero eran las diez y todavía no había un solo voluntario.

En fin, eran ya las dos y aunque don Francisco seguía galopando y su caballo sudaba, no había logrado convencer a nadie. Esgrimía don Paco desde la silla del caballo su mejor retórica y algunos campesinos que lo escuchaban comentaban en voz alta: «Como hablar, siempre habló bien, don Paco».

Por fin se enfadó Steward y dijo:

—Vamos a salir ahora mismo. Deje usted a la gente en paz y venga con nosotros.

Pero entonces el héroe dijo desde su caballo, poniéndose la mano en el pecho:

—¿Cómo? ¿Yo solo? Pensándolo bien, el mérito y la gloria serían sólo míos y ¿es eso razonable en un país donde los americanos del norte tienen tan poco prestigio? Yo creo que no. Vayan ustedes y cúbranse de gloria, que yo seré el primero en difundirla por estos valles sin envidia ni mezquindad. Yo diré en español las hazañas que ustedes, gentes anglas, realizan en las tierras altas contra Billy y contra cualquier otro enemigo de la sociedad. Yo iré al rancho de Mr. Tunstall y le diré...

Hubo un gran silencio lleno de estupor. Luego en algún lugar una risita aguda. Don Francisco, recordando que no tenía el honor de tratar personalmente al inglés, se calló también y añadió después de un largo espacio:

—Vayan ustedes, que aquí quedo yo en Puerto de Luna esperando noticias.*

No ocultaba Steward su indignación y quería llevar a aquel hidalgo a pie atado al espolón de la silla, pero Garrett y Mason aguantaban la risa. Creían que se habían divertido demasiado para enfadarse. En fin, salieron sin el apoyo del ingenioso y falso don Paco de Aragón, cuya esposa atribuyó a merced del cielo el cambio de parecer.

Camino adelante, Garrett repetía algunas frases del hidalgo y reían todos menos Steward, quien decía fuera de sí:

—Oh, el gran charlatán farsante. Debía traerlo atado a la cola del caballo.

La expedición llegó a Fort Sumner a las nueve de la noche de aquel día 17 de diciembre, en medio de una ligera tormenta de nieve. «Vamos a tener una Navidad blanca», dijo Garrett. Mason lo repitió en inglés:

—*A white Christmas*. Cuando era chico eso me hacía ilusión.

Y como otras veces, se quedaba Mason intrigado pensando si Garrett había hablado o no con Tunstall en las últimas semanas. Aunque era aquélla una cuestión en la que prefería no pensar.

* En una posada de Puerto de Luna me mostraron la calavera de Billy the Kid en el invierno de 1950. Al decirles que había visto otra en Roswell me dijeron que era un fraude. No sé por qué veía en la segunda calavera signos también de mentecatez aunque parezca raro. Pero hay calaveras inteligentes y agudas y otras obtusas. Ya dijo un día el poeta inglés Swinburne: *«...aunque tonto, no tenía una calavera como la de los que creían en Clough»*.

No es que Swinburne quisiera decir «cabeza» por calavera. No. Y aquella calavera era boba y tenía algo siniestro. Perteneció a algún tipo nacido de la muerte y de Príapo, no de la vida y de Príapo como los demás. Esto no lo dije porque aquella buena gente habría creído que Príapo era el nuevo *sheriff*. El cráneo tenía una herida en el temporal derecho y se veía claramente que era de flecha y no de bala. La punta de la flecha entró en el cráneo, pero no del todo. Y debía ser de obsidiana.

XIII

Hacía frío. Cruzaron el pueblo y fueron a un rancho tres millas al oeste, donde hicieron alto sin desensillar.

Dejaron en el pueblo de Sumner a Joe Roybal a pie y sin armas para que no despertara sospechas y le dijeron que debía meterse en los bares e ir y venir indagando. Así lo hizo. Cuando le preguntaban decía que andaba buscando unas reses que se le habían extraviado. El mal tiempo le obligaba a meterse en el pueblo y esperar.

Aunque la chamaca Melba estaba en La Arquita, como si Billy se hubiera ausentado del pueblo, se enteró Roybal de que Billy y cinco de sus hombres estaban en Fort Sumner y que los seis andaban vigilantes y alerta.

Finalmente, y habiéndose hecho observar Roybal por los más astutos, cuando salió del pueblo se dio cuenta de que llevaba dos jinetes detrás siguiéndole los pasos. Eran Folliard y Pickett nada menos y pronto lo alcanzaron. Le preguntaron quién era, qué hacía allí y Roybal repitió lo que había dicho antes y se lamentó del mal tiempo y de tener que caminar a pie.

Folliard y Picket solían creer en la sinceridad de los nativos y lo dejaron en paz.

Por primera vez en su vida, Billy sentía en el aire presagios siniestros y escribió una carta al comandante de policía de Roswell diciendo que si le dejaban algún respiro hasta que pudieran descansar sus caballos y hacer su equipaje se marcharía del país por las buenas y sin molestar. (Al decir el país se entendía el territorio neomejicano.) Pero si era perseguido comenzaría una nueva guerra en Lincoln más sangrienta que la pasada y muchos de los que andaban buscándolo a él no podrían contarlo.

De aquella carta —que enviaron a Garrett— sólo interesaba al *mar-*

shall la información que podía dar sobre el lugar donde el Kid la había escrito. Y Garrett y los suyos volvieron a entrar en Fort Sumner un poco antes del amanecer. Lo más curioso es que aquella carta la envió Billy al jefe de policía de Roswell a través de Mr. Tunstall, quien, contra lo que decía la gente, seguía viviendo en su rancho.

Había dejado de nevar, pero el paisaje estaba blanco y en los lugares de Junípero y Aliaga el contraste era violento y los arbustos parecían dibujados con tinta china.

Mandó Garrett al resto de la partida que se quedara en las afueras esperando y se acercó acompañado sólo de Mason a la casa en cuyo corral solían los bandidos dejar los caballos. Era la casa de un tal A. H. Smith que en lo referente a Billy jugaba con dos barajas y dijo que no estaban los caballos ni los jinetes y que se habían marchado la noche anterior poco después de oscurecer en dirección norte. Llevaban comida y whisky.

Le advirtió Garrett entre amistoso y amenazador:

—Mira, Smith, que esta vez va en serio y hay que estar con el Kid o contra él a vida o muerte.

Entonces Smith, bajando la voz, dijo que Billy y los suyos estaban en una casa abandonada muy cerca del pueblo. Una pequeña choza. Les señaló exactamente el lugar. Fueron los de Garrett, rodearon la casa, que era la única en el llano, y cuando creyeron que tenían a los presos cercados dieron voces ordenándoles salir, pero sólo salió un gato que miró a un lado y otro extrañado de la nieve. Los de Garrett no pudieron evitar la risa.

En la casa no había nadie.

Dijo Garrett dos o tres maldiciones contra Smith sintiéndose en ridículo y decidió no hacer nada hasta que la luz del día pudiera orientarles mejor, aunque al mismo tiempo aquella luz los denunciara a ellos.

Al día siguiente, Garrett se hizo ver con Mason en las calles de Fort Sumner como si tal cosa, dejando oculto al resto de su partida. Era como decir a los amigos de Billy: vean ustedes qué confiado y vulnerable soy, con un solo acompañante. Encontró a un neomejicano de quien se sabía que era amigo de Billy y el *marshall* le dijo que le prohibía severamente salir de Fort Sumner sin su permiso porque recelaba que iría a avisar a su amigo. El mejicano, que se llamaba Ignacio García, comenzó a lamentarse diciendo que vivía a doce millas de la población y que tenía importantes asuntos que le esperaban además de su mujer, que estaba enferma.

Meditó Garrett algunos segundos y comenzó a decir a Mason que estaban en una situación arriesgada solos los dos en Fort Sumner y a merced de cualquier gavilla armada, insistiendo mucho en esto último bajo la mirada atónita del mejicano, y por fin, y como a regañadientes, permitió a García que se fuera. El hombre salió poco después y lo primero que hizo al llegar a su rancho fue, como esperaba el *marshall,* enviar un peón a Billy con un papel escrito diciéndole que Garrett estaba solo con Mason y muerto de miedo.

Se había fortificado Billy con los suyos en el pequeño rancho de Wilcox, a once millas de Fort Sumner en dirección este. Se encontraba con él Brazil, otro delincuente en fuga de la policía que se le había incorporado recientemente. Lo primero que hizo Billy fue enviar a Fort Sumner a alguien que explorara el terreno y ampliara los informes de García. El explorador era Juan, un hijastro de Wilcox un poco simple y muy conocido de Mason. Con ese mismo mensajero envió Billy una nota a Melba para que estuviera día y noche en La Arquita. De ese modo le ayudaría a despistar a sus perseguidores.

Querían ir el mismo día Billy y su gente a Fort Sumner con dos carros cargados de carne, pero la presencia de Garrett —aunque ellos creían que estaba sólo con Mason— alteró sus planes.

Enterado Garrett de los recelos de Billy y pensando que los hijastros rara vez son leales a la familia, le habló a Juan francamente. Le preguntó luego si trabajaría para él y el joven dijo que contra la gente de Billy haría lo que fuera necesario, pero no contra su padrastro. Era lo que Garret esperaba.

Así, pues, le encargó que al volver dijera que Garrett y Mason se habían ido a Roswell y que no había peligro alguno. Pero al mismo tiempo le dio una nota secreta para Wilcox y Brazil, hombres no demasiado comprometidos con la justicia, diciéndoles que estaba sobre los pasos de Billy con trece hombres armados y que no cejaría hasta atraparlo. Por lo tanto, ellos (Wilcox y Brazil, que tenían un historial limpio de sangre) debían tomar posiciones a tiempo para evitar verse envueltos en la situación.

Al llegar Juan al rancho y decir que Garrett y Mason se habían ido a Roswell, comenzaron Billy y los suyos a reír y a acusarlos de cobardes. Lamentaban —decían— que se hubieran ido, porque esperaban ir a Fort Sumner aquella noche y caer sobre ellos. Si podían matar a Garrett no serían ya molestados por algunos años y tal vez los dejarían en paz para siempre, según decía Billy. Hasta entonces Garrett era el único a quien Billy respetaba y el nombre del *marshall* se había convertido en una obsesión.

Pero cuando Juan se quedó a solas con Wilcox le dio la nota de Garrett. Asustado, Wilcox preguntó al muchacho:

—¿Tú sabes que te estás jugando la vida con esta manera doble de informar?

—Sí, pero también nos la jugamos todos si nos quedamos con los de Billy porque los de Garrett son muchos y van bien armados y dispuestos a matarlo a él y a los que lo acompañen. Así que usted verá.

Wilcox se quedó contemplando al muchacho, un tanto perplejo.

Suponía Garrett que Billy y los suyos irían aquella noche a Sumner descuidados e hizo preparativos. Había un viejo hospital cerca de la plaza por delante del cual debían pasar los bandidos. La mujer de Bowdre tenía allí su vivienda y era probable que Billy la visitara. Garrett puso un centinela cerca, ocultó bien su partida y esperó. No estaba lejos la plaza, con La Arquita en un extremo rectangular y la casa de Maxwell en el otro. Pared por medio de Maxwell tenía Melba su dormitorio.

Llegaron Billy y los suyos dos horas antes de lo que calculaba Garrett. Nevaba. Hacia las ocho el centinela se acercó a Garrett y le dijo:

—Ahí están.

Mason preguntó:

—¿Seguro que son ellos?

Y preparando sus armas comentó Garrett:

—Sólo Billy y los suyos se atreverían a salir a caballo en una noche como ésta, negra y con el suelo helado.

Iba Billy delante del grupo con Folliard, pero justamente en el momento en que llegaban a la altura de la casa de Bowdre tuvo Billy la ocurrencia de retrasarse para pedirle a un compañero un cigarro. A eso debió Billy el salir vivo de aquella emboscada.

Al quedarse solo Folliard se emparejó con él Pickett. Y en aquel momento Garrett, que estaba oculto bajo un porche y protegido a medias por unas sillas de caballo colgadas de una estaca dio el alto. Folliard y Pickett buscaron las pistolas y Garrett y Mason dispararon. Cayó Folliard muy mal herido.

El tiroteo se hizo general y los bandidos desconcertados no pensaban sino en huir. Lo consiguieron casi todos a pesar del suelo resbaladizo y de la lobreguez de la noche o gracias a ellos.

Mason se acercaba a Folliard, pero Garrett le dijo:

—Cuidado, que está vivo aún y lleva un arma en la mano.

El herido había caído con su caballo —el animal, muerto— y tenía una pierna atrapada debajo. Garrett gritó:

—Tom, levanta los brazos, que no voy a darte una oportunidad para que me mates.

—Estoy muerto ya, Pat —gritó Folliard angustiosamente—. No puedo levantar los brazos. Lo único que quiero es que me saques de encima el caballo para morir en paz. ¡Por favor, Garrett!

Apuntándole se acercaron Mason y Garrett, le quitaron las armas, lo sacaron de debajo del caballo y lo arrastraron hacia el porche. El pobre Folliard, que en tiempo normal no abría la boca, no cesaba ahora de hablar. Llevaba un balazo mortal debajo del corazón. Y decía:

—Pat, no puedo más. Por favor, dame otro tiro.

Le decía el *marshall* que no acostumbraba a rematar a nadie. Mason habló:

—Te hemos dado tu propia medicina, Folliard. ¿Tan mal sabe?

—Sí, pero no es bastante. Anda, Mason, dame otro balazo para que acabe esta miseria.

Al ver que Mason se le acercaba cambió el herido de parecer:

—No tires más, por amor de Dios, que estoy ya muerto. No más, Mason.

Sin embargo, y a pesar de todo, parece que Folliard no quería morir.

—Mira, Mason, dile a Mc Kinney que escriba a mi madre diciéndole que he muerto, pero no de esta manera. ¡Dios! ¿Es verdad que voy a morir, yo, Folliard? Soy demasiado joven para morir, Mason.

Garrett, que esperaba el regreso de sus hombres para conocer los resultados de la emboscada, dijo al herido:

—Sí, Folliard. Estás herido de muerte y te queda muy poco que vivir.

El herido se quejaba, echaba bocanadas de sangre y tosía. Tardó aún en morir tres largos cuartos de hora.

Los otros iban volviendo decepcionados porque la mayor parte de los hombres de Billy habían salvado la piel. El viejo Rudabaugh escapó en su caballo, que había recibido cinco balazos y estaba herido de muerte, a pesar de lo cual el animal pudo llegar al rancho de Wilcox corriendo doce millas antes de caer sobre su propia sangre.

En cuanto a Pickett, salió al galope dando voces y tenía tanto miedo que rebasó el rancho de Wilcox y siguió huyendo unas veinte millas más sin saber lo que hacía, para regresar cerca del amanecer cautelosamente. Viendo que estaban allí los demás fugitivos se incorporó a la banda.

Al principio Billy sospechó la traición de Wilcox o la de Brazil, de tal modo le parecía inverosímil lo sucedido, pero los riesgos que ellos mismos corrieron —ya que iban con él— le hicieron desistir de sus sospechas. Todo el resto de la noche estuvieron, sin embargo, alerta. Pusieron vigías y deliberaron sobre lo que podrían hacer. Estaban bastante descorazonados. Billy decía:

—Sólo Pat Garrett podía salir adelante con un plan como ése.

Hacía tiempo que el nombre de Garrett le inquietaba y hablaba de las fuerzas que llevaba, de si estaría aún en Fort Sumner o si habrían salido todos para Lincoln, y de la gran suerte que habían tenido salvándose de la emboscada.

Acordaron enviar a Brazil a informarse de lo que sucedía en Fort Sumner.

Y Brazil fue directamente a ver a Garrett, le dijo el lugar donde quedaba Billy y la baja moral de su gente y Garrett le ordenó que volviera y le dijera que estaba acompañado solamente de Mason y de tres mejicanos y que tenía tanto miedo que no se atrevía a salir de la plaza para ir a Roswell.

Garrett le encargó también que dijera que no habían estado ni él ni los suyos en La Arquita ni hablando con Melba, lo que en fin de cuentas era verdad. Si al llegar al rancho, Brazil encontraba todavía a la banda debía quedarse con ellos. Si se habían marchado o se marchaban después debía comunicárselo cuanto antes por un medio u otro. Si no decía nada, Garrett marcharía con su gente en busca del Kid a las dos de la mañana y si no encontraba a Brazil por el camino era seguro que la partida entera seguía en el rancho. En este caso Brazil debía tener cuidado y tratar de salvar la piel.

Quedaron en eso con todos los detalles previstos.

Aquella misma noche a las doce volvió a presentarse Brazil después de haber hablado con Billy. Iba muy maltratado por el frío y la nieve, con hielo en las orejas y los ojos. Dijo que Billy y los suyos habían salido del rancho y se habían ido en una dirección fácil de seguir porque dejaban rastro en la nieve. «No tiene pierde», repetía Brazil obsesionado y nervioso.

Decidió Garrett salir en el acto y envió por delante a Brazil con el encargo de avisar si la banda había vuelto. El *marshall* decidió acercarse al rancho llamado del Lago sospechando que podrían haberse refugiado allí. Pero el lugar estaba desierto.

Se dirigieron entonces al rancho de Wilcox. Unas tres millas antes encontraron a Brazil, quien les dijo que los fugitivos no habían vuelto y que debían estar acampados más adelante. Repetía que las huellas tenían que ser evidentes en el llano cubierto de nieve reciente. Siguieron por aquel camino un par de millas y vieron por la dirección de las pisadas que habían ido a una choza construida hacía poco por un tal Alejandro Perea y que, según decía Mason, estaba siempre deshabitada. Brazil advertía que la banda entera debía andar muy hambrienta, porque cuando fueron a Fort Sumner, cuarenta horas antes, iban sin comer con la esperanza de hacerlo en La Arquita y después no tuvieron ocasión.

Se detuvieron los de Garrett a deliberar. Aquella noche, de cielo oscuro y nuboso, a cien pasos no se veía nada a pesar de la claridad de la nieve. El *marshall* dijo a los suyos:

—Llegaremos a esa choza en menos de media hora.

Dio instrucciones de modo que todo se hiciera con la mayor previsión y seguridad. Sin hablar ni fumar ni encender luz se dividieron en dos grupos a pie y uno de ellos encontró un arroyo seco por cuyo lecho era posible avanzar hasta llegar a una distancia de doscientos pasos de la casa. Vieron que había fuera atados tres caballos y sabiendo que eran cinco los hombres imaginaron que los otros dos animales estaban dentro.

No había puerta porque la arrancaron los fugitivos para hacer fuego. Garrett propuso entrar por sorpresa, pero Steward creía que se habían dado ya cuenta del peligro y que no habría sorpresa alguna.

Decidieron atrincherarse y esperar el día. En el lecho del arroyo aguardaron temblando de frío. Hizo Garrett una descripción minuciosa del traje y sobre todo del sombrero de Billy de modo que pudieran fácilmente identificarlo y disparar sobre él. Esperaba Garrett que si mataban a Billy los otros se rendirían sin combatir.

Había repetido Billy muchas veces que nunca lo cogerían vivo y todos estaban seguros de que moriría peleando.

Al amanecer se asomó un hombre a la puerta con un saco cebadero en la mano. Parecía ser Billy. Su tamaño y su traje, especialmente el sombrero, eran los de él. Apuntó Garrett, los otros hicieron lo mismo, dispararon y siete balazos atravesaron aquel cuerpo que no era el de Billy, sino el de Charles Bowdre quien, herido de muerte, pudo entrar aún en la casa. Un momento después se oyó dentro la voz de Wilcox, diciendo:

—Garrett, el hombre que has matado es Bowdre. No está muerto aún, pero está muy mal y quiere salir y hablar contigo.

Dijo Garrett:

—Está bien. Que salga sin armas, con las manos en alto.

Billy le gritó a Bowdre, que se tambaleaba: «Anda con este revólver y véngate de los que te han matado». Pero el hombre salió sin arma alguna y con las manos en alto, lleno de sangre. Se dirigió a la trinchera de Garrett tratando de decir algo y repitiendo:

—Yo quiero..., yo quiero..., pero me estoy muriendo, Pat.

Le ayudaron a bajar al arroyo, lo acostaron en una manta y murió dos minutos después.*

—Una muerte así querría yo cuando me llegue la vez —dijo Mason sombríamente.

Los sitiadores de Billy the Kid, viendo que el cielo clareaba, pensaron que se acercaba el momento de dar la batalla. Garrett observó que las riendas de uno de los caballos que estaban fuera se movían como si alguien tirara de ellas desde dentro queriendo hacer entrar al animal. Pen-

* En aquel mismo lugar construyeron después un rancho por donde yo pasé y allí me enseñaron la tercera calavera de Billy the Kid. Los ojos parecían mirar todavía. Era como si en el fondo luciera algo, una piedra, un vidrio.

También recuerdo en el *Rey Ricardo* los siguientes versos de Shakespeare:

«En esas órbitas que un día tuvieron ojos
había algo que despreciaba a los ojos míos...»

Aquella tercera calavera era también braquicéfala y de perfil céltico.

só Garrett cortarlas de un tiro, pero como se movían no era fácil acertar y tuvo una idea que le pareció mejor: matar al caballo. Así cuando el animal se acercaba a la puerta disparó y el pobre animal cayó interceptando la salida. Pensó Garrett matar a los otros caballos, pero se limitó a romper sus ligaduras a tiros.

Viéndose sueltos los animales salieron trotando por el valle.

Quedaban dentro dos caballos más, uno de ellos la yegua favorita de Billy.

Era ya de día, un día gris de nubes bajas y muy frío. Entonces se estableció un diálogo entre Garrett y Billy. Preguntó el *marshall:*

—¿Cómo te va ahí dentro, Billy?

—Bastante bien. Lo único que nos falta es leña para guisar el desayuno. Tenemos hambre atrasada.

—Sal a buscar la leña fuera, no seas desconfiado.

—Por el momento estamos ocupados en otras cosas, Pat.

—Parece que te salieron mal las cuentas ayer, Billy. ¿No querías venir a Sumner y echarnos de allí a tiros? ¿No decías que me ibas a enviar al valle de Pecos para el resto de mi vida? ¿Por qué no lo hiciste, Billy?

La gente de Garrett tenía hambre también y decidieron marchar algunos de ellos con el mismo Pat al rancho de Wilcox, que estaba a menos de tres millas y al que podían acercarse caminando por el fondo del arroyo sin hacerse visibles. Allí comerían y llevarían luego el almuerzo a los compañeros.

Estaba en el rancho Brazil con víveres frescos y al ver a Garrett le preguntó cómo iban las cosas.

—Mal. Hemos matado a un hombre —dijo Garrett— que era el único a quien teníamos interés en salvar. Hasta ahora eso es todo.

—¿Quién es el muerto?

—Bowdre.

—No te hagas mala sangre, Pat. Ayer mismo me decía Bowdre que le gustaría encontrarte en campo abierto y saltarte los sesos. Eso decía.

Sospechaba Garrett que el asedio iba para largo y se proveyó de carne cruda, café y alcohol, así como forraje para las bestias.

Luego volvieron todos al arroyo seco.

Hacia las tres de la tarde, Billy soltó a los dos caballos que tenían dentro. La gente de Garrett los cogió como había hecho con los anteriores.

Garrett asaba carne en el arroyo y el olor debía llegar a la casa de los sitiados, que llevaban tres días sin comer. Para Billy y su gente morir no era gran cosa, pero el hambre resultaba un martirio intolerable. Así, al caer el día, Rudabaugh sacó por una ventana un trapo blanco y dio voces diciendo que habían decidido rendirse.

—Salgan los cuatro —respondió Garrett— con las manos arriba.

Salió sólo Rudabaugh, pero dijo que los otros se rendirían también si les daban garantías. Prometió Garrett lo que querían y los bandidos deliberaron y por fin salieron.

Mostraba Billy buena cara a la desgracia y dijo, mientras comía a dos carrillos, que si hubiera podido meter dentro de la casa los dos caballos que necesitaban habrían salido y tratado de huir al galope. En todo caso quiso salir con su yegua, pero el animal no quería saltar por encima del caballo muerto que cubría la puerta. Billy habría arriesgado la fuga en todo caso.

—Buen ascenso van a darte ahora, *marshall* —bromeaba el Kid—. ¿Eh? Santa Claus te guardaba este regalo.

Y reía con su gorjeo de las horas críticas.

Cargaron el cuerpo de Bowdre en un caballo y marcharon hacia Fort Sumner. Por el camino, Billy, locuaz como siempre, decía que le regalaba la yegua a Steward porque suponía que en los meses próximos no tendría muchas oportunidades de montar a caballo.

Cuanto más jovial se mostraba Billy, más adustos se ponían los otros presos. Rudabaugh trataba también de tomar las cosas ligeramente sin conseguirlo porque pensaba que lo condenarían a muerte y la idea de morir colgado de una cuerda lo enloquecía. Los otros dos caminaban en silencio mirando al suelo. Pickett le habría pedido de buena gana a Billy que no se riera porque le ponía mal cuerpo, pero no se atrevió.

Llamaba Billy a Garrett *grand pa* y el *marshall* no le respondía. Lo miraba en silencio y no le respondía.

—Es verdad —dijo por fin con una expresión impenetrable— que podría ser tu abuelo.

Por una vez el Kid se puso grave:

—En mi familia no ha habido nunca policías aunque vengo de irlandeses. Yo y los míos atacamos de frente y damos la cara.

—No diría lo mismo el pobre Carlyle si pudiera decir su opinión.

Con esas palabras creía Garrett tocar el punto sensible. Hubo un largo silencio. Pensaba el Kid en Jesse y en el odio que aquel *rogue* albino sentía contra Carlyle.

—Habría mucho que hablar —dijo por fin— sobre la muerte de Carlyle. No todas las cosas son como parecen. ¿Quieres saber lo que pasó con Carlyle?

Garrett no le respondía y Billy continuo:

—Ya que quieres saberlo todo te diré que cuando Carlyle vino a parlamentar comenzó hablando mal de Jesse. El pobre Carlyle no tenía mucho de aquí y creía que por estar en bandos contrarios dos hombres debían ser enemigos. Para congraciarse conmigo comenzó a decir lo que era y lo que no era y cómo Jesse era un cobarde que tenía la culpa de la muerte de Tunstall. Eso era demasiado. Yo le dije: «Mientes, Carlyle, que Jesse no tuvo que ver con la muerte de mi amigo Tunstall». Él seguía con la misma: que si Jesse había puesto el rifle detrás de la oreja de Tunstall, y yo le dije: «Carlyle, tú no estabas en esta tierra y no te has enterado de lo que pasó». Entonces todavía Carlyle quería discutírmelo. Cuando le dije que Jesse Evans era hombre de bien se quedó con la palabra atragantada, que no sabía ni siquiera disculparse. Yo le dije: «Si ésa es la manera que tienes de enterarte de las cosas, probable es que pienses que yo soy un lanudo cobarde hijo de la chingada». Y él me miraba sin respirar. Tenía mucho que aprender aquel gringo. Hasta ahí yo no me sentía insultado, quiero decir que no había tenido intención de hacerle mal, pero el herrero no había terminado. Se sentía bravo por haber venido a pedirme a mí que me rindiera. Viéndole gallear se me iba el dedo al gatillo. Todavía Carlyle quiso hablar mal de Jesse y yo le dije: «Mucho *roastbeef* tienes que comer hasta crecer y llegarle a Jesse a la rodilla». Eso le dije y él me juró que Jesse le había hablado a él mal de mí y eso ya era demasiado y no pude tolerarlo. Yo soy amigo de mis amigos. Y Jesse también. Eso de que Jesse hubiera hablado mal de mí a un carajo a la vela como Carlyle era puerca fantasía y entonces lo empujé hacia fuera y cuando estuvo a mitad de camino lo maté. Yo, con ese revólver que ahora tienes tú, Pat. Lo maté de espaldas porque era un embustero traidor. Tú sabes que yo no mato así por cobardía.

XIV

En Fort Summer entregaron el cuerpo de Bowdre a la viuda y pusieron a los presos en cadenas. Toda la noche estuvo la viuda de Bowdre llorando mientras sus vecinos hispanos recitaban alabados, bebían anís y despabilaban las velas.

Como se puede suponer, los *alabados* eran elogios al muerto.

Comenzaba a anochecer y una vez encadenados los presos decidió Garrett seguir su camino. Hacia medianoche hicieron un alto en un rancho donde durmieron hasta las ocho de la mañana, que volvieron al camino.

Llegaron a Puerto de Luna a las dos de la tarde.

Se había olvidado Garrett del falso don Quijote, pero tuvo la suerte de volverlo a encontrar. El día que llegaron a Puerto de Luna era Navidad y el polaco Grzelachowsky les dio una cena de la que participaron, en honor a la festividad, los presos mismos.

Don Francisco de Aragón envió dos botellas y ofreció sus servicios personales para reforzar la custodia de los presos si era necesario, pero Garrett, en un discurso también florido, declinó su ayuda. Entonces el hidalgo dijo que no dudaba de que habían seguido sus consejos y gracias a ellos lograron apoderarse de Billy the Kid.

Miraba Billy al falso don Quijote y exclamaba:

—¡Oh, el viejo pelele! Si yo salgo de ésta te vas a acordar de mí.

Después, entre dos vasos y dos canciones de Navidad, Billy daba con el codo a Garrett:

—¿Cuánto te vale mi cabeza, *grand pa?*

—No está tu cabeza pregonada, al menos en este condado, Billy.

—En México te darían cinco mil de parte de la familia de un tagarote que se me puso bravo.

—No soy quien para llevarte a México. Y aunque lo fuera. En Santa Fe tal vez hay quien cree que he hecho este trabajo por interés. Porque allí sí que está tu cabeza pregonada.

En un extremo del *saloon* cantaban a coro varias mujeres, cada una con su velita encendida en la mano:

Noche de paz
noche de amor,
todo duerme
alrededor...

Daban las voces un conjunto cristalino y dulce invitando a la gente a creer en la inocencia de las cosas. Rudabaugh estaba conmovido. «Hoy es Navidad», repetía sin saber qué añadir y Billy insistía con Garrett:

—Algo te darán por mi cabeza, Pat.

—Yo no trafico en carne humana, Billy.

—Pero tampoco das un paso sin provecho.

Bebieron bastante y Pat no parecía sentir los efectos del alcohol y bajo la impresión del coro de Navidad Rudabaugh lloraba cerveza y anisado, acordándose tal vez de las Nochebuenas de su infancia. Billy disimulaba como si no se diera cuenta y seguía su diálogo:

—Mira, Pat. Si yo me escapara ahora como otras veces, sobre la sangre de alguno de ustedes pregonarían también mi cabeza en Lincoln. ¿Oyes, Pat? Y si después me alcanzabas tú como me has alcanzado ayer, harías el negocio redondo. Mil de Santa Fe y mil de aquí.

—Siempre he sido mal comerciante, Billy. Por eso me metí a *marshall.*

Billy estuvo toda la noche con la misma música de la cabeza pregonada y los premios en dólares.

Hacia el amanecer salieron para Las Vegas, donde llegaron a las dos de la tarde. Era entonces Las Vegas la segunda ciudad de New México en cuanto a población.* Allí Garrett hizo reforzar las cadenas de los prisio-

* Fue en Las Vegas donde hice conocimiento con otro de los cráneos del Kid. Un juez indio de paz me lo enseñó. Tenía aquel indio tres nombres diferentes y los tres igualmente legales como se puede suponer en un juez. Uno indio, otro inglés y otro español. Y mostrándome la calavera muy satisfecho decía:

—No la daría yo por dos *bushels* de maíz.

—Comprendo, comprendo. Ni por tres, ¿verdad?

—Por tres, no sé lo qué haría.

Un *bushel* es unos veinte kilos. No la valoraba mucho, la verdad. Decía que la regalaría, cuando muriera, a un museo que había en Santa Fe. Le hablé de las otras calaveras

neros y se dispuso a llevarlos a Santa Fe, donde estaba la penitenciaría y donde las causas de los criminales debían sustanciarse, por lo menos en relación con algunos de sus hechos de sangre. Billy y Wilson estaban encadenados juntos. Rudabaugh suelto, es decir, con las manos atadas a las manilleras del cinto.

Los dejó Garrett en la cárcel de Las Vegas y fue a sus asuntos privados. A la hora de la siesta volvió a buscar a sus presos.

La entregaron a Billy y a Wilson, pero no a Rudabaugh, que dos años antes se había escapado de aquella misma cárcel donde esperaba la ejecución. En cuanto a Pickett, no había en Las Vegas cargos concretos contra él.

No quería Garrett dejar a Rudabaugh y tuvo que exhibir documentos y probar que era *marshall* de los Estados Unidos y que su prisionero había cometido ofensas graves contra el Estado y tenía la obligación y el derecho de llevarlo bajo su responsabilidad a Santa Fe.

Por fin, y con la intervención y las garantías de otros colegas de la población, le devolvieron el preso y se fueron todos al tren. Pero la gente iba acudiendo a la estación con rifles, revólveres y palos en actitud amenazadora. Estaban ya los presos y sus guardianes en el tren cuando Garrett dijo asomado a la ventanilla:

—Parece que esto se pone un poco feo. Quieren quitarnos los presos.

—Al menos a Rudabaugh.

El aludido alzó los ojos y gruñó:

—Garrett, si ves que se me llevan hazme el favor de darme un tiro en la nuca. Cualquier muerte es mejor que el lazo en el cuello.

Pero Garrett no le hacía caso. Preguntaba Steward:

—Qué, ¿se los pelearemos? Digo, los presos.

—Sí, pero aguarda que comiencen ellos.

Seguían atentamente los menores movimientos de la multitud. Steward fue a cubrir una de las puertas del vagón y Garrett la otra. La gente amotinada rodeaba el tren. Un hermano del *sheriff* de Las Vegas llamado Romero y cinco hombres armados hasta los dientes se acercaron a la entrada que guardaba Garrett:

—Vamos a sacarlo —dijeron.

---

que me habían mostrado y se indignó ante la posibilidad de que alguien creyera que eran genuinas.

Con la calavera en la mano yo recordaba aquello de Goldsmith cuando dice de alguien que ha fallecido: «Parece que hace un muerto muy guapo y que el ataúd le va a las mil maravillas». La calavera era casi bonita y de pronto se me ocurrió que era una calavera de mujer. Iba a decirlo cuando me di cuenta de que el juez se ofendería.

—¿A quién? —preguntó Garrett con la expresión más casual y pacífica del mundo.

—A Rudabaugh.

—No, no se puede ahora, hermanos.

Cubría Garrett la entrada con su cuerpo. Los otros subían a pesar de todo. Entonces echó mano Garrett a la culata de su revólver y repitió con la misma expresión familiar y amistosa:

—He dicho que no se puede ahora.

Los cinco asaltantes vacilaron un momento y entonces Garrett los empujó suavemente con su cuerpo obligándolos a descender al andén. Entretanto, los presos llamaban a Garrett y éste les dijo que si llegaba el caso les daría armas para que se defendieran.

Se encendieron los ojos de Billy:

—Todo lo que quiero, Pat, es un *six shooter*. Pero —añadía decepcionado— no hay cuidado porque éstos son unos blandos y no van a pelear. Lo veo en sus caras.

La gente había amenazado al maquinista y el tren se retrasó en su salida más de tres cuartos de hora. Por fin, uno de los oficiales de la compañía de ferrocarriles dijo a los cabecillas, siguiendo el consejo de Garrett, que podía acusarlos del crimen federal de interceptar el servicio postal americano. Después subió al tren y ordenó al maquinista que lo pusiera en marcha.

El tren partió sin más dificultades y se oyeron algunos clamores de protesta.

En Santa Fe entregó Garrett los presos, que fueron encerrados en la cárcel mientras Billy le decía al *marshall*:

—Poco te va a valer mi cabeza ahora y lo único que digo es que te aprovecharía más habernos dejado escapar en Las Vegas aunque no te guste traficar en carne humana.

A petición de las autoridades del distrito de San Miguel el preso Rudabaugh fue llevado allí, donde lo juzgaron y lo condenaron a morir ahorcado (su gran temor de siempre). Pero apeló y mientras sustanciaban la apelación fue trasladado a la cárcel de Las Vegas. Creían las autoridades de aquella ciudad tener más derechos que nadie a ahorcar a Rudabaugh. Al parecer, en todas partes había una cuerda preparada para él y si no lo habían ahorcado ya era porque todos querían tener aquel privilegio y no acababan de ponerse de acuerdo.

Así pasaron algunos meses.

Entretanto, Billy fue juzgado también en Santa Fe en marzo de 1881 por dos asesinatos cometidos en aquel condado, pero un abogado hábil demostró que en los dos casos Billy actuó en legítima defensa y aunque parezca increíble fue absuelto.

Quedaban, sin embargo, otras muchas acusaciones en distintos juzgados y Billy fue llevado por el momento a Mesilla, donde lo procesaron por el asesinato del juez Braddy. Condenado a muerte se señaló la fecha de la ejecución por la horca: el 13 de mayo siguiente, en Lincoln. Billy fue trasladado allí el día 21 de abril bajo la impresión de que le quedaban veintitrés días justos de vida. Las condiciones de la prisión de Lincoln habían cambiado mucho y no estaba entre los carceleros ninguno de sus antiguos amigos. Se reforzaron las guardias y se le pusieron a Billy vigilantes permanentes de vista.

Escribió Billy una carta a Melba, la única carta amorosa que se conoce de él y que yo he visto: «Aquí estoy aguardando al verdugo, pero la esperanza no se pierde nunca. Todavía queda el rabo por desollar y siempre hay vida mientras no lo matan a uno. Creo que todavía he de verte y de estrecharte en mis brazos, huerita. Por sí o por no, piensa que tengo enemigos, pero también amigos y que esto podría no ser el fin sino el principio. ¿De qué? No lo sé».

Daba algunos encargos a Maxwell. Luego había en la carta unos párrafos tiernos y algunas expresiones no muy decorosas y finalmente decía: «Oigas lo que oigas, no hagas caso si no es Maxwell quien te lo dice. Él está enterado y no suele hablar por hablar. Dile a Maxwell que le mande a Jesse Evans la noticia de mi situación, aunque creo que a estas fechas se habrá enterado».

No sólo se había enterado Jesse, sino todo el Estado de New México, donde no se hablaba de otra cosa.

Como digo, Garrett nombró dos guardias de vista que no debían apartarse de Billy día y noche. Y el mismo Garrett iba y venía, los vigilaba a todos y solía detenerse a charlar con Billy:

—Yo no sé si tu sentencia por la muerte de Braddy es justa o no —le dijo un día—, pero si te hubieran absuelto por la muerte de Braddy te ahorcarían de todas maneras por la de Carlyle. Ése fue un crimen sin justificación. Ahí no tendrías defensa, Billy.

Parecía el Kid sombrío y humillado, pero decía:

—Hay en eso más de lo que la gente cree. Ya te hablé cuando salíamos de Sumner y tú debías haber comprendido, Pat, porque tú eres de los que escuchan y entienden.

No se lo había dicho todo, sin embargo. A veces parecía Billy dispuesto a abrir su corazón con Garrett, pero luego desistía pensando por un lado que todo era inútil y por otro que daría la impresión de estar pidiendo misericordia y no era aquél su estilo.

A veces le preguntaba todavía:

—¿Ya cobraste los mil de Santa Fe, *grand pa*?

La verdad era que no había recibido Pat un centavo todavía de Santa

Fe y que no tenía prisa. Billy pensaba que la indiferencia de Garrett en aquella materia se debía al hecho de que tendría que repartir el dinero entre los que le ayudaron en Fort Sumner.

Cuando Billy se ponía un poco sarcástico Pat repetía:

—La muerte de Carlyle te hace mucha sombra.

Ésa era la venganza de Garrett.

Billy entonces se ponía a hablar atropelladamente. Cada vez que lo llamaba por su primer nombre —Pat— sonaba como «pa», es decir, padre. Y, ciertamente, la actitud del uno y del otro parecía la del padre con el hijo. No había rencor en ninguno de los dos. Sin duda la muerte une al que la recibe con el que la da y ni el uno ni el otro dudaban en aquel momento de que la ejecución sería llevada a cabo algunos días más tarde.

Preguntó Billy si había algún correo para él —esperaba cada día noticias de Jesse— y al decirle Garrett que no, comenzó a hablar caudalosamente y un poco incongruentemente: «Yo soy hombre de amistades, Pat. Digo, que para mí el amigo lo es todo. Yo maté a Carlyle, pero es la vida la que nos mata a todos y adelantar la fecha o atrasarla no quiere decir gran cosa. Yo maté a Carlyle es verdad, y no me arrepiento. Ya te dije por qué aunque no te lo dije todo. Jesse y yo somos amigos. He tenido más de una vez la cabeza de Jesse en la punta de mi revólver y no he disparado. Lo mismo le ha pasado a él conmigo. Somos amigos mortales como otros son enemigos mortales. ¿Estamos? Tú dirás: ¿y eso qué tiene que ver con Carlyle? Pues espera. Cada cosa tiene su vagar y su ocasión. Carlyle tenía fragua y al lado una carpintería que manejaba su cuñado. Carlyle herraba los caballos de Jesse como los de tantos otros y tenía una buena palabra para cada uno, pero lo que decía comenzaba y acababa en los dientes. Era como las putas que tienen tienda y comercio abierto y a todos les satisfacen y a ninguno les convencen. Allí Carlyle con su martillo y su yunque repicaba y hacía saltar chispas del hierro y reía con unos y otros, pero no era cabal. Calla, déjame que siga hablando y después dirás lo que quieras. Tú sabes que Carlyle tenía una mujer de origen italiano o griego, que no sé con quién andará ahora ni me importa. Se llamaba Liparia o Liboria o algo así y no se entendía bien con Carlyle. Estaba enamorada de Jesse, dicho sea entre nosotros. Pues bien, Carlyle los sorprendió un día y cuando Jesse iba a coger su revólver se adelantó Carlyle y se lo quitó. Con el revólver de Jesse en la mano podía Carlyle haberlos matado impunemente y, sin embargo, no mató a nadie. Yo no sé exactamente lo que pasó entre los dos hombres, las palabras que se cruzaron, pero Carlyle andaba después diciendo que Jesse le había llorado por su vida. No es Jesse hombre que llore por la vida ni por la muerte, pero ya digo que no sé lo que pasó aquel día. Yo no le he preguntado a Jesse porque lleva clavada en el corazón la espina del revólver que le quitó Carlyle. Más tarde, cuando Carlyle vino pisándome los talones y entró dentro del ranchito para parlamentar, yo lo habría dejado marcharse sin hacerle daño, Pat. Lo juro por Dios vivo. Pero Carlyle llevaba en el cinto el revólver de Jesse. Es decir, la funda y el cinto de Jesse, porque el revólver lo había dejado en la trinchera. La funda con las iniciales de Jesse escritas con tachuelas doradas. Antes ese desgraciado Carlyle había estado hablándome mal de Jesse. Al fin Carlyle era un hombre que no estaba en el mundo nuestro, digo en el de los hombres de armas como tú, Jesse y yo, y nos deshonraba a todos llevando en el cinto el arma de Jesse con su nombre. Yo se la quité más tarde y si no se la di a Jesse es porque no quería darle un disgusto de orgullo de machos. La cosa estaba clara y no hacían falta palabras. Él supo muy bien cuándo y cómo yo maté a Carlyle, y eso bastaba. ¿Entiendes, Pat?

Pat negó despacio con la cabeza. Billy, un poco excitado, volvió a hablar:

—Eso y más que eso hago por Jesse. Por nadie más. Es decir, antes lo habría hecho también por otra persona.

—¿Por Tunstall? Lo de Tunstall lo comprendo porque estabas a sueldo y comprometido con él. Era cuestión de decoro y cuando se sirve a alguien se le sirve.

Pasaban los días de prisa. El 13 de mayo era la fecha de la ejecución. Se preguntaba Billy por qué ahorcan siempre a las gentes los días 13 y le parecía mal porque era una manera de contribuir a mantener la superstición contra ese número. Melba había tenido miedo del número 13, hasta el extremo de que los días 13 de cada mes no salía de casa. En los juegos de lotería Melba llamaba a ese número «cara sucia».

Esas cosas decía riendo Billy al ayudante del *sheriff* que era nada menos que Bell, su antiguo enemigo de White Oaks y uno de los dos guardias especiales encargados de su custodia permanente.

Billy le había tomado amistad.

El otro encargado de la vigilancia personal del reo era Olinger, un antiguo *cow-boy* de Chisun, y su caso era muy diferente en relación con el Kid porque había tenido con él escaramuzas y peleas serias a mano armada. Billy había matado a varios amigos de Olinger y ni el uno ni el otro disimulaban su aversión.

En la tarde del 28 de abril de 1881 el policía Olinger llevó a los demás presos, según costumbre, a comer al edificio que había al otro lado de la calle y se quedó Bell vigilando al Kid en un cuarto del segundo piso. Aquello se hacía cada día y no era sino una de las rutinas del servicio.

Antes de ir a comer, Billy le pidió a Bell que lo acompañara al corral trasero de la casa para satisfacer una necesidad. Cuando volvían, el Kid se adelantó un poco y al quedar a cubierto de Bell en la escalera se acercó de un brinco a un rellano donde había una puerta cerrada con candado, pero que podía ceder a un buen empujón. La abrió y penetró silencioso y ágil como un gato. Había colgados en el muro algunos cinturones con revólveres y cartuchos. A pesar de sus manos esposadas se apoderó de un *six shooter*, salió a la escalera y esperó.

En el mismo instante llegaba Bell y al enfrentarse con Billy vio que éste alzaba las dos manos juntas y disparaba. Bell, herido de muerte, quiso huir, pero cayó junto a la puerta del corral.

Sacó Billy del bolsillo del muerto la llave de las esposas, abrió el resorte, se las quitó y las arrojó sobre el cadáver diciendo: «¿No son tuyas? Ahí las tienes». Corrió escaleras arriba a la oficina de Olinger, donde había un rifle de dos cañones (un arma especial cargada con 28 balas), se acercó a una ventana desde donde dominaba la entrada del corral y esperó. Sabía que el disparo anterior había sembrado la alarma.

Poco después Olinger salió a la calle acompañado de otro policía llamado Clemens, y al llegar a la puerta del corral, un empleado alemán de la prisión que se llamaba Geiss le dijo:

—Billy acaba de matar a Bell.

Al mismo tiempo Billy gritó desde la ventana: «Hola, muchachos». Y disparó.

—También a mí me ha matado —dijo Olinger apoyado en la pared y cayendo.

Billy disparó otra vez contra el cuerpo de Olinger ya sin vida y después rompió el arma en dos contra el borde de la ventana y arrojó los pedazos a la calle gritando:

—Con esto no va ningún policía a matar a nadie ya.

Recorrió las oficinas y se hizo con un winchester cargado y otro *six shooter*. Buscó entre el correo del día a ver si había alguna carta para él y encontró una que le llamó la atención. Iba dirigida a Garrett. La abrió y se llevó una sorpresa agria viendo que era de Tunstall y que en aquella carta el inglés hablaba al *marshall* de la entrega de 5.000 dólares. No decía por qué razón.

La vaguedad de la carta no era tanta, sin embargo, que Billy no dedujera que se trataba de algún servicio prestado por Garrett. Seguramente por el arresto de Billy y su condena a muerte. Por su próxima ejecución, tal vez.

Pero no podía entender lo que con aquello ganaba el inglés de quien suponía que se había ido a Nueva York. La sorpresa le dejó por el momento sin saber qué hacer y estuvo todavía una buena hora dando voces en una terraza abierta del segundo piso y disparando al azar. Vio al alemán Geiss y le pidió que le quitara los hierros que le quedaban en la cintura y en los tobillos.

El trabajo era complicado y al ver Billy acercarse un caballo suelto y sin silla le dijo al alemán, antes de que acabara su tarea, que lo ensillara y lo dejara en la puerta con las riendas atadas a la ventana baja. Como Geiss vacilaba, Billy le amenazo.

Entonces explicó el alemán:

—Es la yegua de Hurt, ésa. Es hombre honrado y la compró con su dinero, Billy.

—Tanto mejor. Así se quedará Hurt desmontado y no vendrá detrás de mí. No olvides que mientras la ensillas tengo tu cabeza en la punta del revólver.

Poco después salió de la casa de enfrente un hombre sin armas y Billy, que lo conocía bien y había jugado con él a las cartas, grito:

—Bob, sal de mi vista. No quiero matar más gente, pero estoy peleando por mi vida para evitar que Melba sea la viuda de un ahorcado en plena juventud. Corre, Bob.

El otro desapareció de la escena en un instante. Billy, antes de montar, le dijo a Geiss:

—¿Sabes por dónde anda Pat Garrett? ¿No? Está bien.

Llevaba la carta de Tunstall en el bolsillo y le habría gustado hacérsela explicar al *marshall.* Ya montado dudó un momento mirando al alemán:

—Había pensado matarte, pero al pendejo la misma pendejada lo castiga.

Salió al trote en la dirección del rancho de Tunstall sin saber por qué. Llevaba todavía la cadena colgando del pie derecho porque no quiso esperar más. Antes de llegar al rancho tomó precauciones pensando que podría estar allí Garrett.

Pero encontró a Tunstall solo. Es decir, con su criada, que por una vez estaba sobria y sin ganas de hablar.

La expresión de Tunstall al ver aparecer a Billy fue de una tremenda sorpresa y el Kid se dio cuenta y creyó descubrir de pronto que el inglés estaba seguro de que Billy iba a ser ahorcado algunos días más tarde.

—Sácame ese colgajo de hierro —dijo Billy al inglés, tuteándolo por vez primera.

Tunstall fue a salir para buscar alguna herramienta, pero Billy lo encañonó y le dijo:

—No salgas de mi vista. Pide a la criada que te traiga lo que necesites.

La sirvienta india llegó con un cortafrío y un martillo.

Y Tunstall se puso a trabajar cuidadoso de no herir al Kid, que llevaba una fuerte argolla en un tobillo. Entretanto el Kid hablaba:

—¿Parece que estás al habla con el *marshall*? Digo, con Garrett.

—Sí —confesó Tunstall después de dudar un momento.

—Mucho dinero son cinco mil dólares, Tunstall.

El inglés trabajaba cortando la argolla.

—No es demasiado tratándose de usted.

—De mi cabeza.

—No, de usted. ¿Cómo se ha enterado?

—Pat Garrett me dio la carta que le escribió usted sobre el asunto —mintió Billy.

Tunstall mintió también cuando respondió:

—Ese dinero se lo ofrecí yo a Garrett a cambio de la libertad de usted.

Billy comenzaba con sus sarcasmos:

—Pues aquí me tiene, en libertad. No hay más que pagar al *marshall*.

Tunstall pensaba: si Billy hubiera salido con el consentimiento de Garrett no andaría por ahí con la mitad de los hierros en el tobillo y en la cintura. Y seguía trabajando, esta vez no con el martillo, sino con una lima para no herir al Kid, quien hablaba con el revólver en la mano.

—Había venido aquí a matarte, Tunstall. Pero he cambiado de opinión. Quiero que trabajes para mí. Ya has comenzado a trabajar para mí, digo, con el escoplo y la lima, y te lo agradezco, aunque no es más que el principio. Yo tengo la carta que le escribiste a Garrett en el bolsillo y puesto que era una carta para ofrecerle cinco mil dólares por mi libertad quiero que lo pongas más claro. Quiero que añadas una pequeña postdata:

—¿Diciendo qué?

—Sólo aclarando mejor lo que dices antes.

—¿Cómo?

—Simplemente diciendo: los cinco mil dólares que le ofrezco son naturalmente a cambio de la liberación de Billy the Kid. Y detrás de esas líneas será bueno que firmes otra vez.

—Pero esas líneas de la postdata me comprometerán a mí con las autoridades.

—Inteligente eres, Tunstall. En algo tenías que parecerte a tu hermano.

El inglés seguía trabajando y estaba a punto de romper la argolla del tobillo. Arrodillado a los pies del Kid y éste ejerciendo su arrogancia adolescente, parecían una alegoría con dobles fondos humorísticos. El inglés percibía muy bien lo desairado de su situación.

—Yo firmaré esa postdata, pero si hace usted uso de ese papel estoy perdido.

—De eso se trata, Tunstall. De eso se trata. De hacerte trabajar para mí ya que tan generoso te has mostrado ofreciendo ese dinero por mi libertad. Demasiada libertad era la que tú querías darme, ¿verdad? La libertad que me esperaba a mí el día trece de mayo. Volar a los cielos. ¿Tú crees en el cielo, Tunstall?

El inglés no contestaba. Acabó su trabajo y la cadena quedó allí al lado, en el suelo. El Kid golpeó dos veces el suelo con su pie libre y sacó la carta:

—Anda, escribe eso y fírmalo.

Se sentó Tunstall y se puso a escribir despacio y como pensando en otra cosa. Cuando terminó dijo:

—Yo se la enviaré a Garrett.

—No, no —rió Billy—. No te molestes. Se la mandaré yo. Es decir, la conservaré y cuando se presente la ocasión se la daré al *marshall* en su propia mano. Estas cosas son demasiado delicadas para confiarlas al correo, ¿no crees?

El inglés firmó y le dio el papel a Billy contra su voluntad. Billy se lo guardó y retirándose de espaldas hacia la puerta siguió hablando:

—No salgas de aquí, Tunstall, hasta que yo hable con Garrett. Porque yo hablaré con Pat. Estoy con él —mintió de nuevo sin mucha esperanza de ser creído— en mejores términos de lo que tú supones. No salgas de aquí, porque desde ahora estarás vigilado por uno de mis compadres, que me dirá cada día lo que haces y según tú te conduzcas así me conduciré yo. ¿Entendido?

Salió escaleras abajo y poco después se le oía galopar en su caballo. Salió en la dirección de Fort Staton y después de caminar unas cuatro millas torció como solía hacer para despistar y se dirigió a Las Tablas. Durmió allí aquella noche en casa de unos amigos que le ayudaron a liberarse de los hierros que le quedaban en la cintura.

—¿Dónde está Garrett? —les preguntó.

—Tenemos oído que anda por White Oaks.

—¿Se habrá enterado de mi fuga?

—Todo el mundo se ha enterado ya a estas horas. Puedes estar seguro.

Aquella noche Billy salió de Las Tablas* y al día siguiente durmió en

* Hacia 1959 me mostraron en Las Tablas otra de las calaveras de Billy. Muchas eran ya las cabezas de Billy the Kid y no era raro que con tantas cabezas hubiera podido hallar tantos y tan diversos recursos de defensa y de salvación. Si el *marshall* consiguió cobrar las gratificaciones ofrecidas por cada una de aquellas cabezas es seguro que se hizo rico.

En Las Tablas, el viejo hispano que me mostraba la calavera decía:

—Ésta tiene justos sesenta años.

Era como si aquel cráneo tuviera su edad propia independiente de la edad del muer-

un rancho, en el campo. Por dos o tres días anduvo solo, en despoblado, acogiéndose a veces a los campamentos de pastores mejicanos de ovejas. Allí el aire era cristalino y el viento cortaba, al amanecer, como un cuchillo.

Los pastores que hablaban español lo acogían siempre bien, pero lo miraban con lástima.

Aquella compasión sacaba de sí a Billy. Con la carta de Tunstall en el bolsillo se decía: «Ésta es mi arma mejor contra el burocrático Garrett».

A veces creía oír la voz de Folliard a su lado y volvía la cara y no veía a nadie.

---

to que la poseyó un día. Pero además el hispano calculaba mal. No eran sesenta años sino algunos más (si era la de Billy).

—Está bien conservada, ¿verdad?

Otra de las calaveras del Kid me la mostraron más tarde en Mora, cerca de Las Vegas, y era vieja y desdentada y debía tener más de cien años. No podía ser la de Billy, pero yo no dije nada para no decepcionar a sus poseedores. Todo el mundo quería tener el cráneo de Billy the Kid. El crimen tiene también su prestigio y crea circunstancias de vanidad.

El mismo campesino que poseía aquella calavera recitaba un corrido del Kid —un romance tosco, con rimas violentas— y era una relación tan desvencijada y pobre que no vale la pena copiarla, aunque a mí me gusta a veces usar la imperfección para crear alguna clase de atmósfera virgen. Es decir, de esa clase de virginidad de los hechos no cumplidos hasta el fin. La perfección suele ser un fin, siempre, y por eso hay en ella algo definitivamente muerto.

Recuerdo que cada estrofa de aquel romance acababa con una especie de invocación a la virgen de Guadalupe, de lo que deduzco que el autor debía ser verdadero mejicano, es decir, nacido en el viejo Méjico y no en New México.

Viendo aquel cráneo desnudo y pelado recordaba un verso de Tennysson en su Oda a la Muerte del duque de Wellington:

...en torno de sus huesos el eco se oyó siempre.

Así iba a sucederle después a Billy the Kid.

XV

Andaba nervioso y mercurial, el Kid. Desde que mató a Carlyle todo le iba mal.

Ser perseguido por un policía de Washington como Garrett, viejo, padre de familia, que escribía versos chupando la punta del lápiz, le desorientaba.

El mismo caballo que montaba parecía contagiado de la inseguridad de Billy.

No iba a ver a Melba sospechando que había vigilancia en Fort Sumner. Por fin un día se acercó y llegó sin novedad a la casa de su novia. Sin quitarse las botas entró hasta el fondo de la alcoba y le dijo a su amante:

—¿Has oído algo sobre el paradero de Pat Garrett? ¿No?

Suspiró de felicidad —era bueno hallarse allí— y siguió hablando:

—No es muy divertido ser la novia de Billy the Kid, ¿verdad? ¿Qué dices, huerita?

Ella lo miraba fijamente a los ojos

—Prefiero —dijo con un acento dramático que el Kid no había oído antes en ella— ser desgraciada contigo a ser feliz con otro.

Era ya la primavera, pero las noches podían ser tan frías como en invierno. Y Billy, que no se atrevía a quedarse en casa de Melba, salía al campo y dormía en alguna cabaña de borregueros.

Supo Billy por Maxwell que Tunstall había salido, el mismo día que cortó la argolla, para Santa Fe, a donde llegó reventando dos caballos. Allí tomó el tren para Nueva York.

Entretanto a Garrett lo acusaban en Lincoln de incompetencia, descuido y algunos incluso de mala fe. Aunque en las hipótesis de la mala fe no iban muy lejos. No faltaba quien decía: «Si Pat puede cazarlo ahora a Billy vivo o muerto cobrará la gratificación del condado de Lincoln después de haber cobrado la de Santa Fe y habrá hecho un negocio redondo». No faltaba quien lo disculpaba diciendo que era un excelente padre de familia y que necesitaba velar por sus hijos.

Se hablaba de Billy en todas partes con prudencia porque comenzaba la gente a pensar que no había en New México nadie capaz de acabar con él. Don Francisco de Aragón, el hidalgo de Puerto de Luna, se fue a México, según dijo, a la boda de un sobrino cuando se enteró de la fuga del Kid.

Todos los que habían intervenido en la captura del Kid andaban escondiéndose temerosos de su venganza, aunque innecesariamente, porque Billy no buscaba a nadie.

A principios de julio recibió Garrett de Lincoln una carta firmada por Brazil, quien después de haber traicionado a Billy andaba receloso y durmiendo cada día en un lugar diferente. Decía Brazil que a juzgar por todos los indicios el Kid estaba en los alrededores de Fort Sumner y ofrecía su ayuda una vez más para capturarlo. Lo citó Garrett una hora después de ponerse el sol, en Arroyo Tayban, cerca de Sumner, tres días más tarde, es decir, la noche del 13 de julio.

Según su costumbre, Garrett buscó algunos colaboradores: un policía de Lincoln llamado Mac Kinney y también una especie de *gentleman* que no había subido nunca a las tierras altas y que procedía de Texas. Se llamaba Poe, como el poeta.

Llegaron los tres en la noche del día 13 al lugar de la cita, pero Brazil no acudió. Esperaron más de dos horas en vano. Brazil tenía miedo. Esto hizo sospechar a Pat que el Kid andaba cerca y que tal vez estaba dentro de Fort Sumner.

Arroyo Tayban estaba a una distancia no mayor de cinco millas en la dirección sur y Pat y sus dos amigos se apartaron un poco de aquel lugar y poniendo sus caballos a cubierto se acostaron al aire libre y durmieron hasta el amanecer.

Temprano en el alba se levantaron y comenzaron a explorar el campo con los gemelos. Pensaba otra vez Garrett que el hecho de que Brazil no apareciera sólo podía explicarse por el temor a encontrarse con Billy.

Era Poe del todo desconocido en el país, de modo que no había cuidado de que nadie recelara de él. Así pues, hacia las ocho o las nueve marchó Poe solo a Fort Sumner en busca de información. Garrett y Mac Kinney lo esperarían al oscurecer —a la salida de la luna— en la Punta de la Glorieta, cuatro millas al norte de la población.

Garrett y Mac Kinney hicieron tiempo cabalgando al azar y evitando caminos y encuentros. Al oscurecer acudieron al lugar de la cita donde estaba ya Poe esperándolos. Dijo que nadie había sospechado de él. En cuanto a Billy, estaba en Fort Sumner, pero no se quedaba a dormir por la noche.

La chamaca Melba estaba en La Arquita desde las diez de la mañana hasta las doce de la noche y a veces más tarde. Este dato parecía revelador, pero Garrett no creía que la presencia de Melba en el tendejón fuera una señal cierta. Podía ser también un truco del Kid. Decidieron acercarse a Sumner, amparados por las sombras de la noche. Ya cerca de los corrales de las primeras casas vieron un hombre a caballo y se acercaron a él. Con gran sorpresa resultó ser un antiguo amigo de Poe que procedía también de Texas y tenía negocios en Sumner. Fue una ocurrencia peligrosa e inoportuna que alarmó a Garrett, sospechando en el primer momento que podía tratarse de un explorador de Billy, pero después de una charla insubstancial el tejano se alejó con la apariencia de un mercader inocente.

Poe parecía un poco inquieto y necesitaba aquella estólida seguridad de Garrett para sentirse seguro. Así y todo pregunto:

—Ésta es una situación confusa, ¿verdad? No sabemos la gente que tiene el Kid ni por dónde le vamos a encontrar la vuelta.

—El Kid no tiene gente porque cuando un hombre como él se pone a la defensiva se queda solo.

—¿Solo y a la defensiva? —preguntó Mac Kinney.

—Eso es. Solo como un *rogue*.

También Tunstall había hablado con el *marshall* de los elefantes *rogue.* Aquellos animales estaban solos, es verdad, pero nunca a la defensiva. Además, el Kid no era un elefante. Y se quedaba peor que solo: con el flanco de la hembra abierto y sin defensa.

Aunque Billy no estaba enamorado. Dijo todo esto Garrett y añadió: «El que está enamorado es Maxwell».

—¡El pendejo! —comentó Poe después de un largo silencio pautado por los cascos de los caballos.

Y luego añadió con una voz extraña:

—Le alabo el gusto a Billy en eso de no enamorarse.

Nadie le contestaba. Poe, que debía haber tenido alguna mala experiencia reciente, siguió hablando:

—¡Aborrezco yo el amor! Digo, el estar enamorado. Bueno, ustedes me entienden.

Mac Kinney soltó a reír. Garrett seguía con la suya:

—Solo y a la defensiva, Billy está perdido.

Se apearon y disimularon los caballos en un ángulo de sombra. Garrett dijo que iba a acercarse a la casa de Maxwell. Creía tener motivos para confiar en Maxwell, aunque la base de su confianza no podía ser más aventurada. Garrett pensaba que Melba era hermosa y vivía pared por medio de Maxwell, quien era entonces soltero. Pasaba Maxwell treinta días cada mes y veinticuatro horas cada día al lado de ella y era su patrón en La Arquita. En cambio, el bandido adolescente no estaba con Melba sino un día o dos cada mes.

Sabía también Garrett que las motivaciones de los hechos más dramáticos en la vida suelen ser siempre las mismas y se repiten con una obstinación rara. Suponía que en la amistad de Billy con Maxwell podía haber alguna rendija y quiebra por donde incrustarse la malquerencia.

A todo esto el comerciante tejano que se llamaba Jacobs volvió sobre sus pasos y preguntó a Poe qué hacían allí. Al decirle Garrett francamente que era *marshall* y que perseguían a alguien, el tejano se unió al grupo y dijo que trataría de ayudarles, ya que por intervenir en la cuestión su amigo Poe estaba seguro de que se trataba de un caso justiciero. Garrett lo aceptó más resignado que contento.

Cerca de la plaza entraron en la huerta de una casa deshabitada, saltando las tapias de adobe. La noche era cerrada. Jacobs fue a buscar para ellos café y algo de comer, y después se acercaron todos por la parte trasera a un grupo de casas habitadas por mejicanos que estaban a una distancia no mayor de sesenta metros de La Arquita y algo más de la casa de Maxwell.

En La Arquita estaba Melba, como de costumbre. Había en La Arquita un salón espacioso con bar, restaurante, tienda de comestibles, club en el fondo para los graves varones de la localidad y hasta ese pequeño tablado de las cantinas donde las bellezas de paso o permanentes podían lucir sus piernas al compás de un piano y un violín, una trompeta y hasta un arpa. Esta última la tenían en Lincoln (en El Arca de Noé), pero no en Fort Sumner, donde preferían un instrumento que sonaba casi lo mismo y estaba más de acuerdo con los gustos del país: la guitarra.

Se acercaba Garrett en las sombras, pensando que entre La Arquita y la casa de Maxwell, al otro lado de la plaza, debían suceder las cosas si se cumplían sus presentimientos. No estaba seguro de qué cosas iban a ser aquéllas. Lo impreciso era la parte más grave y definitiva en los concretos planes de Garrett porque en aquel margen de lo imprevisible sucedía todo, siempre. Cuando sucedía.

Había varias guitarras en La Arquita apoyadas contra el muro y más de una había fenecido bajo la bota de un ranchero en noches de fiebre alta. Aquel día un grupo de *cow-boys* discutía los últimos episodios de lo que entonces se llamaba la *guerra de Lincoln.* Nadie osaba opinar contra Billy. La verdad es que nadie discrepaba nunca de Billy en Fort Sumner y menos en La Arquita.

En el bar había más de quince personas, algunas incipientemente ebrias. Garrett recordaba que Maxwell solía ir por la mañana para ver las cuentas del día anterior. A cargo de la taberna estaba un honrado ciudadano de Massachussets que se llamaba O'Leary y era, como el Kid, de origen irlandés. Los habituales de la taberna lo llamaban «el gringo murcio». Este apodo venía de la miopía de O'Leary que, sin sus gruesas gafas color rosa, estaba perdido. Era *murcio* una alusión al murciélago —animal ciego— y al *mur*, al ratón, es decir, al hocico ratonil del irlandés.

Según la costumbre mejicana aquel encargado de la cantina solía ser la primera víctima de las bromas de los clientes borrachos, pero aquella tarde los de La Arquita no habían bebido bastante, aún. Había un *cow-boy* gringo que miraba con ternura una de las guitarras apoyadas en la pared. Acabó por cogerla y ponerse a tocar y cantar.

Había avanzado Garrett con Mac Kinney y estaba a pocos pasos del salón por la parte trasera, detrás de una empalizada. Desde allí dominaban la entrada de la cantina y también la casa de Maxwell, sin ser vistos.

Se oían las voces del interior de La Arquita con claridad y Garrett, que sabía español, estaba atento a lo que decían. El *cow-boy* de la guitarra, rodeado por un grupo de mejicanos cantantes, los acompanaba. Andaban atareados con «El corrido de Folliard», un romance que no estaba aún en su punto, pero que entre todos iban componiendo. Un mejicano alto y flaco, cantaba:

Es en el nombre de Dios
como les voy a contar
el corrido de Fort Sumner
con la muerte de Folliard.
Fue un viernes a la tardada
que comenzaba a nevar
y lo que pasó aquel día
ni me quisiera acordar:
estaba el sheriff *de Lincoln*
con su gente en la zuidad
buscando a Billy the Kid,
no lo había de encontrar...

Seguían los *cow-boys* buscando rimas y de vez en cuando tomaban versos rutinarios de otros corridos según la costumbre:

...tengan ahora presente
lo que les voy a contar
que soy un mero ranchero
pero digo la verdad.

Ponía Melba el oído en los rumores de fuera porque sabía que Billy estaba cerca. Nunca preguntaba por él ni siquiera al gringo O'Leary.

Un viejo mejicano borracho quería terciar añadiendo versos de su país:

...voy a comprarme la riata
para enseñarme a laciar,
ya conosco la manera
de calzar el primer peal.

Aquél era un corrido de rancheros y no de *desperados* y los otros lo mandaban callar. El mejicano, irritado, alzaba más la voz:

...yo soy el mero pistolo
Juan del Río, mexcalero,
y si no me puede ver
arremánguese el sombrero.

Decía el último verso alzando con el dorso de la mano el ala del suyo, por delante. Otro mejicano le ofreció un vaso y el viejo dejó en paz a los improvisadores del corrido, se acodó en la barra y dijo con la lengua trabada por el alcohol:

—A Morton se lo echó al plato. Y a Baker. Y a Jones. La firma de Roswell se la echa al plato si se tercia, como un tamal con chile. Yo sé distinguir. La cosa es clara, manito. En la vida todo depende de saber distinguir.

Aquel mejicano sentía que las luces de la cantina y sus reflejos en los metales brillantes comenzaban a marearlo. Se agarraba a la barra y alzaba la voz. Gracias a eso Garrett lo oía muy bien:

—Dos amigos ha tenido el Kid —decía el mejicano—, digo, dos amigos de aquí dentro (se golpeaba el corazón). Mr. Tunstall y el mero a quien le están sacando ahora el corrido.

Garrett escuchaba todo eso desde su escondite y se decía que no. El otro amigo del alma no había sido Folliard sino que era Jesse. Pero el mejicano decía el nombre de Folliard y al decir se quitaba el sombrero y se expandía un olor a agua de colonia porque había estado en la barbería.

Melba se sentía nerviosa. El nombre de su tío Bernstein le bailaba en el oído aquel día, desde que se levantó por la mañana. Luego había visto aquel mismo nombre en la etiqueta impresa de una botella y después en el dorso de una carta circular, en un anuncio. Aquellas pequeñas alusiones a su tío muerto la inquietaban y era como si de pronto el judío resucitara y quisiera tomar alguna clase de iniciativa cerca de ella.

Encima de la estantería del bar, en lo alto, había un águila disecada con las alas tendidas y la cabeza baja como si intentara ver algo entre el pecho y la blusa descotada de la muchacha. En el centro de la estantería había un espejo botillero y a los dos lados columnas doradas sostenidas por cariátides de madera pintadas de opalina. Una de ellas llevaba un balazo en la nariz, pero no dejaba por eso de sonreír, mostrando bobamente dos hileras de dientes amarillos del tiempo.

—A quien se la guarda el Kid es al viejo Chisun —decía el mejicano borracho— y yo lo veo chuela como al mero Baker.

—Éste no es lugar para decir ciertos nombres. ¡Cállate!

El mejicano se hacía el sueco:

—Tomen una copa a mi salú, que yo también tengo pesos gringos.

Y movía las caderas para que las monedas de plata sonaran en los bolsillos.

Desde fuera Garrett oía aquellas cosas que no le decían nada interesante y esperaba con la mayor paciencia, como suelen hacer los animales en la selva y en sus empresas de sangre. Todo consiste en saber esperar. La noche avanzaba y las sombras eran en la plaza densas y opacas.

A medida que entraba la noche las estrellas iban cuajando y brillaban más.

En el centro del local había una estufa antigua que estaba apagada y contenía facturas, cartas de familia, incluso órdenes de arresto caducas. Abundaban, como se puede suponer, las proclamas poniendo precio a la cabeza de Billy, que los hispanos arrancaban de los postes y de las puertas de los edificios públicos.

El mejicano borracho, que era el encargado de los pencos y del ordeñe en el rancho de Maxwell, veía mal que tiraran papeles a la estufa y solía decir: «Los papeles con el tiempo crían barbas», es decir, que se hacen necesarios e importantes por una razón u otra.

Solía Garrett llevar una de aquellas proclamas impresas contra la vida del Kid. La llevaba doblada en el bolsillo y pensaba que Chisun debía haber ofrecido por su parte mil dólares, pero nadie se atrevía a ofrecer personalmente dinero por la cabeza del Kid.

Debía sentirse en peligro Billy, pero aquel mismo peligro lo corrían sus perseguidores. Si algún amigo de Billy descubría a Garrett en Fort Sumner podía matarlo impunemente porque nadie denunciaría después al asesino. Garrett cavilaba en estas cosas, escuchaba los rumores del bar y sentía pasar uno a uno, lentamente, los minutos.

Su mayor esperanza estaba todavía en la sospecha de que Maxwell podía tener alguna inclinación por la niña Melba. En su manera de combinar las posibilidades, Garrett era un artista. Como dije antes, organizaba bien sus movimientos, pero el último quedaba siempre indeterminado y fluido a merced de la inspiración del momento.

Dentro de La Arquita, los que componían el corrido hacían hablar a Folliard que, malherido y refiriéndose a su propia vida, decía:

...No siento que me la quite
ni que me la hayan quitado,
tápenme la cara mero
con un pañuelo morado,
entiérrenme en campo verde
porque me trille el ganado...

Los cantantes repetían a coro y se conmovían con ayuda del mexcal.

Aquel grupo tenía la costumbre de llamar al irlandés «don Ole» por O'Leary. Se reían de él. Por ejemplo, le preguntaban a veces con una expresión inocente:

—¿Qué día nació?

—El doce de agosto.

—Digo, el año.

—El cuarenta y uno.

Y los mexicanos soltaban a reír a coro porque a los invertidos sexuales les llamaban en México los *cuarentayunos.* En realidad, «don Ole» no daba una impresión muy viril, es verdad, y era uno de esos hombres neutros cuya bondad y sencillez desorienta a los matones y parece atraer la desgracia. El Kid, que lo consideraba su paisano, solía acordarse de Bernstein cuando lo veía. Tipos parejos que en tiempos revueltos son víctimas inocentes de los unos y de los otros.

El pobre «don Ole», sin embargo, era persona de mérito que leía libros en inglés y en español. Billy sabía algunas expresiones irlandesas y a veces pasaron horas hablando de la patria lejana. «Don Ole» era muy católico y sin dejar de ir a misa admiraba a Billy por sus violencias. Y se decía: «Un nuevo Tuatha de Danann, es el Kid. Es decir, un héroe milesio».

Un día se lo dijo a Billy y él respondió:

—Déjate de pendejadas, O'Leary.

Servía la niña Melba anisado a un grupo que acababa de entrar. Eran de Vaughn e iban con frecuencia a Fort Sumner. Encontraron amigos entre los que cantaban el corrido, se cruzaron invitaciones y cada cual quiso pagar una ronda. Sabía «don Ole» por una larga experiencia que cuando se reunían tantos *cow-boys* mejicanos a partir del quinto trago comenzaban a florear a Melba y a insultarlo a él.

Los de la tierra alta hacían frente común con los del valle para ofender a «don Ole», como si éste representara el mundo hostil, rubio y gringo. Pero por el momento los recién llegados no habían bebido todavía bastante.

—La primera vez que vine aquí —decía uno de los *cow-boys* de Vaughn— esto era un rancho de cabras y el tuerto Salcedo andaba con sus chinacos en tiempos de Juárez. Yo era sobrino de Toribio Regalado, el mentado en el corrido que dice entre otras babosadas aquello de

...en la laguna anda un pato
vestido de colorado,
no te asustes, tolentino,
que es Toribio Regalado.

¿Cómo iba a ser pato un cristiano con nombre de persona? Pero el tolentino —explicaba el mejicano— era un macho cabrito que sacó aquella otra copla en honor de su tío. La que decía:

Adiós chaparral florido
de la hacienda de Avilés
donde peleó Regalado
con rifles del dieciséis...

—Cállate, forastero —intervino alguien—, que por entonces no había rifles de ese calibre.

—Yo no digo el calibre, sino la carga.

Pensaba «don Ole» con melancolía: «Pronto se pondrán unos y otros de acuerdo contra mí». Por su parte la niña Melba pensaba: «Billy está en Fort Sumner, pero hay demasiada gente aquí para que venga e incluso para que envíe recado».

Los del corrido de Folliard ideaban nuevas estrofas y uno de ellos las decía primero entre dientes y luego las repetían todos a coro con la guitarra:

...murió Folliard a balazos,
la cosa se puso fea,
pero el valiente de Billy
regresaba a la pelea.

Entretanto, Garrett seguía esperando y meditando: «Si es verdad lo que yo imagino de Maxwell podría ser que Billy estuviera de veras perdido». Después de un largo espacio volvía a pensar: «Hay que seguir esperando, porque la ciencia del cazador es más paciencia que ciencia».

Por fin, Garrett y Mac Kinney salieron de su escondite y fueron a reunirse con los otros en un lugar próximo cercado de adobe, desde donde se veía la plaza entera, es decir, el espacio desierto entre la casa de Maxwell y La Arquita.

En aquel momento había dos o tres personas en la puerta de la cantina, entrando o saliendo. Se oían las voces claramente:

—¡Yo no me rajo cuando hay que servir a un amigo!

—Tú jalaste más de la cuenta.

—Pagando en mera plata.

Con las primeras luces de la luna y las que salían de la cantina se vio a la distancia de unas cien yardas un hombre a pie. Llevaba sombrero de ala ancha, pantalón y chaleco negros e iba en mangas de camisa.

Aunque a aquella distancia no podían identificarlo de noche, era el mismo Billy the Kid.

Lo supieron más tarde.

De momento Billy parecía descuidado, aunque dos o tres veces se detuvo a escuchar, pero sólo con el ánimo de cerciorarse de una seguridad que ya poseía. Luego entró en el salón.

La gente amiga de la vacilada se calló al verlo. Iba Billy a buscar un pedazo de carne cruda para asarla en su casa y comerla. Llevaba un cuchillo porque le gustaba cortarla él mismo y había una o varias reses abiertas en canal en la despensa de La Arquita, en su sótano.

Al entrar se alzaron aquí y allá.

—¡Valedor!

—¡Viva la luz del sol del condado de Lincoln!

Pero nadie decía su nombre. Estaba prohibido, su nombre. Alguien podía escuchar y en todo caso aquel nombre impreso en los carteles del juzgado de Lincoln no debía ser dicho en voz alta.

Aunque no podía imaginar Garrett que tuviera a Billy tan cerca no se atrevía a salir de su apostadero hasta que fuera más tarde y la gente de la cantina se retirara. Por entonces serían cerca de las diez, lo que en verano no es todavía la trasnochada.

Seguía la bulla en el bar, con gritos de entusiasmo y vítores, pero el nombre del Kid nadie lo decía. La niña Melba gritó unas palabras confusas, riendo, y se oyó a Billy simulando el acento mejicano:

—Ni en broma me platiques, huerita.

La risa de O'Leary se oía también, pero de pronto hubo tumulto en la puerta y el mismo «don Ole» salió empujado por un grupo de clientes.

—¡A mí no me corren ustedes! —gritaba indignado—. Yo tengo el negocio a mi cargo y a mí no me corren.

—¡Anda y pregúntale al mero machote!

Pensó Garrett que «don Ole» parecía un poco borracho también. Y le oía gritar:

—¡Bums, léperos!

Se divertían echando al encargado y prohibiéndole que volviera a entrar bajo terribles amenazas cómicas. Por fin los mejicanos se fueron riendo a carcajadas y el prudente «don Ole» volvió. Billy convidaba. Un borracho, el pariente de Toribio Regalado, le preguntó cómo mató a Bell y al chingado Olinger, pero Billy sólo dijo que mató a esos como a otros muchos en defensa de su vida o de su libertad y que en total había matado algunos hombres más de los años que tenía. Añadió: «No lo digo para lamentarme ni tampoco para presumir».

Al oír aquellas palabras, Garrett se sintió crispado sobre las sombras proyectadas por la luna y llegó a casa de Maxwell. Sus amigos se apostaron a los dos lados a cubierto de las miradas y dispuestos a acudir si oían disparos.

No podían hacerse una idea exacta de lo que sucedía porque Garrett no les había dicho que Billy estaba en La Arquita. Había acertado Garrett al imaginar que estando Billy completamente solo desde su fuga de Lincoln no toleraría la montaña ni el campo, sino que buscaría el calor de su gente en Fort Sumner. Era gregario Billy, como una mujer o un niño. Y eso lo iba a pagar de un modo u otro.

Serían cerca de las once cuando Garrett entró en casa de Maxwell. La puerta del porche estaba sin cerrojo. Bastaba con levantar la aldaba y empujar. Entró sigilosamente y cuando llegó al cuarto de Maxwell dijo en voz baja:

—Soy yo, Pat Garrett.

Maxwell, que estaba enfermo, se incorporó en la cama asustado:

—¿Qué buscas, qué quieres en mi casa?

—¿Dónde está Billy?

Tardaba el otro en responder y Garrett repetía:

—¿Está con Melba? Tengo una orden de arresto.

Seguía Maxwell inmovilizado por la sorpresa. Garrett dijo:

—Anda, Maxwell, dime lo que sepas, que voy a sacarte al Kid de delante.

—A mí no me estorba, el Kid.

—A todo el mundo le estorba.

—A mí, no.

—A Melba, entonces. En cuestiones de faldas los terceros están de más, compadre.

Entonces se oyó a Maxwell decir en las sombras con voz de asmático:

—Calla, Pat.

—¿Dónde está?

—Por ahí andaba ahora mismo. Sólo un hombre como tú se metería en la boca del lobo, Pat. ¿Vienes solo?

—No. La casa está rodeada.

—Entonces no vendrá Billy. Ha ido a La Arquita a buscar comida, pero si ve el peligro levantará el vuelo.

Fue entonces cuando se oyó la puerta del porche. Llegaba el Kid en el momento adecuado y no antes ni después. Aunque no vio a los hombres de Garrett debió percibir algo y desde el pasillo preguntó:

—¿Quién hay ahí, Maxwell? ¿Hay alguno?

Lo preguntaba en español y como iba descalzo se acercaba sin hacer ruido. Había olfateado el riesgo como otras veces en su vida.

—¿Quién está ahí, Maxwell?

Llevaba el cuchillo de cortar carne en la mano y vacilaba en el marco de la puerta.

Dijo Maxwell en voz baja a Garrett, que se había escondido a cuatro manos detrás de la cama:

—Ése es.

Pero Billy alzaba la voz:

—¿Qué hablas, Maxwell? ¿Quién es? ¿Quién va ahí?

Estaba quieto en el umbral. «¿Hay alguno en el cuarto?», repetía.

Reconoció la voz Garrett y alzándose en las sombras antes de que pudiera ser visto, disparó. Más tarde dijo que Billy había disparado también, pero no era probable porque el revólver de Billy, aunque tenía una cápsula quemada, era la que solía llevar para que descansara en ella el percutor.

El caso es que la bala de Garrett le dio al Kid en el pecho, encima del corazón, cortándole la aorta. Billy cayó al suelo y se le oyó respirar y toser unos segundos como un niño que se ha atragantado bebiendo leche.

Luego el silencio para siempre.

Garrett fue sobre él, buscó en sus vestidos y recuperó, con expresión alarmada, apresurada y feliz, la carta de Tunstall con la postdata y todo. Se la guardó en el momento en que se presentaban con el revólver en la mano Poe y Mac Kinney, que habían oído el disparo de Garrett. Maxwell se hizo a un lado y gritó:

—¡No tiren! Digo que no tiren, que soy Maxwell.

No sabía si los que llegaban eran partidarios del Kid o de Garrett. Veía Maxwell amenazas por todas partes.

—Acabo de matar a Billy —dijo Garrett gravemente—. Ahí está.

—¿Seguro que es Billy?

Los dos lo habían visto pasar un momento antes por la calle, descalzo y con el sombrero en la mano, pero pensaron que debía ser un mejicano que salía del tendejón después de beber y de haber echado al viejo O'Leary.

Un poco avergonzado Garrett de haber matado al Kid a mansalva, insistía en que Billy había disparado también y anduvieron por la habitación buscando el impacto sin hallarlo.

La cápsula quemada en el revólver del Kid estaba fría y por el olor se veía también que no había sido disparada recientemente.

Los amigos de Billy iban acudiendo y llamando a otros. La noticia circuló y la noche se fue en lamentaciones y gritos, aunque nadie negaba a la justicia el derecho a hacer lo que había hecho. Tenía que suceder.

Garrett buscaba entre la gente que acudía y se estacionaba alrededor de la casa a Melba, pero no apareció por parte alguna. Las mujeres vecinas se hicieron cargo del muerto, lo lavaron y vistieron, peinándole el cabello y mojándolo con aceite para que brillara. Bien afeitado y con su cara intacta y varonil era un muerto de muy buena presencia, como dijo una viejuca.

Al amanecer, otra de las que acudían, que acudían como cornejas, comentó desde la puerta en inglés:

—*Very dandy, the dam Kid.*

Y añadió en español:

—Es verdad que la muerte le sienta bien. Igual que le sentaba la vida. O mejor.

El alcalde de Sumner calificó la muerte de homicidio justificado y el incidente quedó legalmente resuelto.

Pero hubo un velorio con elogios en verso improvisados como los que componían poco antes en La Arquita los *cow-boys* a la memoria de Folliard. Sólo que en el caso de Billy nadie tenía que buscar rimas porque acudían ellas solas y todos estaban inspirados. El «alabado» era acompañado con música de guitarra. Una guitarra negra, de acuerdo con las circunstancias.

El vino y los platos de chile picante iban y venían a expensas del generoso Maxwell, que, sin embargo, había desaparecido y nadie daba con él.

Un *cow-boy* decía de memoria:

— Guillermo Bunny el mentado — por los chicos y los grandes — que en sus años infantiles — supo vengar a su madre — Guillermo Bunny nacido — en la lejana ciudad — que vino a este territorio — como otros hombres cabales — y ahora duerme en su cama — el sueño de los mortales — mira como tus amigos — venimos aquí a cantarte — con el llanto de los ojos — y el corazón de los cuates — que también nosotros somos — mejicanos naturales — sin miedo de ningún gringo — ni *sheriffes* ni *marshalles* — sin miedo de las pistolas — ni los rifles federales — sin miedo de las habladas — aunque sean judiciales — aquí meros mejicanos — con nuestra materna sangre — aquí puestos por castigo — de alcahuetes y cobardes — nosotros los que cargamos — hierro al cinto y cordobanes —

y en el alforjín tenemos — tacos de chile y tamales — nosotros aquí venimos — antes de los funerales — llorosos y arrepentidos — por haber llegado tarde — que de saberlo estaría — vivo su mercé en la calle — en todo caso aquí estamos — los mejicanos cabales — el corazón en la mano — y dispuestos a alabarte — cantadores somos todos — de guitarra y de guarache — teniendo bien aprendido — tu valor y tu coraje — lo mismo muerto que vivo — en el monte o en el valle — que nunca en malas peleas — te vieron chicos ni grandes — paloma de mejicanos — y tigre de los apaches — sin pedir nunca cuartel — ni al enemigo entregarte — epidemia de los gringos — y merma de sus caudales — hermano de los humildes — que no hacemos mal a nadie — si no es cuando nos provocan — en el monte o en el valle — nosotros aquí venimos — con la congoja en la sangre — porque nuestros corazones — están llorando a raudales —. ¡Ay! Billy the Kid el noble — el galán de los galanes — el que tan bien defendiera — a Max Sween y a los Tunstalles — contra los de la justicia — que cobran lo que no valen — y si ellos vienen del norte — en caballos alazanes — del sur venimos nosotros — y somos charros cabales — que vinimos desde Tejas — jineteando por los valles — con una faca en el cinto — y plomo en los costillares — así lo dijo yo mero — Sebastián de Los Corrales — aquí he llegado el primero — con los dedos en los trastes — de la guitarra y el pecho — para venir a cantarte — que te reciban sin falta— en los cielos de Dios padre — por buen jinete ranchero — y por lo mucho que vales — salgan los santos del cielo — salgan cantando la salve — y con ramos de palmera — vayan todos a esperarte — a la orilla de la gloria — que con valor te ganaste — que los parientes te lleven — al cementerio a enterrarte — que las hembras no se olviden — de tu mamá a quien vengaste — y las mujeres sin cuento — recen al caer la tarde — cuatrocientos padrenuestros — después de los funerales — que cada cual te pregone — diciendo puras verdades — y bendigan tus amores — a la luz de los altares — que nadie se olvide nunca — del Kid valiente y que guarde — cada cual en su recuerdo — tu memoria venerable — así el día de difuntos — iremos a la zuidade — a llevar flores al lado — de tu cruz y tu rosale — y así la tumba de mármol — tenga tu nombre natale — Billy the Kid el mentado — aquí los del valle grande — digo, los cinco jinetes — que no vinimos en balde — y que al saber la desgracia — reunieron sus caudales — para comprar la corona — de claveles naturales — que Dios y la Santa Virgen — de Guadalupe te paguen — los muchos bienes que hiciste — a las gentes que lo valen — y que olviden si es el caso — los pecados veniales — que sin querer cometiste — en tu vida perdurable. Amén.

El *cow-boy* se santiguó mientras los otros comentaban lo *bien puestos* que estaban los versos.

La veneración por el muerto fue durante aquellos días unánime y se diría que en lugar de un bandido había muerto un héroe de quien la humanidad debía estar agradecida. Es verdad que en todas partes se admira a los que desprecian la vida y tal vez eso quiere decir que frente a los grandes problemas (vida o muerte) nuestra razón no es más que un juego de infantes y hay valores más importantes que la muerte y la vida. Pocos días después fue enterrado Billy the Kid en Fort Sumner y su sepultura cubierta con una losa en la que escribieron su nombre. Es curioso anotar que en ninguna de las solemnidades religiosas ni en el entierro estuvo presente Melba. La gente lo atribuía a su desesperación. Tampoco se vio en aquellos actos a Maxwell, que andaba con la conciencia turbia.

Algunos años después fue abierta la tumba por orden judicial y los que lo hicieron se encontraron con la sorpresa de que el cadáver no tenía cabeza. El misterio quedó sin explicar hasta ahora.

Hace algún tiempo estaba yo en Mora (un día de celebraciones cívicas) y la población hispana había organizado, como todos los años, procesiones y danzas antiguas con un mayoral responsable y los cofrades de turno, según una costumbre de siglos.

Acabada la procesión había una danza —combate de indios y cristianos con disfraces, símbolos y alegorías. Una de ellas era la famosa *comadre Sebastiana,* que iba y venía entre los contendientes simulando segar las vidas con el suave vaivén de la guadaña. Era un hombre vestido con un traje de malla negra que lo ceñía de pies a cabeza, sobre el cual estaban pintadas las costillas y los otros huesos del esqueleto.

La figura era disforme, con los hombros demasiado levantados porque las clavículas formaban una cruz que se apoyaba encima de la cabeza natural del figurante y sobre aquella cabeza cubierta de negro, como el resto del cuerpo, se balanceaba el cráneo natural también de un muerto. Un cráneo inseguro y bamboleante, como si el esqueleto entero estuviera ensoñecido o borracho. Se puede suponer a quien perteneció aquel cráneo amarillento de grandes ojos vacíos.

Miraba yo absorto cuando un viejecito apoyado en un bastón vino a mi lado y me dijo:

—¿De qué parte del mundo viene su mercé?

—De Lincoln. ¿Y usted?

—Yo soy pariente de los Maxwell, de Fort Sumner. Sí, de la tierra alta. ¿Sabe los años que tengo? Pocos me faltan para los noventa.

Bajando la voz me dijo que aquella calavera de la *comadre Sebastiana* que presidía la procesión y luego la danza de la muerte y que decidía de la vida de cada bailarín apuntándole con la guadaña a uno o a otro, según el orden de la danza, aquella calavera era nada menos la de Billy the Kid.

—¿Cómo lo sabe usted?

—¿Yo? —y añadió riendo—. Como que soy el que la sacó de la huesa con estos pulgares. Se lo digo a usted porque es forastero y no le irá con el cuento al *sheriff* del condado de Lincoln. ¿O es que me engaño?

Y me enseñaba las manos arrugadas y leñosas.

—Con éstas yo saqué la calavera de Billy, la misma que ahora baila delante de los enmascarados y si le dicen a usted otra cosa y quieren enseñarle otras calaveras puede decirles que mienten. Ésa es la cabeza de Billy, el último defensor que hemos tenido los hombres de piel tostada contra los güeros que vienen del norte o del este con su pelo de panocha y ojos azules. Y dígalo con la cabeza levantada y la voz alta, que aquí estoy yo para hacerlo bueno si es preciso.

Esgrimió el bastón en el que se apoyaba, pero tuvo que apoyarse otra vez porque perdía el equilibrio. La *comadre Sebastiana* seguía bailando entre los combatientes y en los huecos de las órbitas la calavera tenía una fijeza incómoda. Cuando miraba en mi dirección yo desviaba la mirada (aunque no tengo nada de supersticioso) y pensaba —no sé por qué— en la niña Melba.

—¿Conoció usted —pregunté al viejo— a un tal Jesse Evans?

—Yo no, pero fue también muy mentado. Era un *cow-boy* de los Dolan. Persona de mérito.

—¿Sabe usted algo de él?

—Todo el mundo sabe que poco después de la muerte de Billy ese tal Jesse Evans buscó a Garrett, el *marshall*, lo encontró en despoblado y le voló la cabeza.

Aunque yo no tenía nada que ver con los problemas de aquella buena gente me alegré al saber la noticia. Lealtad por lealtad siempre está bien la que los amigos se guardan entre sí.

Manhattan Beach, California, 1964.

ÍNDICE